KEHUAN ZHONGGUO

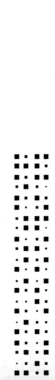

科幻中国
KEHUAN ZHONGGUO

KEHUAN ZHONGGUO

逐日

——空间太阳能
电站档案

萧星寒——著

中国科学技术出版社

·北 京·

图书在版编目（CIP）数据

逐日：空间太阳能电站档案 / 萧星寒著 . —— 北京：
中国科学技术出版社，2023.4
（科幻中国系列）
ISBN 978-7-5046-9899-5

Ⅰ . ①逐… Ⅱ . ①萧… Ⅲ . ①幻想小说—中国—当代
Ⅳ . ① I247.5

中国国家版本馆 CIP 数据核字（2023）第 030571 号

策划编辑	王卫英	
责任编辑	王卫英	
封面设计	书香文雅	
正文设计	书香文雅	
责任校对	邓雪梅	
责任印制	徐　飞	

出　　版	中国科学技术出版社
发　　行	中国科学技术出版社有限公司发行部
地　　址	北京市海淀区中关村南大街 16 号
邮　　编	100081
发行电话	010-62173865
传　　真	010-62173081
网　　址	http://www.cspbooks.com.cn

开　　本	720mm×1000mm　1/16
字　　数	200 千字
印　　张	13
版　　次	2023 年 4 月第 1 版
印　　次	2023 年 4 月第 1 次印刷
印　　刷	天津泰宇印务有限公司
书　　号	ISBN 978-7-5046-9899-5 / I·76
定　　价	39.80 元

科幻中国 编委会

总策划：李继勇

主　编：中国科普作家协会科幻创作研究基地

总统筹：静　芳　曹　璐

编　委：

（按姓名音序排列）

总　序

　　"科幻"是科学与幻想的结晶，"中国"是养育我们的这片土地，这套"科幻中国"系列丛书便是在书写我们当代中国的土地上所特有的科幻文学。历史上，许多大国呈现出繁荣景象时都伴有科幻兴盛的现象，中国快速的现代化进程，激发了大众对未来的想象力和好奇心，给科幻文学提供了肥沃土壤，当下我国科学技术繁荣发展、蒸蒸日上，我国的科幻文学也呈现出独有的大国气魄。"科幻中国"系列丛书顺应历史潮流，立足当下，展望未来，鸣响了中国科幻文学在新时代的强音。

　　随着科幻土壤的拓展，许多科幻作家也开始由中短篇创作转向了更艰难、更宏大、更精彩的科幻长篇的创作，这套由中国科普作家协会科幻创作研究基地主编、中国科学技术出版社出版的"科幻中国"系列丛书，集合了当今中国科幻文坛上的优秀科幻作家，为广大读者带来了足具中国特色的长篇科幻作品。这个系列的故事，题材、内容、视角迥异，但都建立在更高阶、更深隧的现实主义基础上，它们运用了多个科幻的传统题材，在新时代中，为解决新的冲突矛盾而探索不同的方向，寻找新的美好道路，体现了我国科幻创作者们的深刻思考。随着时代与科技的发展，我们迎来了科幻文学的"新浪潮"，科幻文学创作有了不同以往的特色，从当下丰富的科学素材中挖掘故事资源，把它们变成很震撼、很有魅力的故事，这是一件充满想象力和创造力的事情。这些创作者为这些科幻文学题材中的经典话题，以或者惊险、或者悬疑、或者深思的种种方式，再次赋予了全新的表达，用他们各自不同语感、节律的语言，加上新鲜的想象力的折叠，做出了万花筒式的变化。他们把当今社会的种种问题，借用科幻的想象，细致地放大，又用科幻的表达手法进行叙述，形成了更加丰富多彩的科幻文学世界，给了我们多重意外的惊喜。

中国科幻文学有很多潜在力量，不管是历史还是现在，都有很多人在一起努力。我们看到科幻越来越受到大众的关注，从一个比较边缘的、小众的东西，走到大众媒体注意力的中心，越来越多的科幻文学、影像在世界上传播，中国的科幻，正像一匹骏马，向科幻的黄金时代驰骋。科学与人文比翼齐飞的探索与成长，使得科幻之花开始扎根于热爱科学的科幻迷心中，让科幻文学的花园百花齐放。如今的成就也得益于那些孜孜不倦、多年默默耕耘于科幻文学中的科幻作家们的执着坚守。这套"科幻中国"系列丛书是当下中国科幻文学的一个缩影，希望更多的科幻迷和读者能够通过这套书，看到中国科幻作家在全民族甚至全人类所关心的问题上做出的探索。本书系的作品外壳虽各有不同，但是它们内核与精神气质是一脉相承的，它们代表着当下中国科幻的状貌。科幻文学是面向未来的文学，从中能够看到，我们的国家民族正自强不息勇毅前行，我们正走向更加美好的明天，探索一个奇伟壮丽的科幻世界。

"科幻中国"系列丛书，正是立足于中国这片土地，讲述独一无二的中国科幻故事。愿中国科幻，健康发展，科幻中国，繁荣昌盛。

序 言

我与萧星寒素未谋面，他肯定想了不少办法通过我办公室找到我，希望我给他的长篇科幻小说《逐日》作序。说实话我请人作过序，但给别人作序还没有过，因此我是准备委婉推掉的。但他发来了《逐日》全文，我深深地被作者的敏锐思想、广博知识和故事情节所吸引，竟一口气读完，然后躺在椅子上深深思考，想到了很多。

2016年，我在重庆市璧山区挂职期间推动空间太阳能电站实验基地项目。2018年12月7日，在空间太阳能电站技术暨第三届重庆军民深度融合产业发展交流会上，重庆市璧山区人民政府、重庆大学、西安电子科技大学、中国空间技术研究院西安分院四家单位联合签署合作协议，标志着璧山空间太阳能电站实验基地建设项目正式启动。紧接着，2018年12月23日，西安电子科技大学与西安市经开区管委会共同签署共建"逐日工程"的协议，第二个空间太阳能电站实验基地在西安启动。该项目是落实国家军民深度融合发展战略、服务经济社会发展、构建国家级高水平科研平台、打造战略性新兴产业的重大研发项目。到2022年下半年，璧山基地项目第一期将在璧山区福禄镇和平村3组如期完成，进入研发的第一阶段。

就是在这种情况下，我读到了萧星寒创作的长篇科幻小说《逐日》，该小说就是以这两个团队及其工作为原型。这部小说，围绕空间太阳能电站，讲述了我国老中青三代科学家为祖国的能源安全与未来发展而殚精竭虑的故事。作为积极推动这项研究工作的人，读到此书，看到我们刚刚开始的研发，在书中已经变成了美妙的现实，并为非洲等全球各地作出了能源方面的贡献，我的感慨自是与众不同。因此，我欣然提笔作序。

1

爱因斯坦的质能公式告诉我们，物质是凝固的能量，而能量是流动的物质。然而，物质释放能量的难易程度有不同，其中有些物质特别容易采集、容易控制、容易释放能量，这些物质就被称为能源。从古至今，人类已经掌握了多种能源。

人类掌握的第一种能源不是别的，正是人类自己。人力是人类最为根本也最为恒久的能量来源。从本质上讲，人力是一种生物能。

火是人类最先掌握的一种能量形式。火对人类发展的重要性再怎么强调也不过分。它是人类历史上第一次能源革命。火，这种强大的自然力，将人与动物分开。动物只能依赖自然过程实现能量的转化和利用，而人则可以干预自然过程实现能量的转化和利用。

当时，摩擦生火只是实现了机械能转化为热能，而其逆向转化，即热能转化为机械能尚未实现。为了实现这一点，人类走了数十万年，终于在18世纪发明了蒸汽机，实现了将热能转化为机械能，掀起了第二次能源革命，并使人类社会进入工业社会。工业社会在不到100年的时间里所创造的生产力比过去一切时代所创造的生产力总和还要多、还要大。

然而，当时最好的蒸汽机的热转化效率也只有5%~8%，而且结构笨重，操作麻烦，并不是最理想的动力来源。生活与生产呼唤新的能源革命。

1821年，迈克尔·法拉第对电磁转换进行研究，率先创制了实验性的电动机。10年后，他又发现电磁感应现象，制造出了世界上第一台感应发电机。法拉第一个人就完成了电能与机械能的相互转化，使人类获得了打开电能宝库的金钥匙，在征服和利用自然的道路上迈进了一大步。第三次能源革命由此拉开序幕。

200年后的今天，从城市到乡村，我们生活在一个由电力驱动的社会里。看看身边的电器，我们的生活、学习、工作和娱乐，早已经须臾离不开电。然而，站在历史的高度看，发达国家与发展中国家之间的差距，仅仅在电力上，比马和马车的差距还要大。第三次能源革命的推广与深化，正在如火如荼地进行着。

2

2022年3月5日，国务院总理李克强在全国人大开幕式上作政府工作报告，将"稳字当头、稳中求进"总发展基调下的"能源安全"上升至与"粮食安全"同等重要的战略高度，并将其列入"着力稳定宏观经济大盘"任务之中，凸显出能源作为经济社会发展原动力的重要地位。

粮食安全，是保障中国人吃饱，还要吃好，而能源安全，则是中国人摆脱贫困、过上小康生活的保障，也是我国进入全面建设社会主义现代化国家、向第二个百年奋斗目标前进、实现中华民族复兴伟大目标的保障。

在我国能源结构中，电是极其重要的组成部分，有着不可替代的地位和作用。

2020年12月4日，世界海拔最高的电网工程阿里与藏中电网联网工程投运，全国陆路地区最后一个地级行政区域正式接入大电网。至此，经过近20年的建设，由点到线，由线到面，一张覆盖全国的国家电网基本形成。而早在2011年，我国就超过美国，成为全球发电量第一的国家。

电带来的，不仅是黑夜中的灯火，更是经济发展的点点星火。随着国家电网的铺设，西藏、新疆、宁夏、青海等原本较为贫困的地区，用电量和GDP增长率都获得了极大的提升。国家电网不仅让所有人都用上电，也要让所有人都能通过电力，脱贫致富，真正实现"一个都不能少"。

通过包括"西电东送"在内的国家电网的建设，当前，中国电力技术不仅解决了自主问题，而且走在了世界最前沿。国家电网主导的特高压输电体系，从系统到核心部件都领先世界，不仅主导全球标准，而且以每年数千亿元的增幅引领全球竞争。

成绩属于过去。新时期，民族要复兴，国家要富强，人民要幸福，都对电力建设提出了新的要求。电力革命的时候又到了。

3

第一个要求，是环保低碳。

实现"碳达峰"和"碳中和"的"双碳目标"是党中央经过深思熟虑作出的重大战略决策，"十四五"时期是我国生态文明建设进入以降碳为重点战略方向的关键时期，实现"双碳目标"对推动绿色低碳转型、促进高质量发展具有重大而深远的意义。

眼下，电力建设从发电到输电再到用电上，在低碳环保、实现可持续发展方面已经做了很多事情，但离党和国家的要求还有很远的距离，离人民的要求还有很远的距离。

第二个要求，是前瞻性和预见性。

走一步，看一步，属于过去的思维模式。而今是信息社会，瞬息万变，走一步，看十步，甚至百步、千步，才能不被潮水所裹挟，永立时代的潮头。我们的眼光要放长远一点儿。在电力上，不能只考虑满足现在的需求，也不能只考虑满足一时一地的需求，而是要考虑到2049年，甚至更久远的未来，我们的电力缺口有多大。

有鉴于此，空间太阳能电站研究项目的提出，就顺理成章了。

归根结底，人类所用的一切能源，除了核能，都是来自太阳。石油和天然气其实也是古代动植物和微生物把太阳能储存起来的结果。把发电站从地面搬到太空，避开大气层和日夜的干扰，直接用太阳光发电，再使用无线输电技术，把电从太空输送到地面供人们使用，不得不承认，这是一个天才级的想法。我第一次接触这个想法就被它的精妙与壮阔所深深震撼。在那之后，我就一直致力于空间太阳能电站项目的研发与落地。我深信，建造空间太阳能电站，是同时实现我国能源安全、环保低碳与未来电力需求的关键，并且，对于我国推进"一带一路"，积极参与全球气候治理，推动构建公平合理、合作共赢的全球环境治理体系，都有极为重要的作用。

我与科幻的缘分不浅，记得小时候第一次接触科幻小说《奇幻星球》时，我不仅感受到世界很精彩很奇幻，更加感觉到作者的脑洞大开，被作者的丰富想象力所折服，书中人物牺牲自己去帮助别人的无私精神，使我懂得了友情的珍贵和大无畏精神的可贵，懂得了人类与自然界和谐相处的重要性！后来我一直对科幻小说钟爱有加。在我看来，科幻的一大美妙之处就在于让读者能够超脱现实，提前进入未来，并看到未来的种种场景。这些未来，有非常糟糕的，这是我们要极力避免的；也有非常美妙的，这是我们要努力实现的。我觉得，科幻不是预言，更多的时候，科幻是在展示未来的种种可能性，而到底哪一种未来会变成现实，取决于我们现在所做的每一个选择。

不由得感叹，读一篇科幻，实现它，或者反对它的实现，这真是非常科幻的事情。

衷心祝愿《逐日》中所描述的场景早日变成现实。

是为序。

教育部深空探测联合研究中心常务副主任

重庆大学先进技术研究院院长　　谢更新

2022年5月

目录

CATALOGUE

璧山会议

卷号0037

地点　重庆市璧山区空间太阳能电站实验基地

时间　2028年

Bishan Huiyi

1

秦岭，中国地理上的南北分界线。群山耸立，巍峨雄奇。西渝高铁在秦岭腹地穿行。列车多数时间是在隧道里奔驰，只有在经过两山之间时，太阳光才从窗外照进来一小会儿，带来瞬间的光亮。

汤家祥靠在椅背上，眯缝着眼睛看窗外一闪即逝的风景，心情颇不平静。他今年已经82岁了，不知道这样的风景还能看多久。他最担心的不是这个，而是他付出了后半辈子心血的空间太阳能电站能否在他有生之年开工建设。

这次重庆之行，就是决定空间太阳能电站未来走向的历史性行动。

汤家祥是中国工程院院士，博士生导师，国家创新型科研项目领军人物。从西京电力大学毕业后，他一直在西京电力大学工作，一辈子勤勤恳恳，任劳任怨，发表过不计其数的论文，获得过不计其数的奖项，也担任过大大小小不计其数的职务。但那都是过去的事了，现在他最看重的，就是……

汤家祥扭头瞅了一眼车厢里的其他人，从副组长胡学伟教授到生活助理周雨欣，再到"大弟子"陈斌，最后是去年才加入团队的在读博士生张承毅。他们都在各忙各的，睡觉的睡觉，玩手机的玩手机。汤教授的心忽然一沉：也不知道我百年之后，谁能接我的班，把空间太阳能电站这个项目继续研发下去。

在出发之前，汤教授接到了中国航天科技集团有限公司董事长赵亮的电话。作为多年的好朋友，赵董事长再一次向汤教授强调了此次重庆会议的重要性。"2028年国际宇航联合会空间太阳能大会9月就要在上海举行。在这次大会上，将会确定空间太阳能电站的国际标准，这是一件决定未来的大事。不只是关系到你和苏老的，不只是空间太阳能电站的，也不只是中国的，而是关系到全人类的。"赵亮说道，"讲到空间太阳能电站的历史性意义，您老比我清楚，不用我啰唆。现在的问题是，中国的空间太阳能电站标准还没有最后出炉。原因很简单，汤老，您的西安方案，与苏廷信苏老的重庆方案，还没有决出胜负。上面已经下定决心，这次3月初在重庆举行的会议，必须选一个出来，作为中国标准，提交今年的国际宇航联合会空间太阳能大会审议。"

汤教授有些累了，眼睑渐渐沉重起来。闭上眼，却没有真正睡着，脑子里跑着各种图纸和画面，还有一些故人的只言片语。

忽然有人拍了拍他的肩膀，叫道："老师、老师。"他勉力睁开眼睛，看见"大弟子"陈斌的脸。

"什么事？"汤教授抑制住怒气。

"我收到一个视频。"

"很重要吗？"

"我一个同学发给我的。"陈斌径直把他的手机递到了汤教授眼前。这个大弟子啊，跟了他40多年，他做什么项目，陈斌就跟着做什么，向来忠心耿耿，就是做事情太不细致了。

"到底是什么？你说。用不着杵到我鼻子底下。"汤教授的气愤已经溢于言表了。

"2025年拍摄的一段视频。"对于老师的愤怒，陈斌浑然未觉，"老师，您看这个人是谁？"

汤教授凝神静气，瞄了一眼手机屏幕认出来："苏廷信？"

"对，是他。"

"他在干什么？"

陈斌乐呵呵地说："这是3年前，重庆团队在璧山区空间太阳能电站实验基地进行航空气球实验启动仪式的情景。老师，您看苏廷信后边那个人，看他的衣服。"

这回汤教授看清楚了，在须发皆白的苏廷信背后，有一个穿着道袍的人。一个道士？一个道士跑到国家重大科研项目的启动仪式上干什么？汤教授疑惑地望向陈斌。陈斌让画面暂停，点击放大，让年迈的老师看清楚画面的细节。

苏廷信身边那几个人汤家祥都见过，是重庆团队的核心成员。那个道士置身其中，格格不入。然后，汤家祥看见了陈斌让他看的东西。在人群背后，有一个香案，香案上摆着果盘、香炉和纸钱，还有一把桃木剑。果盘里，香蕉和苹果堆得跟小山似的。香炉里，插着3支大而艳丽的红烛，只是没有点着。

陈斌用食指点击，让视频继续播放。"……这次实验是一个新阶段的开始。"苏廷信讲完话，一群人转向香案所在的地方。道士走在最前头，从香案上拿起了桃木剑，熟练地挽了一个剑花。然后画面戛然而止。

"这……什么意思？"汤家祥教授追问。

"老苏头在国家重大科研项目启动仪式上，请来道士作法。"陈斌乐呵呵地说，"这是公然搞封建迷信呢。"

"我们是科学家，共产党员，无神论者，不能搞封建迷信那一套。"但陈斌在乐什么呢？汤家祥教授心下微微一凛，说："老苏这么做，是不对的。他老糊涂了吗？"

陈斌点头，收回手机，坐回汤老师的"关门弟子"张承毅身边，但脸上仍然保持着笑意。他仿佛已经听到胜利的掌声，而他即将要做的事情，为这来之不易的胜利作出了决定性的贡献。

2

列车快速驶入忙碌的重庆西站。陈斌叫醒张承毅："小师弟，醒醒，醒醒。到重庆了。"

"到了吗？大师兄。"张承毅半睁着惺忪的眼睛，迷迷瞪瞪地问。

"到了到了。"陈斌再次重复，"到重庆了。"

张承毅拿手遮住嘴，打了一个深深的呵欠。从西安到重庆，列车行驶了2个小时，张承毅是全程睡过来的。他今年21岁，是汤教授破格招收的最后一名博士生。

"你呀，也是福气。'前三十年睡不醒'这句话在你身上体现得特别明显。像我，现在就进入'后三十年睡不着'的阶段了。"陈斌没好气地说，"赶紧拿行李。"

车厢另一边，胡学伟教授已经推着行李箱到了过道上，而导师的生活助理周雨欣则帮助汤家祥教授站起身，并将他送到胡教授身边，等待下车。胡教授实际上比汤教授年轻30岁，但看上去，两人的年龄差距很小。

张承毅揉了揉鼻子，起身，又打了一个长长的呵欠，然后才拖着自己的行李箱，跟上了大师兄的脚步。

他们下了车，随着人流出了重庆西站。离出口还很远，就有一个女孩子冲他们拼命招手，同时晃动着手里歪歪扭扭写着"欢迎西京电力大学师生"的牌子。那女孩子特别热情地将他们领上了一辆"长安"电动智能商务车，手脚麻利地把行李箱放好，又安排好一行五人的座位，确定所有人都系好了安全带，这才坐到副驾驶座位上，命令商务车出发。

"长安"驶出重庆西站后，女孩子转向后排，圆润的脸上露出灿烂的笑容："各位西京电力大学的朋友，大家上午好。我先自我介绍一下，我姓邱，山丘的丘加一个包耳旁，不是秋天的秋，也不是山丘的丘。大家不嫌弃，可以叫我小邱。要是觉得叫我小邱显得你老，叫我邱导也行——这样，就显得我老了。"

这话引来了众人的笑声。胡学伟教授则问道："怎么？你是旅游公司的？"这个问题，体现出来胡教授一贯的审慎。他们这次到重庆，是来参加学术活动的，像汤家祥院士这个等级的贵宾，主办方全程接送是最低待遇了。一般情况下，主办方会安排自己的车，有时也会把接送任务外包给某家公司。但像这种上来就介绍自己是导游，摆出一副"我马上要开始营销"的派头，还是头一次……几个人心里都有上错车的感觉。

如果真是上错了车，这笑话可就大了。

"没错，"小邱大大方方地承认，"我是重庆市璧山区旅游公司的，负责西安团队的接待工作。"

这些信息都没有错，胡学伟还是追问了一句："我们是去璧山区空间太阳能电站实验基地吧？"

"对，我们是去那个太阳能实验基地。"小邱解释说，"从今年元旦开始，璧山区所有外宾的接送工作由我们公司承包了。为什么呢？因为璧山区没有什么世界级的名山大川，只能靠这种原始的方式来进行旅游推广。我们领导说了，这是见缝插针式宣传。"

汤家祥教授说："小邱啊，我之前去过璧山，去过好几次。璧山，我印象不错。小而美，非常精致。"

小邱笑逐颜开："是的。小而美，这是著名词作家庄奴形容璧山的话。汤院士，璧山欢迎您再次光临。"

陈斌说："我也去过好几次。"

小邱回答："璧山也欢迎您，陈教授。"

陈斌其实是副教授，但小邱这么叫他，他还是很高兴的。

张承毅瞄了一眼时间，上午11点。他本来打算上车就继续睡觉，小邱，或者说，邱导，这么一闹腾，瞌睡虫不知道被赶到哪里去了，他只好望向窗外，欣赏重庆独特的风景。

张承毅出生在上海，国内国外的城市去过不下20座。这是张承毅第一次到重庆，他很快发现重庆与其他城市的不同。其他城市大多数是建造在平原上的，即使有起伏，也是很小的，所以，天际线很直，也很近，仿佛伸手就可以摸到。重庆则是建造在大山与大谷之间，高低起伏极大，天际线也因此呈现出不同的造型，而且这造型会随着商务车的行驶不停地改变。

阔大的公路在平地、丘陵、河道、山谷和隧道之间延展。车流浩浩荡荡，大有千车竞发之势。"长安"行驶得极为平稳，窗外的风景也是一变再变：在鳞次栉比的高楼之间，可以远眺到远处一段滔滔不绝的绿色江水；苍翠欲滴的山丘上，盘绕着玉带似的公路，通向漫长而装饰绚丽的隧道；刚刚还和高悬半空的地铁齐头并进，拐一个弯，就见到另一座远远高出地面的大桥上，一辆卡通涂装的列车驶过。

张承毅看得眼花缭乱，仿佛进入一座纷繁复杂、变幻无穷的巨型迷宫。

他沉迷其中，就像沉迷于千姿百态的代码之中。

"长安"继续在迷宫里穿行。

"前面就是璧山区。"小邱郑重地介绍，"我们现在行驶在黛山大道上。'黛山'两个字出自大文豪郭沫若之笔。抗战时期，他曾经到璧山讲学，用'黛山秀湖'一词来赞美璧山。"

"听口音，小邱是本地人吧。"周雨欣说。

"土生土长的璧山人。"小邱点头称是，"我们把去重庆，嗯，准确地说，是去重庆主城区，称为'下重庆'，而去璧山，称为'上璧山'。由此可知，璧山的地理位置之高。"

"璧山是一座山的名字吗？"张承毅问。

"璧山不是一座山，而是两座山。东边一座山，西边一座山，璧山就位于这两座大山之间狭长的河谷地带。两山夹一谷，是为璧山。"小邱接着介绍，"璧山得名可早了。唐至德二年设立建制，也就是公元757年，比重庆得名还早呢。最初写作土字底的'壁'，1729年才改为玉字底的'璧'。"

"小邱的导游词背得不错。"胡学伟说。

"多谢胡教授夸奖。"小邱说，"这是我的职责。各位专家不要嫌我啰唆就好。大家看，那就是璧山城。"

众人顺着小邱所指的方向望去，果然看见碧蓝的天空下，平坦的河谷之上，有一座绿色掩映中的小城。它精致又不失大气，宛如顶级艺术大师打造的微缩盆景。

"到了吗？"张承毅问。高铁广告里说，早上从西安出发，中午就可以到重庆吃火锅，还真不是夸张。

"不，还有一会儿。我们不住城里。"小邱说。

资料上说，璧山区空间太阳能电站位于福禄镇和平村3组。但资料上说的是一回事，实际上去是另外一回事。"长安"拐了一个180度的大弯，与璧山城擦肩而过，驶向此行的最终目的地。

3

大家都叫他"老钱"，也有人因为他老是笑容满面，称他为"弥勒佛"。事实上，他并不姓钱，至于真正姓什么，在用过二十几个假名字之后，他自己都记不清楚了。

老钱是他的绰号。

小时候，他在坟堆里玩耍，无意中捡到两枚铜钱，上面刻着"乾隆通宝"4个字。有人说那是老钱，就花了10块钱从他手里买走了。10块钱对孩子来说，是一笔"巨款"，但后来他才知道，自己还是亏了。于是，他又频繁地往坟堆里跑，然而，再也没有捡到"乾隆通宝"。"我的老钱啊！你到底在哪里啊？我好想你！"他唉声叹气，他号啕大哭，他怨天尤人。

一番折腾后他就得了"老钱"的绰号。

"嚎个屁啊，"他爸爸对他说，"人不能在一棵树上吊死。找不到老钱你不会找其他的吗？"

他一想，是这个理儿。所以，去坟堆的时候，他又注意寻找珠串啊香炉啊竹简啊。再往后，他因为盗卖文物被抓，被判刑，想起爸爸的那句话，就觉得自己错在只会盗墓，不会别的。于是，10年刑满释放后，他同时找到了两条生财之道。

环保是其中一条。

现在的老钱，是"绿魂国际环保协会"创始人兼秘书长。他很擅长演讲，经常穿着得体的西服，面带"弥勒佛"一样的笑容，到世界各地就环保的方方面面开办讲座，深受环保组织和环保爱好者的喜爱。眼下他正受主办方的邀请，参加在重庆市璧山区举办的"国际环保世纪行"活动。

上午的会议刚结束，饭前有一段嘉宾们的休息时间。老钱信步走出房间。这里是位于璧山区秀湖公园之中的时光故事影视小镇，一片仿古建筑。建筑风格杂糅，飞檐、影壁、回廊、柳树、石桌、鱼池浑然一体，在老钱这个曾经的文物贩子看来，也还勉勉强强，过得去。

有人在池边喂鱼。老钱走过去，只见满水池里都是翻滚的金色鲤鱼。"发出去了吗？"他压低了声音问。

"发出去了。"喂鱼的年轻人回答，"现在网上比这池子里的鱼还闹得欢。"

老钱盯着水面上金色鲤鱼那一张张大嘴："可以想象那幅情景。"

"协会的力量都动员起来了，还有好多环保组织都加入进来了。这一次，一定会把老苏头拉下来。"

"闹得越大越好。"老钱说，"下午我将在'国际环保世纪行'的论坛上，当着所有媒体的面儿，正式指控璧山空间太阳能电站非法实验，导致严重的生态灾难。"

老钱从年轻人的手里拿过鱼食，丢到池子里，看着那群金色鲤鱼在水里不停地翻滚着、争抢着。如果手里有一张网，那这群金色鲤鱼没有一条能逃掉。

"放心吧，钱秘书长，为了环保，我们都很努力。"

老钱堆起满脸笑意，拍了拍年轻人的肩膀，然后离开。像这样血气方刚又单纯自信、一提到环保就嗷嗷直叫的年轻人协会里还有很多。"绿魂"，以绿色为魂，多好的名字啊。他都有点儿佩服自己，当初是怎么想出"绿魂国际环保协会"这个名字的呢？

"不能骄傲啊。"他对自己说。现在，一边是在网上指控老苏头装神弄鬼，欺上瞒下，搞封建迷信活动，一边是在国际论坛上指控老苏头制造生态灾难，刻意隐瞒实验结果。双管齐下，把水搅浑，正好方便那潜进实验基地的人盗取方案，真可谓是一箭三雕啊。人不能在一棵树上吊死。

想到这里，他脸上堆积的笑容更多更深了。

4

"长安"又在弯弯绕绕的山区公路行驶了约莫20分钟，小邱终于宣布璧山区空间太阳能电站实验基地要到了。

"要到了？"张承毅问。

小邱朝前一指："那里！"

张承毅抬眼看见前方苍翠的大山静默着，向他所在的方向伸出无数条巨大的臂膀，在其中两条臂膀之间，有一处璀璨如荧光水晶的地方。

又拐了几个大弯，可以看见挂着"璧山区空间太阳能电站实验基地"牌子的大门了。"长安"没有进基地大门，而是在大门附近拐了一个弯，驶进了一座绿色植物掩映下的仿古建筑里。

"西安团队的朋友们，你们辛苦了，一路舟车劳顿，终于到啦！"小邱说，"你们的住处已经安排好了，就是这里。你们只需要去前台刷一下脸就可以了。"

不进基地吗？张承毅一脸茫然，但团队里的其他人都陆续下了车，他也只好跟着。3层高的仿古建筑上挂着两排红灯笼，第一排红灯笼上写着"李家院子"。张承毅先前就注意到了，基地大门附近较为平坦，一条小溪在公路左侧蜿蜒而过，平地和山坡都种着翠竹、柳树、松柏、美人蕉和枇杷树，一些飞檐翘角在蓬蓬勃勃的植物丛中若隐若现。这就是围绕实验基地形成的商业设施？

陈斌看出小师弟的不解，上前解释说："每次来这里，都住这种民宿。幸好住宿条件还是不错的。"

"很有特色。"张承毅说着，忽然闻到一股浓郁的香气，并且嗓子眼里忽然有液体在不受控制地涌动，"这是什么？"

小邱正在搀扶汤教授，闻言哈哈一笑："这是麻辣的味道，地道重庆火锅的麻辣味道。"

张承毅吞了吞口水，肚子不争气地咕咕叫了起来。他转身从大师兄手里接过自己的行李箱，然后去前台办理入住手续。小邱已经安顿好汤教授，迎向他们。"本来中午就该我请大家吃火锅的，可是科普中心那边安排了我上课，只能换到晚上。中午你们自行安排，想吃什么吃什么。李家院子的菜品多的是。"小邱对他们说，眼睛却看着张承毅，"一会儿吃完饭，有时间的话，可以去参观实验基地。我带路。"

"我来过很多次，就不用参观了。"陈斌说，"小师弟是第一次来，邱导一定要带他好好参观。"

"哎哟，时间到了，孩子们在等我，我得走了。"说完小邱带着笑意快步走开。

陈斌促狭地拍拍张承毅的肩膀，然后走向前台。

大厅边的一个房间里，一个服务员搓了搓手，开始拨打秘密电话。这个服务员长相普通，见过他的人都说不出他的特征，扔人堆里就跟一滴水扔海里一样，几乎无法分辨出来。"作料已经备齐，鲜美的鱼儿正在来的路上。"他说完，挂掉电话，若无其事地走进厨房。"七号桌，中午的菜单在这里。"他对李家院子的厨师说。

办理好入住，进到自己的房间，张承毅看见房间的条件还不错，布置得古色古香的，虽然比不上五星级宾馆，但基本上整齐、洁净，比他预期的好得多，这才放下心来。他先把两瓶梅花搬到自己喜欢的位置，又把茶几推到离床更近的位置，以便自己在床上一伸手就可以拿到茶几上的东西，然后把行李箱里的东西一一拿出来，反复比对之后，摆放到令他满意的位置。

张承毅在上海长大，父母都是知识分子，管得甚严，对起居饮食方面的要求特别多，也就养成了他对"整洁"的深度追求。再说了，按照计划，他要在这里住3晚，可马虎不得，起码不能亏待自己，应该怎么舒服怎么来。

最后一样东西是笔记本电脑。这可是张承毅最心爱的宝贝，不是市面上那些大路货，而是向华为公司定制的。与同等体积的笔记本相比，这款定制本的整体性能要高出5倍以上，但价格也自是不菲。汤家祥教授对他说："承毅啊，钱不是问题，只要你把程序编好，对整个项目的推进有好处，老师我全力支持，就是砸锅卖铁也给你买。"

在对华为定制本进行清洁工作的时候，周雨欣过来，叫他去吃午饭。

汤教授不能吃辣，所以午饭不是盛名在外的重庆火锅，而是几道西安菜。到重庆来吃西安菜，在这个物流发达的时代倒也不算特别稀罕。在七号桌，陈斌就"金钱酿发菜"和"口蘑桃仁余双脆"的配料发了几句牢骚，说不如西安的地道，挨了汤教授的批评，说他挑三拣四，做不了大事。吃完饭后，汤教授特别叮嘱大家休息好，明天会议正式开始，要做的事情还有很多，一定要全力以赴，争取胜利。

"我相信，欧米伽方案是空间太阳能电站的终结者。"陈斌转而用西安话念了一句《启示录》中的话，"我是阿拉法、我是俄梅戛；我是首先的、我是末后的；我是初、我是终。"

西安提出的方案叫"球形薄膜能量收集阵"空间太阳能电站。"球形薄膜能量收集阵"的英文名为Orb-shape Membrane Energy Gathering Array，首字母缩写为是OMEGA，与希腊字母Ω读音相同，因此也经常被戏称为"欧米伽方案"。与二次对称聚光方案、任意相控阵方案等其他空间太阳能电站聚光方案相比，西安的欧米伽方案更加高效、稳定、容易控制。而欧米伽有终结之意，这看似闲磕牙的文字游戏，其实潜藏着汤教授内心深处的渴望。

"你相信没用，要专家组相信。"汤教授瞪了自己的"大弟子"一眼，示意他不要耍贫嘴。

等他们离开，张承毅想了想，信步走出李家院子，走上公路，走向实验基地大门。

智能门卫识别出张承毅"访问学者"的身份，金属闸门打开，把他放进去。"邱怡桐给张承毅留言，她在科普中心等您，请按箭头所示方向行进。"智能门卫说。

没走几步，张承毅就看见一座16.8米高的试验塔，小邱所说的科普中心就在试验塔的旁边。张承毅的兴趣在试验塔上。它是框架结构，好像埃菲尔铁塔缩小版。实际上，现在这个试验塔是模型，真正的试验塔高168米，在试验结束之后已经拆除了。同样的试验塔，西京电力大学也有一个，只是矮一些，高75米。不过，总体结构基本相同，都是顶端是光伏电板加上微波发射器的组合，底端是微波接收器与蓄能电池的组合。顶端组合周边有滑轮，可以在4根柱子上上下移动，改变与底端组合的距离，以便测试在不同距离上，微波的集束、损耗与溢出。

"大家知道吗，试验塔是空间太阳能电站项目实验的第一阶段。"那边传来小邱的声音，一群初中生围在她身边，仰望着试验塔，满脸的崇敬。

"我们为什么要把电站建到太空去呢？"小邱自问自答，"这是因为太阳能在地面的利用率并不高，容易受云雨、季节、昼夜更替等很多因素的影响，非常不稳定。但在太空中，太阳能的利用率会大大提高。到达地面的太阳辐射量每平方米约为1.4千瓦，而在地球静止轨道上，这个数字为140千瓦，是地面上的整整100倍。在太空中，1平方千米光伏电板所产生的电能，就与三峡工程相当。"

"可是，怎么把空间太阳能电站发的电送下来呢？不可能用电线吧。"一个学生问。

"聪明的问题。科学家在激光和微波之间，最终选择了微波。"小邱指着试验塔，说，"微波具有易于集聚成束、高度定向性及直线传播的特性，穿透云层的能力也强于激光。所以，这个试验塔试验的是微波输电技术。太阳光照射到最顶端的光伏电板，光伏电板把太阳光转换为直流电，这是第一步。接下来，微波发射器把直流电转换为微波。微波是一种电磁波，肉眼看不见，它穿过空气，投射到下边的这个接收天线上。第三步，接收天线把微波转换为直流电……"

小邱忽然住了嘴，望向张承毅这边："同学们，你们运气真好，那边那个帅帅的大哥哥正是研究空间太阳能电站的科学家。"

自己怎么忽然间就成主角了呢？张承毅尴尬地冲同学们挥了挥手。

"大家掌声欢迎张博士讲几句话。"邱老师说。

响起一阵掌声。

"我还不是博士，我没什么好说的。还是——"张承毅尴尬得有些结巴，"——还是邱导邱老师继续讲。"

"张博士这是嫌弃大家的掌声不够热烈。"

这略带嘲讽的话不是小邱说的。声音来自身后，清脆而明晰，宛如钢琴奏出的富有穿透力的乐曲。在同学们更加热烈的掌声里，张承毅猛然转头，看见一名女子从科普中心里施施然走出来。有那么一瞬间，他看不见一切细节，看不见她的衣着，看不见她的打扮，看不见她的眉眼，看不见她的手势和步态，只觉得是一团英气，犹如一颗小太阳，向着自己迎面扑来。

他觉得自己被那小太阳灼伤了。

脸，从额头到颧骨到下巴再到脖子，都烫得厉害。

"我不是……"他结结巴巴地说，仿佛一下子失去了说话的能力。

"娇娇，你啥时候来的？"小邱惊呼着，从张承毅身边跑过去，抱住了那女子的双肩，"我想死你啦！"

她们的拥抱在一定程度上缓解了张承毅的极度尴尬，但并没有彻底解决问题。张承毅当时就意识到，刚才的惊鸿一瞥还有自己糟糕至极的表现，会成为自己这辈子永远不会忘却的记忆。

5

陈斌回了房间，想睡个午觉。年轻的时候，他从来不睡午觉，但现在年纪大了，睡午觉就成了每天必做的事情。不睡的话，整个下午都会浑浑噩噩，即使醒着，也做不好什么。但他心中有事，在床上翻来覆去，怎么也睡不着。

陈斌今年42岁，在西安团队向来以"大师兄"自居。算年龄，他肯定不是汤家祥教授的第一批学生。但汤教授数十年的教学生涯，教过的学生数以千计，陈斌是至今还留在他身边的唯一一个。他在公共场合不止一次地说："没有老师，就没有我的一切。"

这话，一半是真，一半是恭维加自夸。

重庆的这次会议，对他而言太过重要。如果西安的欧米伽方案能够在与重庆方案的竞标中胜出，那自然是极好的事情。然而，考虑到重庆方案的优势……他更睡不着了。

睡不着就只好起床做事。

陈斌找到小邱，向她打听专家组的情况。小邱说，专家组早就来了，在西安团队到来之前，避开了所有人，悄无声息地住进了实验基地的指定宾馆。"一共7人，来自不同的地方。有北京过来的，有从海南文昌过来的，还有从青海一个叫冷湖的地方过来的。"小邱说她一个也不认识，拿到的资料也只有照片，连名字都没有。"神神秘秘的。"她总结说。

陈斌请小邱仔细回忆照片的内容，根据她的描述，陈斌推测出3个专家组的成员。一位是国际宇航科学院秘书长埃德温·查德威克，一位是中国宇航学会空间太阳能专业委员会主任委员曾菲轩，还有一位是中国航天科技集团有限公司首席科学官谢文博。

陈斌去汤教授的房间，把打听到的和猜测到的结果一股脑地告诉了他。

"谢文博？"汤教授说，"他真的来了？前段时间不是说他生了重病，卧床不起吗？不过也不奇怪，这么重要的事情，作为中国最早主张研发空间太阳能电站的专家之一，他应该来的。"

"但另外4个专家组成员则模糊不清，我无法推测出来是谁。"陈斌有些愧疚，"比如那个从青海冷湖过来的，到底是谁呢？冷湖是有世界级的光学天文台，但搞天文的，跟我们这个项目有什么关系？"

陈斌的意思汤教授看得出来。搞空间太阳能电站研究的，国内加上国际都是一个很小的圈子，来来去去就那些人。这30多年里，汤教授参加过与空间太阳能电站相关的各种论坛、年会、讲座、比赛等，不计其数。陈斌跟着他，也几乎认识了这个行业里的每一个研究者。

陈斌推测不出专家组成员的名字来，这说明什么？汤教授沉吟着说："猜不出就不猜了。不管怎样，做好自己，才是最好的。管他谁来，我才是这方面的真正专家。要有充分的自信。"

陈斌道："老师说得对。"

陈斌前脚走，胡学伟教授就敲开了汤教授的房门。"老汤，"他亲切地叫着，"我刚去打听了一下重庆团队的消息。他们住在杨家院子。"

"老苏的身体可好？他的膝盖怎么样呢？"

"老苏不在，我没有见到他。"

汤教授望了望窗外明媚的春光。"雨欣，准备一下，"他吩咐道，"我要出去。"

周雨欣答应着，去拿汤教授的帽子。

"重庆团队除了老苏，还有谁？"

"我们的老朋友李茂荣。"

"这个人学术水平还行，就是脾气太好，不容易有突破性成就。"

"还有两个，我没有见过。两个都是在读博士生。"

"两个？我这边用张承毅一个在读博士生都费了老大的劲儿，老苏一次性就用两个？他到底是怎么想的？那在读博士生都是学什么的？"

"一个是学工程设计的，老苏的学生；另一个是可持续发展专业的，和小师弟一样，去年才加入团队。"

"可持续发展？"

"就是以前的环保专业。"

环保？老苏葫芦里在卖什么药？汤家祥疑惑着。

"听说那个学工程设计的，是一个女生，特别厉害，个个都夸她，说得跟百年一遇的天才似的。"胡学伟说。

"我们不也有承毅嘛，没什么好担心的。承毅也是天才，不是吗？"汤教授戴上帽子，仔细地把为数不多的白发压平，同时说，"你怎么跟陈斌一样，听到一点儿消息就心惊肉跳、胡思乱想的？要稳重，稳重，懂吗？"

胡学伟讪讪地笑了笑："我这不是闲的嘛。"

"与其到处打听小道消息，不如把我们的方案再过一遍，想想专家组会提哪些问题，要怎么样回答才更加全面、更加妥当。"汤教授站起身，"有时间吗？有时间跟我去找赵亮。"

两位教授联袂去找中国航天科技集团有限公司董事长，却在"赵家院子"吃了闭门羹。赵亮的专职秘书告诉他们，董事长正在开会，今天不见任何客人。"重庆的，西安的，都不见。"她强调说。

"这个赵亮！"汤教授愤愤地说。他仿佛听见赵亮在半空中说："汤老，苏老，你们俩都是国宝级院士，哪个我都得罪不起啊！得罪不起我总躲得起嘛。"

回到自己的房间，汤教授摘下帽子，递给周雨欣。"通知下去，"他命令道，"我们也开会。通知他们几个，半个小时后，到我房间里开会。不，10分钟后开会。"

张承毅在科普中心接到了周雨欣的通知，只好向小邱和娇娇告辞，回到李家院子，前往汤教授的房间开会。

"承毅啊，你是最后一个到的，坐那边。"汤教授说。

张承毅依言坐到胡学伟教授的旁边。

汤教授问："大家经历过停电吗？"

"我小时候家里经常停电，经常不通知就突然停电。有时候正忙着呢，停电了，四周都黑黢黢的，得摸索着去找蜡烛。"胡学伟说。

"对对，那个时候家家户户都有蜡烛，就是为停电准备的。"陈斌说，"我对这事儿有印象。"

胡学伟说："我还记得家里的蜡烛和火柴最开始是放在一个抽屉里，后来多停了几次电，就学乖了，将几支蜡烛配上几盒火柴，分别放在好几个地面、桌子上、窗台上、书架上、茶几上，这样，一停电，就能从最近的地方摸到蜡烛和火柴，立刻点亮。现在的孩子，已经不能体会骤然停电后在漆黑的房间点亮蜡烛那种感受。"

周雨欣插嘴道："这是好事，不是吗？"

"确实是好事。"胡学伟说，"后来，三峡工程全面竣工，才不怎么停电了。再后来，停电的次数越来越少了，而且几乎每次停电都是因为检修什么的，会提前通知，做好准备。我对蜡烛的最后印象，是搬新家的时候，从老家搜出十几支用过一两次的蜡烛，犹豫了一下，就全部扔掉了。"

陈斌说："说到停电，我忽然间想起来，在我读初中的时候，也是经常停电。那个时候要上晚自习，管得非常严，值周老师来回巡视，不准学生发出任何声音。一停电，整栋教学楼就会爆发出一阵惊天动地的呐喊。这呐喊，其实跟欢呼没有两样。然后，同学们就从抽屉里拿出蜡烛点着，搁在课桌上，聊以照明。整间教室都被烛光照得亮堂堂的。烛光不像电灯那样刺眼，男生女生的脸都笼罩在摇曳朦胧的烛光里。在这种情况下，值周老师也不会严格要求纪律。于是，同桌之间、前后方之间、同一个小组之间，开始小声聊天。你们可以想象，在忙碌到极点的学习生涯中，忽然间有一小段时间可以不受约束地闲聊，是多么幸福的一件事啊。"

张承毅百无聊赖地听着。这些事情他都没有经历过，胡学伟和陈斌所说的话，仿佛无数的气球在他头顶上方飘过，没有留下任何痕迹。他忽然意识到胡学伟和陈斌所说的经常停电是同一个时期的，只是因为他们的年龄相差10岁，一个在上班，另一个在上学，所以感受大不一样。

"关键句怕是'女生的脸都笼罩在摇曳朦胧的烛光里'吧。"胡学伟笑道。

"胡教授很能抓住关键。"陈斌咧开嘴大笑。

汤教授正色道："承毅啊，你怎么不说话？"

"我没有经历过停电，"张承毅说，"听你们说停电，都是挺美好的回忆，又是点蜡烛，又是无所顾忌地聊天，我也想停一次电。"

"真会瞎说。"汤教授说，"别忘了随时停电可能造成的巨大损失和破坏。随时停电造成的灾祸数不胜数，你愿意生活在这样的时代和地方吗？"

几个人一起摇头。

"这就是我们为什么要研发空间太阳能电站。"汤教授环视众人，说，"来重庆之前，有人问我，为什么要把这个标准送到那个空间太阳能大会去呀？我们自己搞不行吗？真不行。

"首先，除了技术和经济方面，空间太阳能电站的发展还涉及许多政策和法律等方面的问题。空间太阳能电站采用的频率如何确定？允许的微波功率密度是多少？如何考虑无线能量传输的安全性及不对其他设施造成干扰？空间太阳能电站的轨道参数又是多少？诸多标准尚需明确。

"其次，如何保证空间太阳能电站不会产生太空垃圾？报废时间如何确定？报废后怎么来处理？这些问题都需要事先制订标准，供全世界使用。

"最后，也是最重要的一点，时代变了，不能再关起门来搞研究。我们得走出去，自信地走出去。大家要知道，空间太阳能电站这个项目，最终还是要走向国际的，我们的目光要放长远一点嘛。

"所以我们必须想出办法，赢得这次竞标的胜利。"

6

这个事情说起来容易，做起来难。

张承毅加入西安团队的时间并不长，还不到半年。他本来在何亦滨院士的"天眼阵列"项目组里做编程工作，汤家祥教授过去交流的时候，认识了他，惊为天人，于是竭力邀请他加入西安团队。何院士当然不同意。汤院士不得不开出各种优惠条件，最后将当时刚满20岁的张承毅"暂借"半年，并承诺：一旦空间太阳能电站竞标结束，不管结局如何，都会把张承毅归还给何院士。

到西安团队后，张承毅才第一次深入接触空间太阳能电站。一开始他也是蒙的。一大堆能把人直接砸晕的陌生名词扑面而来，幸好他早有自己的一套处理技巧，那就是跳过词语——有的词语创造出来的目的就是不想让人看懂——直接去理解词语底下的本质，就像再复杂再强大的电脑程序，本质上也是一串串代码而已。

空间太阳能电站的原理决定了它由发电系统、输电系统和接收系统等三大子系统组成。发电系统和输电系统组合在一起就是空间太阳能电站的太空部分，而接收系统是地面部分。

显然，以光伏电板为主体的发电系统非常关键。

总体上来说，空间太阳能电站的光伏电板排列方式有两种：

第一种是平台式，把光伏电板铺展开就好。但光伏电板需要每天旋转180°，保证24小时朝向太阳，而微波天线需要一直指向地球上的固定位置。因此，发电系统需要一个额外的动力，同时发电系统与微波天线之间需要一个复杂的连接装置。

第二种是聚光式，光伏电板在电站中间，四周布置聚光系统，使光伏电板不用旋转，也能24小时受到太阳光的照耀。但加上聚光系统后，整个空间太阳能电站就变得更加庞大、更加复杂，造价上也更加昂贵。

两个方案各有优缺点。平台式方案的最大问题是总体效率偏低，相对而言，聚光式的效率高得多。同时，聚光式空间太阳能电站完全建成后才能投入使用，而平台式的前期建设工作完成，有几组光伏电板到位，就可以一边建设一边发电。

此外，还有星链式，在较低的轨道上，布置一系列小型光伏卫星，保证随时都有1~3颗光伏卫星在指定区域上空经过。这种设计，成本最低，技术难度最小，但同时也是效率最低的。"就像是一串飞过天空的糖葫芦，"陈斌在说到这个方案时作出这样的评价，"只在经过你头上时，让你舔一下。"

现在，国际上空间太阳能电站的主流方案，不是平台式，就是聚光式，只是在更具体的设计上有很大的区别。

"多旋转关节空间太阳能电站"是一种平台式方案，最早由中国航天科技集团五院"钱学森空间技术实验室"于2015年提出，获得了当年国际太阳能卫星设计竞赛第一名。这个方案将整体光伏电板阵分解为多个独立的子阵列，将单一的导电旋转关节转变为每一个子阵列对应两个独立导电旋转关节，解决了极大功率导电旋转关节技术难题，并避免了导电关节的单点失效问题，解决了制约空间太阳能电站方案设计的最大难题。

西京电力大学机电科技研究所的方案叫作"球形薄膜能量收集阵空间太阳能电站"，是一种聚光式方案，于2014年提出。该方案最重要的特征就是利用球面聚光收集能量，聚光方式为线聚焦。平行光入射至半球面后，光线将会经球面反射全部集中在置于球面底部圆柱形的光伏电板上。其回转体特性及单向透光薄膜或对日镜面打开调整方法，保证空间太阳能电站在同步轨道运行的时候，不需要大规模旋转调整。

"所以呢，世界上没有完美无缺的方案，"胡学伟教授曾经这样说过，"只能说，在现有技术条件下，尽可能地做到扬长避短。是的，设计方案不追求完美，也无法追求完美。一个那么复杂的项目，涉及数以10万计的零部件，总会有不足之处。倘若追求完美，那任何方案都只能停留在纸上。"

2018年，经过数次讨论，最终确定了"两条腿走路，两条腿都要快"的原则。西安和重庆各自组建团队，分别由汤家祥和苏廷信两位国宝级院士带头，按照各自的原初方案，投入数十亿的研究经费，招募最优秀的人才，进行长期研究。

这种带有探索与技术储备性质的研发最终能走到哪一步其实很难预测。一个重要的原因是，除了方案本身存在难以解决的问题，制约空间太阳能电站建成的因素还有很多。比如兆瓦级空间太阳能电站的体积比天宫2号都要大许多倍，起码要2000吨，甚至3000吨，需要上百次发射到达近地轨道并进行组装，再送往3.6万千米的地球同步轨道。这远远超出了当年火箭的发射能力。显而易见，研发低成本、大运载量的近地轨道运载器和高性能轨道间电推进系统，研发轨道上的大规模生产与组装技术，都远远超出了空间太阳能电站本身的研究范围，归属到另一个更为瞩目的高端科研项目——航天领域了。

今年9月要在上海召开2028年国际空间太阳能大会，现在中国的兆瓦级空间太阳能电站会进入最后的竞标阶段，有赖于去年也就是2027年7月，长征九号重型火箭在海南文昌发射成功。这是中国自主研发的最大火箭，当时全中国一片欢腾，都说是航天事业的一大阶段性胜利。

张承毅查过资料，长征九号重型火箭最大起飞推力3680吨，最多能将140吨的航天器送往近地轨道。用小学数学就可以算出来，假如空间太阳能电站重2000吨，那么长征九号需要发射15次，而其他型号的火箭则需要发射70~140次。要知道在2020年的时候，全世界的火箭，不论推力大小，也不管是哪一个国家的，发射次数加起来才114次。

"空间太阳能电站的正式建设终于可以提上议事日程了。"张承毅清楚地记得汤家祥教授说这话时的表情——是那种多年夙愿终于达成的激动。

然而，距离胜利还很遥远，西安方案与重庆方案还没有一决胜负。对汤教授而言，心中的块垒一直存在。

重型火箭之外，制约空间太阳能电站建成的因素还有很多。不管是西安的聚光式方案，还是重庆的平台式方案，都存在着总体结构过于复杂、转换效率过于低下、建设难度过于巨大等毛病。最大的问题是，建设成本太高。媒体把空间太阳能电站称为"太空中的三峡工程"，准确，又不准确。说准确，是因为两者有太多的共同之处；说不准确，是因为三峡工程的总投资才2000亿元人民币，而建设一座空间太阳能电站的投资预计超过10000亿元人民币，相当于5个三峡工程。

"当然，也正因为如此，方案改进的思路也异常简单：简化结构，提高效率，降低成本。"汤家祥说。而张承毅要做的，就是优化西安方案中涉及程序的部分。

西安团队组建后，在汤家祥教授的带领下，一边进行数以千计的实验，一边根据实验结果还有技术进步，对原初方案进行了不计其数的改进。10年时间里，一次次更新，一次次升级，一次次迭代，说最终方案跟原初方案是两套完全不同的方案毫不为过。

但重庆团队在苏廷信教授的带领下也做了同样的事情。就已知的数据而言，西安方案与重庆方案各有千秋，不分伯仲。鹿死谁手，还真是未知之数。

汤家祥教授再一次看向众人，焦灼的目光从胡学伟、陈斌和张承毅的脸上一一划过，问："我们要采取什么样的策略，才能确保最后成功？"

7

晚饭之前，小邱来到李家院子，挨着房间敲门，请西安的朋友吃本地特色菜。汤教授和胡教授都拒绝了，说怕辣。"知道重庆美食多，"汤教授这样说，"但是没有办法啊，肠胃真不行了。"陈斌倒是欣然答应，而张承毅还在犹豫时，小邱说娇娇也会来，就帮他作出了最后的决定。

3个人来到餐厅一间包房，围坐在四方桌边闲聊。张承毅这才知道导游是小邱的正职，去实验基地科普中心当老师其实是参加志愿活动。"我哪会当老师？不过就是把你们的研究结果背诵下来，再添油加醋讲给那些小孩子听罢了。"正说着，小邱忽然"噢"了一声，起身跑出去，不一会儿亲密地挽着娇娇的胳膊，从外边进来。

张承毅隔着陈斌望向娇娇。娇娇比小邱高半个脑袋，上身穿一件白色衬衣，胸前有红色的植物纹饰；下身套一条合体的红色短裙，恰到好处地露出修长的腿；脚上是一双半透明的水晶凉鞋。她留着漆黑的过肩长发，向后披散着，额前一缕拇指粗的头发染成了火红色，使她的整个眼睛、整个脸乃至整个人都发着勾魂摄魄的光。英姿飒爽，英姿勃发，英气逼人，这样的词语就应该是为她而创造的。

"这是我同学，我们都叫她娇娇。"小邱向陈斌介绍，"这位是西京电力大学的陈教授。"

陈斌说："都说重庆出美女，果然名不虚传。"

小邱又对张承毅说："你我就不介绍了，你们已经见过了。"

娇娇点头："张博士。"

"还没有毕业。"

"什么专业？"

"编电脑程序的。"

"张在读博士生？或者是张准博士？"

"就叫名字。"

"我还不知道你叫什么名字呢。"

"张承毅。"

"哪3个字？"

"弓长张，承受的承，毅力的毅。"张承毅忽然有几分生气。不是生气于娇娇对自己那种轻慢的态度，而是自己居然在意名字这样的细枝末节，并且一再纠缠。我平时可是对什么都无所谓的呀。与此同时，下一个赌气似的问题已经冲口而出："你呢，娇导？"

"你猜。"

简单两个字，就四两拨千斤，将张承毅的气全给堵回去了。

"娇娇，你就不要为难小哥哥了。他呀，别的都好，就是见到美女舌头打结，不会说话。"小邱赶紧打圆场，旋即安排娇娇坐到张承毅对面，自己坐到了张承毅的右手边。

"说到名字，小邱，你的全名是啥？"陈斌转换话题。

"邱；怡，心旷神怡的怡；桐，桐是梧桐树的桐。"

"邱怡桐？"陈斌重复了一遍，然后笑着说，"你爸爸妈妈一定很喜欢打麻将。"

"为什么这样说？"小邱不答反问。

"怡桐，一筒啊。"陈斌摇头晃脑地咧开嘴大笑起来，笑得头顶为数不多的头发都飘荡起来，直叫人担心他再这么一直笑下去，他的头发怕是会一根都不剩了。

娇娇已然明白过来，露齿一笑；张承毅后知后觉，跟着笑；邱怡桐是最后一个反应过来的人，一边拍着桌子一边笑，笑得上气不接下气。甚至那个端着菜盆子的服务员也跟着笑起来。

那仿制成青花瓷的菜盆子比别处的大3倍，服务员两手捧着，步履稳健，熟练地喊了一声："璧山兔来了！"他把菜盆子轻轻搁到四方桌中间，做了一个请的动作："各位贵宾请慢用。"随即离去。

整个过程行云流水，宛如一场杂技表演。

但见菜盆子里一片诱人的红色，上面一层全是红通通的辣椒。张承毅闻到了一股麻辣的气息，正是上午刚到李家院子闻到的味道。

"我要减肥！"美食当前，小邱发出撕心裂肺的一声呐喊。

"瞎嚷嚷啥，"娇娇说，"吃肥了才有资格减肥，吃饱了才有力气减肥。"

"娇娇，我嫉妒你！嫉妒你那么能吃，身材又那么好，不胖不肥！"小邱连珠炮似的说，"不像我！吃啥都长肉，还长得不是地方！"

"小邱邱，"娇娇在小邱后边加了一个邱，这个词忽然就变了意思，"你哪里胖了？你只是瘦得不明显。"

"锥心啦！泣血啦！要人命啦！"小邱拿起了筷子，"大家吃，吃！璧山兔，本地特色菜。"她伸出筷子，在菜盆子里拨拉了一下，从红浪浪的辣椒堆里翻捡出一块肉来，送进嘴里，一口吞下。"好吃！好吃！大家吃啊！后面还有来凤鱼。"她边说边吃。

娇娇并不娇气，吃起璧山兔来，也是英姿飒爽，毫不含糊。张承毅看着她吞下一块兔子肉，问："这不是火锅吧？"

"当然不是。"娇娇好整以暇，"不过呢，重庆的这些特色菜，大多数确实跟火锅有关系，有的是亲儿子，有的是干儿子，还有的是私生子。"

"璧山兔算什么？"

"璧山兔的本质是用做火锅的办法来烹制兔子，而吃兔子的习惯是从成都那边传过来的，历史其实就四五十年，不算特别长。兔肉本身很柴，并不好吃，用火锅底料这么一煮，味道才出来了。"娇娇看了张承毅一眼，"你是不吃兔肉，还是不能吃辣？"

"照你这么说，璧山兔算是重庆菜跟成都菜的亲儿子了。"张承毅大着胆子夹了兔肉放进嘴里，仔细品味，于麻辣之间感受到了兔肉的嫩与滑。没有他想象中的那么辣，最关键的是，比他想象中的好吃。所以，他又连着夹了好几块。

"光顾着吃了，"小邱说，"忘了喝酒。"她取出一瓶早就准备好的红酒，熟练地给每一个人倒了一杯。"朋友来了有好酒，"小邱站起身，举起酒杯向3个人说，"敬大家，我先干为敬！"说完，一仰脖，把整杯红酒倒进了喉咙。

来之前，张承毅听说过重庆女子豪放，但亲眼看见，还是有些吃惊。他晃了晃杯子，里边水晶般的液体诱惑着他，但他还有些犹疑。娇娇已经如小邱一般喝完，并且挑衅似的翻转了一下杯子，让大家看她的杯子一滴也不剩。随后陈斌也喝了。张承毅咬咬牙，也一口气干了。

有了第一杯，就有第二杯，然后是第三杯，第四杯……

来凤鱼上桌的时候，张承毅已经不记得自己喝了几杯了。"吃鱼！吃鱼！鱼要吃新鲜的！"他听见小邱嚷嚷着，声音有些变调，好像潜在水里听岸上的人说话，"鱼羊为鲜，鱼和羊啊都要趁热吃才新鲜。"他瞥了一眼大得无边无际的盘子，那里面红得耀眼的辣椒铺成了起伏不定的大海，其中似乎有不可名状的白色巨鱼出没……

娇娇举起酒杯，神目如电，面色如常："敬张承毅准博士！"

张承毅举杯，碰杯，喝。

这成了压垮骆驼的最后一根稻草。

他眼前一黑，栽倒在古铜色的四方桌边。

8

敲门声急促而激烈。张承毅闭着眼睛，听着那雷鸣般的声音不可阻挡地深入耳膜，无动于衷。有人喊话，似乎是在叫他起床，今天有什么重要的事情……他脑子里浑浑噩噩，如同雨后的垃圾场。有什么重要的事情？一个念头闪电般亮起，他猛然间掀开被子，从床上坐起，惊讶地发现，自己的记忆停留在了四方桌上栽倒的瞬间。

从那一瞬间，到刚刚睁开眼睛，中间竟是一片空白。

他脑子一片空白，又似乎充满了嗡嗡嗡的声音。两者并行不悖。

敲门声和呼喊声还在，那是周雨欣。他答应了一声，表示已经起床了。周雨欣叮嘱了两句，然后离开了。他旋即意识到自己极端的口干舌燥，从嘴唇到脚尖都迫切需要水分的滋润，就像多年烈日暴晒却未曾下雨的沙漠。

张承毅瞄了一眼时间，已经是上午8点多了。他鼓足干劲，下了床，连喝两杯白开水，这才缓解了口渴的不适感。他开始洗漱，盯着镜子里的自己，同时回忆昨晚到现在到底发生了什么。是谁把自己送回屋的？这么长的一段时间里，他竟然只记得某种动物的叫声。是的，鸡叫，公鸡的啼叫。那声音高亢又悠长，而且一只鸡叫，继而数十只鸡跟着叫，"喔喔喔"。在此之前，他只在影视剧里听过公鸡的啼叫，现实里倒是头一回，所以印象格外深刻。

那么，公鸡是在什么时候叫的？

时间已经很紧了。他无暇多想，洗漱完毕，穿好衣服，抱上华为定制本，匆匆出了门。反手关门的时候，他突然意识到不对，有什么重要的事情已经发生了，他却不知道。是什么事情呢？楼下传来了陈斌的呼唤："小师弟，快点啦，都等着你呢！"

张承毅下了楼，汤家祥教授盯着他："承毅啊，你不知道今天是什么日子嘛！"

张承毅"嗯嗯"地回应着，脑子停留在上一件事上。陈斌在一旁帮忙解释："小师弟平时不怎么喝酒，所以不知道自己的酒量是多少，这不，见着美女，没有控制住，就多喝了几杯。也没有什么，年轻人，恢复得快。睡一觉就没事儿了，是吧？"

什么叫"见着美女，没有控制住，就多喝了几杯"？这解释还不如不解释呢。张承毅脑子闪过娇娇的脸庞，还有她举起酒杯一饮而尽的豪情，酒意又涌上了喉咙，几乎要倾倒出来。

汤家祥教授已经转身离开，周雨欣跟着。胡学伟教授拍拍张承毅的肩膀，也跟着汤教授的步子走向实验基地。

张承毅忍住酒意，拍了一下陈斌的胳膊，示意他有事要问。"昨晚谁把我送回房间的？"他压低了声音。

"小邱，还有娇娇。"

"就她们两个？"

"我也喝得不少了。"陈斌笑着说，"我看见小邱和娇娇把你扶进了房间，就回自己的房间了。她们两个是真能喝呀，不愧为导游。尤其是那个小邱，一杯接着一杯地喝，脸色都没有变过。"

"大师兄，你就这么放心她们进了我的房间？"

"怎么？"

"我的定制本被人动过！"

"什么……你确定？"

"我确定。"

陈斌踌躇了片刻："丢东西了吗？我是说，定制本里的资料。"

"我还没有打开看。"

"等确定了再说。嗯，先不告诉老师，省得他着急。"

张承毅脑子里还是嗡嗡嗡地响，觉得大师兄说得有道理。要是定制本只是被谁无意中碰了一下，离开了原来的位置，那自己就着急忙慌地告诉了汤教授……他不由得点头，认可了大师兄的判断。

他们已经走到了实验基地的大门处。在智能安检的提示下，所有的手机及其他通信设备全部被收走，张承毅的定制本经过特别申报，才得以带进去。每人发了一个比扑克牌还小1/3的卡片机用作临时联络。根据那机器的说法，卡片机里有正在使用卡片机的所有人的联系方式，使用起来极其方便。

"手机带进去也没法用，"陈斌冲张承毅晃了晃手里半透明的卡片机，"这玩意儿离开这里也没有用。"

进了大门，张承毅在人群中仰望，太阳已经升上了东边的山顶，红得灿烂。今天是2028年3月5日，他模模糊糊地记得。璧山区空间太阳能电站实验基地坐落在山谷之中。他仰望被四周的山所包围的蔚蓝的天空，恍惚中竟有坐井观天之感。在山谷四周的山顶上，各有一座尖尖的数十米高的铁塔，那应该是之前做实验留下的遗迹。

酒意再一次涌起，涌上了张承毅的大脑。他心神恍惚，刹那间竟不知道置身于何时何地。

在实验大楼入口，中国航天科技集团有限公司董事长赵亮亲自出来接他们："舟车劳顿，大家都辛苦了；照顾不周，还请汤院士多多海涵。"汤院士一一介绍团队成员，赵亮一一握手，热情寒暄，欢迎西安团队到重庆参会。介绍到张承毅的时候，赵亮眼睛一亮，大笑道："久仰大名，程序员里的大神啊。"

张承毅心中有事，不待寒暄完毕，只身进入会议室，坐到指定位置上，打开了华为定制本。三级生物特征验证后，定制本进入工作状态。他查看了定制本系统自带的使用记录表，似乎没有异常。他不放心，又打开了系统后台，找到了他自己编的一个小型插件程序。在这个程序里，记录着昨晚10点29分33秒，定制本被打开过，12秒之后，有一个大型数据包被复制过一次。

那个数据包的名字叫作"欧米伽"，里面有西安团队"球形薄膜能量收集阵"空间太阳能电站的全套资料，包括他加班加点为这个项目编写的全部程序。

张承毅如遭雷击，脑子嗡嗡嗡响个不停，就像里边蓄养着数万只暴躁的马蜂。他一把将定制本合上，好像这样就能阻止资料丢失这件事的发生。他舔着干燥的嘴唇，眼前雾气笼罩，于是努力睁大眼睛，茫茫然四处观瞧。汤教授和胡教授都在跟人寒暄，没有看见大师兄。

该怎么办？

就在这时，一个飒爽的英姿进入他的视野，吸引了他全部的注意力。

娇娇戴着一副无边框眼镜，穿着一身稍显正式的西装短裙步入会议室。她注意到了张承毅的目光，只是微微一笑，然后步履轻快地走到重庆团队那边，施施然坐下。

在她面前的桌子上，闪动着"夏涵"两个字。

9

张承毅锁上华为定制本，起身，走向夏涵："要喝咖啡吗？我看见走廊那边有一个吧台。一起去？"

夏涵没有拒绝。两人一起走出会议室。

"我该怎么称呼你？"张承毅问。

"夏涵。"

"不是导游？"

"不是。"

"苏廷信教授的学生？"

"对，我是学工程设计的。"

"小邱叫你娇娇。"

"那是绰号。"

"娇气的娇？看上去不像啊。"

"不是娇气的娇，也不是骄傲的骄，而是朝天椒的椒。"

"啊……"

张承毅忽然想起，昨天夏涵穿的白色衬衣上绘着一种植物，当时不知道是什么，现在明白了，那就是小巧而艳丽的朝天椒啊！他不禁有些懊恼，懊恼于自己的后知后觉。"椒椒。"他自言自语道，"我昨晚喝高了，你没有。"

"怪我吗？"夏涵反应很激烈，"我是逼你喝还是骗你喝了？你喝多少，难道我没有同样喝？"

"不一样。"

"有什么不一样？我又没有因为我是女的，就要求你多喝！你这人讲不讲理啊！"

"我是说，我不擅长喝酒，我平时几乎不喝酒。我酒量不好。"

"酒量不好还拼命喝？找醉还是找死呢？"

"谁拼了？"

"你那种喝法不叫拼？"

这时，两人已经走到了吧台。夏涵冲吧台的服务员要了一杯普洱兰岛咖啡，同时推荐给张承毅。"肯定没有吃早饭吧？我也没有吃。"夏涵说，"这咖啡空腹喝，没有问题。"

张承毅也点了一杯普洱兰岛咖啡。这咖啡牌子他是第一次听说，不过他愿意尝试新东西，而且还是夏涵推介的。

服务员一边调配咖啡，一边对他们说："其实可以在卡片机上点饮料，我们送过去。"

"不过就是借着喝咖啡的由头，出来透透气。"张承毅说。

两个人各自端了咖啡往回走。眼见着要进会议室了，张承毅忽然停住脚步，喊了一声"夏涵"，然后说："告诉你一件事。"

"啥事？要说就说。"夏涵停住脚步。

"昨晚，我喝醉之后，有人打开了我的定制本，还复制了一份资料——欧米伽方案的全套资料。"

夏涵瞪圆了眼睛看着张承毅："大事啊！但……为什么告诉我？你怀疑我！"

张承毅没有说话，只是用力捏了捏咖啡杯。

"我没有这么无耻。"夏涵说，"是，我叫夏涵，我昨天没有告诉你，可你也没有问；是，我是重庆团队的成员，是你们西安团队的对手，可要赢你们也赢得光明，赢得磊落；是，昨晚我进过你的房间，可你不知道你醉得有多厉害——但无论如何，我夏涵，肯定没有偷你们西安的资料。"

张承毅看着夏涵的眼睛，看见里面聚集着汹涌的怒火。

夏涵继续说："不相信我的话，那你去举报，举报我偷了你们的资料。这样我就不能上台去发言了，你们西安就赢定了。但我也不得不怀疑，是你故意装醉，引我进你的房间，好诬陷我呢。重庆团队就4个人，现在两个人不能上台发言，你们西安好手段啊！"

夏涵说着，转身快步走回会议室。张承毅一时失神，不知道接下来该干什么，直到陈斌来叫他，说会议马上开始，他才端着咖啡杯慢腾腾地回到会议室。

西安团队的3个人汤家祥、胡学伟和陈斌已经各就各位，张承毅在3人责备的目光里坐到自己的位置上。对面，重庆团队却只有3个人，看名字依次是李茂荣、夏涵和陈宏炬，苏廷信没有出场。

赵亮走上主席台，向大家问好，表示自己来当今天的主持人。堂堂中国航天科技集团有限公司董事长来担任主持人，而不是讲完开幕词就把话筒交给别人，这安排多少有些出乎意料，但显示了公司对这个项目的重视程度。

赵亮先简单回顾了空间太阳能电站的发展历史，又讲了国际上这一项目的发展现状。

赵亮介绍说，美国率先把修改后的"任意相控阵空间太阳能电站方案"提交给了今年的世界空间太阳能大会组委会，先声夺人，并正在积极争取各个组委会委员的支持。日本没有能力提交全套方案，只提交了无线输电技术的标准，这更多的是一种姿态，表明自己还在做，还没有退场。以色列和韩国都有过预研项目，法国和德国也有合作的意向，但最后都无疾而终。俄罗斯说过很多次，要立项要立项要立项，可惜始终是雷声大雨点小，不见有真正的行动。这其中，阿联酋反而是坚持得最久的，不过没有多年的技术积累与沉淀，投资再多，终究也是流于纸上谈兵。

"像兆瓦级空间太阳能电站这样的超大型科研工程项目，国际上已经没有几个玩家了。"赵亮总结说，"也和其他超大型科研工程项目一样，中国的空间太阳能电站研究，走在了世界前列。这是值得骄傲的事情。"

张承毅假装听着，心里却是一团乱麻。昨晚的酒已经彻底醒了。他看见汤家祥教授焦灼地望着前方的虚空，面对即将到来的决赛，汤教授已经失去了平常心；他还看见坐在对面的夏涵低着头，手上把玩着咖啡杯，同样显露出内心的焦灼，不知道在为什么事着急。

"从一开始我就跟进了这个项目。我和大家一起经历了试验塔，经历了航空气球，经历了低轨道微型空间太阳能电站，经历了项目的所有阶段。我对空间太阳能电站是有感情的。"赵亮继续说，"现在我们一起进入最后一个阶段，要在地球同步轨道上，建造世界第一座真正的属于中国的空间太阳能电站。我那个自豪啊难以用语言描述！"

会议室里响起来一片热烈的掌声。

"但在那之前，我们需要在西安方案与重庆方案之间选一个出来。我们姑且把这次会议称为竞标。请允许我代表竞标组委会先向各位介绍一下规则和流程。"赵亮说，"我们这间会议室，西安和重庆两个团队都已经坐好。7人专家组不会进到这里来与大家直接交流，他们在隔壁看比赛直播。在竞标之前，7人专家组已经将两个团队提交的全部资料认真审核过，又开了3天闭门会议，反复研讨过。他们提出的问题，会通过我转告给各位，请大家一一作答。"

张承毅再次望向汤家祥，想着要不要把丢失资料的事情告诉他，但陈斌在一旁向他做了一个噤声的手势，他又犹豫了。是害怕惩罚吗？他不知道，但就是无法说出口。

"搞过科研的人都知道，这种带有探索与技术储备性质的研发最终能走到哪一步往往取决于领头的那一个。无疑，为了空间太阳能电站早日变成现实，汤家祥和苏廷信两位院士都做到了他们各自的极致。在此，我向两位国宝级院士致以最崇高的敬意。虽然苏廷信院士因为个人原因没有到会，但我相信他能感受到我那一颗灼热的拳拳之心。下边有请汤家祥院士讲话。"

汤家祥整理了一下帽子，走上主席台。

陈斌拿胳膊碰了碰张承毅，小声道："有什么事等老师讲完再说。现在说，会乱了老师心情。"

张承毅望向台上的汤家祥，又望向对面苏廷信教授空着的位置，想到夏涵先前的话"现在两个人不能上台发言"，这才明白另一个人指的是苏廷信。那苏廷信为什么不能上台发言？他去了哪里呢？

10

"苏教授，今天麻烦您老过来，就是走一个流程，"渝州工业大学党委书记说，"您老不要介意。"

"我知道。"苏廷信操作智能轮椅，面向书记。

渝州工业大学党委组织部部长、纪委主任坐在书记两边，3个人一起尊敬地看着眼前这位年逾90仍精神矍铄的老人。他头发雪白，一根根梳得整整齐齐，虽然眼袋很深，但眼窝里闪动着智慧的光芒。

"市纪委和中科院的有关领导都在线上，"党委书记继续说，"他们能看见这里发生的一切。"

"那就开始吧。"苏廷信说。

纪委主任说："2025年8月6日，这天发生了什么事，苏老可还记得？"

"我记得。"苏廷信说，"那天，空间太阳能电站的实验进入第二阶段：航空气球。这个阶段很重要，上承试验塔，下启试验星。试验塔只有168米高，而航空气球则先后突破了500米到5千米到20千米最后到50千米的微波无线电力传输。可以说，没有这个阶段从理论到实践的突破，就不会有后面的一切。"

纪委主任说："那天的启动仪式上有什么特别的事情发生吗？"

苏廷信眨巴着眼睛："你想问那个道士的事情吧？"

纪委主任讪讪笑着，组织部部长解释："现在网络舆论汹汹，我们必须及时做出回应。苏老，您知道，有些人对这种事情非常敏感，而且极端。"

"我理解。作为一个共产党员，一个唯物主义者，我自始至终都是坚定的无神论者。"苏廷信说，"我知道甚至理解他们为什么骂我。但有些事情是他们所不了解的。"

党委书记说："苏老，请详细讲讲。"

苏廷信眯缝起眼睛，语气变得沉重："再重大再高端的科研项目，都是由最基层的民工一砖一瓦建设成的。璧山区空间太阳能电站实验基地还是图纸的时候，我就在跟进。那个时候，基地还是一个荒凉的山窝窝，谷底和半山腰有几户种菜为生的农家。我亲眼看着农户们搬迁，依依不舍地离开自己生活了多年的家园。我至今记得，其中一个农民反复问我空间太阳能到底是什么意思，和他用过的太阳能热水器有什么不一样。然后我又亲眼看着大型工程机械进场，把这个山窝窝扩宽，底部推平，打下一个巨大的深坑，组装起几十米高的起重机……无数的农民工穿着有安全标志的工装，戴着橘黄色的安全帽，在工地来来去去，从远处看，宛如脑袋上涂了橘黄色荧光粉的蓝蚂蚁。他们脚不停、手不住，忙这忙那，见面也是交流工程进度、讨论解决问题的办法，偶尔会用难懂的方言彼此笑骂。

"日子一天天过去，好消息一个接着一个：连接国道与实验基地的公路修好了，进出方便多了；实验大楼封顶并完成内装修，同时168米高的试验塔开始建设；重庆团队组建完成并入住实验基地，试验紧锣密鼓地展开了；第一期围绕试验塔所作的研究比预计的早半年完成，阶段性总结的同时开始了第二期建设……我至今记得当时那个高兴啊，觉得胜利就在前方不远的地方，只要再加一把劲儿，再加一点儿速度。就在这时，出事儿了。"

苏廷信停下来，久久沉默。

久到让人怀疑闭着眼睛的他已经睡着了。

党委书记左右看看，轻声问："后来呢？"

苏廷信缓缓睁开眼睛："后来……第二期的方案，是在那个山窝窝四周的山顶，在4个方向上，均匀地安装上4座高高的铁塔，再用蛛丝钢索将4座铁塔彼此连接，形成一个内有'米'字的正方形框架。框架中间自然凹陷的部分，铺上一块块微波接收器的天线板，每一块天线板都是可以活动的。

"走在基地里，仰望上空，就能望见蜘蛛网一般的天线将天空遮挡，只在缝隙间露出一星半点的光来。走到山上去看，微波接收器又像一口硕大无比的锅。那些农民工经常讨论，这要是用来做火锅，需要多少辣椒和花椒，能煮多少毛肚和鸭肠，可以供多少人同时就餐。说着说着，口水都流出来了。我对他们说，好好干，等二期完工，就请他们吃正宗的重庆火锅。他们满口答应，疲惫的脸上露出真诚的笑意。

"那天，我在实验大楼顶楼测试微波接收器与天线的连接。这是一个非常重要的步骤。将接收到的微波转换为直流电，一直是整个工程的瓶颈，效率总是提不高。正在连接时，我的一个学生忽然朝上一指，对我说，老师你看！我诧异地抬头，就看见一个人从天线板的缝隙掉落下来。

"那是一个中年农民工。后来我才了解到当天的检修完成后，他想起自己的毛巾落在天线上了，于是回去拿。大概是觉得没有几步路，就没有按照安全规定拴上安全绳。然后，在他拿到毛巾的时候，脚下一滑，摔了下来，直接落到了实验大楼前面的空地上。送医院后不久，医生宣布，他死了。

"在那以前，我对这个农民工没什么印象，对他的家庭和他的一生更是一无所知。最多觉得他是听我说要请他们吃火锅时露出笑脸的无数农民工中的一个。后来，我自己掏钱，请所有农民工吃火锅时，他们告诉我，那个死去的农民工听过一个故事，宇宙飞船因为一块毛巾而失事，所以他……

"再后来，我见到了他的家人，都是很普通的农民。他的父母说，希望能在头七给他做一场法事，就在他出事的地方，这样，他的在天之灵才能安息。他头七那天，正好是第二期试验开始的日子。

"所以，请道士为遭遇意外去世的农民工做法事，这事儿我不但事先知道，而且是我亲自同意的。当时就有人指出这样做不妥，但我坚持了自己的意见。我认为，请道士作法，安慰的不是死者的在天之灵，而是死者在世的亲人，安慰他们因为失去亲人而痛苦的那一颗心。这与我所信仰的无神论并不相悖。"

苏廷信望向前方，像望着极近的地方，又像望着极远的地方："没记错的话，那视频正是死者的亲人在现场拍摄的。所以，在这件事中，如果有什么不妥的地方，是我的问题，与别人无关。我愿意接受党组织的调查，并接受应得的处分。"

11

在前一天的讨论中，关于竞标策略，西安团队最后的结论是打感情牌。"当各种数据都不相上下时，只有动之以情，让专家组动心，才能把关键性的票投给我们。"汤家祥教授当时说。而且，我不打算感动所有人，我只需要感动专家组的几个特定的人就够了。汤家祥是这样想的，也是这样做的。所以，走上主席台后，他开始回忆，从他2006年第一次接触到空间太阳能电站这个概念讲起。这些事情都铭刻在他的记忆深处，无须他刻意想起，各种人物，各种事情，各种只言片语，都如滔滔江水喷涌而出。

他讲到了与曾菲轩的初次见面："惊为天人，谁能想到世间竟真有人集美貌与智慧于一身，简直是不想我们这样的普通人活了。"讲到了与谢文博的争论："只为了一个小数点后面第6位到底是5还是6，争论了大半年，最后我输了，输得心服口服。事实再一次证明，人不可貌相。古人诚不欺我也。"讲到了与埃德温·查德威克跨越国籍与时间的友谊："我去过无数次巴黎，唯有埃德温所在的巴黎，令我难以忘怀。"讲到了西安团队的初创与漫长又紧张的试验："刚成立的时候，团队里只有几个人，没有人也没有活动经费，出门开会，还得自己掏腰包。"

"那个时候，没人相信这个项目能够走到今天。没人。包括我自己，好几次都在困难面前萌生了退意。我都是退了休的人了，忙碌了一辈子，说是硕果累累毫不夸张，我干吗还要在这个没有前途的研究项目浪费时间和精力？"讲着讲着，汤家祥教授的眼泪不由自主地流下来了。

他哽咽着，喉咙发涩，说不出话来。

赵亮带头鼓掌，掌声响彻云霄。

会议室隔壁，7名专家以各种姿势坐着。他们面前的墙壁上，挂着一面巨幅屏幕，现在显示的是汤家祥教授老泪纵横的画面。旁边是数十面大小不一的屏幕，分别显示的是会议室里各个与会人员的特写，其中一个画面滚动着一组组数字和字母，速度之快，肉眼根本来不及分辨。

中国航天科技集团有限公司首席科学官谢文博轻叹一声："太不容易了。"

中国宇航学会空间太阳能专业委员会主任委员曾菲轩眼里泛着泪花。

国际宇航科学院秘书长埃德温·查德威克则说："等结果出来，请老爷子到巴黎做客。你们几位也去，都辛苦了。"

来自冷湖天文台的太阳专家刘永铭问："也包括'冰洲石'吗？"

埃德温秘书长回答："包括。"

中国科学院重庆自动化研究所副研究员钟扬说："我可以代替它吃法国大餐。它做事，我吃法国大餐，真好。"这话里的幽默把专家组都逗笑了。

"冰洲石"其实是中国科学院重庆自动化研究所研发的最新一代人工智能专家评估系统，而专家组里最年轻的钟扬是它的发明人。"设计者之一。"每次提到是他发明了"冰洲石"时，钟扬总是这样纠正。按照钟扬自己的说法，"冰洲石"是他研究另一个项目的副产品，其实是自行演化出来的。它具有深度学习能力和罕见的推理与预判能力，能够以完全客观的态度，对超级项目进行综合性极强的分析，评估其发展前景。超级项目涉及的数据通常超出普通人的认知范围，普通人能想象1千米有多长，但无法想象1光年有多远，因为这超出了普通人的直觉。"冰洲石"则不存在这样的问题。

军事科学院战略武器研究所曹培福大校指着一个小屏幕说："那个张承毅似乎有问题。"

生态环境部卫星环境应用中心主任张志芳说："我也注意到了，那小子睡着了。在这样重要的场合，他的老师还在台上讲话，他居然睡着了。"

曹培福说："我听说他昨晚喝醉了。"

曾菲轩摇着头说："真不靠谱。老汤识人不明。"

钟扬笑道："我知道这个张承毅，程序界的传奇人物。他有个绰号，叫睡神，是说他可以随时随地睡着，不管身处怎样的环境。"

刘永铭插嘴道："可千万别小瞧他。我们天文界的大神何亦滨院士对他佩服得五体投地。我就没有见过何院士这么不遗余力地表扬过谁。"

曹培福大校问："他是何院士的人？"

刘永铭回答："他是学编程的。何亦滨正在主持FAST阵列的建设，涉及太多需要编程的地方，非常需要这样的人。汤院士是花了大力气才借用到他。"

谢文博说："哦，听上去比夏涵还有意思。"

汤家祥教授的演讲终于进入了尾声："……今天到场的西安团队包括我在内，只有4个人。而这10年里，加入西安团队的，有助理教授、副教授、教授，也有在读的研究生、博士生，前前后后至少2000人吧。我没有认真统计过。我对不起他们，我应该把他们的名字都记下来。他们都在试验的某一个阶段参与进来，一年两年，然后离开。他们也为这个项目作出了不可磨灭的贡献。我很遗憾，他们没有能够走到今天。但也没有什么可遗憾的，都是人生的一段经历，不是吗？到我这儿，到这个项目组来，学到了知识和本领，再应用到别的领域去，不也是很好的事情吗？我不遗憾，我走到今天，走到了现在，走到了这张讲台前。"

讲到此处，汤家祥教授停了下来，似乎是忘记了台词，也有可能是沉湎于对往事的回忆之中。整个会议室陷入了沉默。

有工作人员对赵亮说，汤院士严重超时了，要不要提醒他。赵亮摆摆手，表示不要在意，由着老爷子的性子来。

"耽搁大家时间了。一时没有控制住，我失态了。请大家原谅。"汤家祥教授拿衣袖擦了擦脸上的泪痕，鞠了一躬，走下主席台。会议室再一次响起热烈的掌声。

这掌声也惊醒了张承毅。他迷迷糊糊地睁开眼睛，发现普洱兰岛咖啡喝光了，就起身准备去走廊吧台那边续一杯。

这时，赵亮走上主席台："汤家祥院士老当益壮，为我们回顾了西安团队从组建到今天十几年波澜壮阔的岁月……夏涵，你有什么话要说吗？"

夏涵在赵亮叫她的名字之前，已经离开了座位，风风火火地走向了主席台。"是的，我有话对西安团队说。"她的声音极为响亮，不用话筒，全场也能听到。

张承毅惊愕地呆站在原处，痴痴地望着她，不知道这个朝天椒又要干出什么事情来。即使在现实生活里迟钝如他，也预感到某种危险即将降临。

汤家祥教授落座，陈斌体贴地端上一杯浓茶："老师，辛苦了。"

"首先，我对汤家祥教授表示最诚挚的敬意。我的老师苏廷信教授今天因为个人原因，没有能够到场。我想，他要到场，也一定会说出和我一样的话，而且更为情真意切。因为苏廷信教授和汤家祥教授所做的那些事情，遭遇的那些困难和挫折，并由此展现出来的种种优秀品质，都是一样的，都是值得我们这些后辈学习的。谢谢汤教授，您是我学习的榜样。"夏涵的演讲风格跟平时说话一样，干净利落，"然后呢，今天这个竞标，是两套方案的比赛，也是两个团队的比赛。竞标嘛，就有输赢。谁都想赢！谁不想赢啊？不想赢的，就不会来到这个会场了。然而公平、公开、公正，是竞标的首要原则，这样才能竞出最佳结果。赵董事长，这是我们所有人追求的共同目标，是吧？我是重庆团队的一员，我保证我不会以非法的手段去赢得胜利。"

张承毅听懂了。他走向一心喝着浓茶的汤家祥教授，俯下身，轻声说："老师，有一件事我必须现在就告诉您。"

汤家祥没有说话，看着主席台上的夏涵，若有所思。

"我这个定制本里，欧米伽方案的全套资料，昨晚被人偷走了。"

"你说什么？"

"欧米伽方案被人偷了。"

汤家祥教授扭过头来死死地瞪着张承毅，瞳孔剧烈收缩。

"我也是刚刚才知道……"

汤家祥教授手指一松，茶杯跌落地上。他回手捂住胸口，无比费劲地抽噎一声，仰面倒下。

12

事发突然，张承毅一时手足无措，就像精心编程多日，最后运行时，程序却当着他的面儿崩溃。他僵立当场，觉得整个世界都在疯狂地离他而去。

除了——

周雨欣第一个赶到。她麻利地把昏厥的汤家祥教授扶起来，摊放在桌子上。"都让开，让开。"她冲围上来的人喊，"老毛病了，不用怕！"她用手指在汤教授胸前轻叩两下，汤教授的身体忽然颤动起来，仿佛有一种叫作生命力的东西回到他干瘪的身体里。

——除了一道目光。

那目光在张承毅身上停留了几秒钟，带着最为真诚的毫不掩饰的关切。

那道目光的主人叫夏涵。

当所有人的注意力都在突然倒下的汤教授身上时，只有还站在主席台上的夏涵注意到了张承毅的极度茫然与尴尬。

周雨欣对众人说："教授的心脏一直有问题，几年前更换了人工心脏，自带起搏功能。这样的事情已经发生过好几次了。"

赵亮董事长对汤家祥说："汤老，感觉怎么样？"汤教授嗫嚅着想要说话，嘴角却不争气地流出口涎。赵亮制止了他继续说话，安排周雨欣和工作人员一起把汤教授送到医疗室去进一步检查和治疗。

"赵董事长。"张承毅颤颤地喊了一句。

赵亮望了他一眼，眼里是满满的责备，却又摇摇头，阻止他说出后面的话。赵亮旋即抽身离开，不给张承毅任何说话的机会。

"这可怎么办啊？"张承毅听见"大师兄"陈斌这样喃喃自语，心底也不由得问了自己同样的问题。汤家祥是西安团队的领头人与主心骨，他病倒了，今天这个竞标可怎么办呀？！

董事长赵亮回到主席台，宣布竞标继续。"汤教授只是太疲倦了，休息一下就好，"他解释说，"接下来，按照最初的安排，由重庆团队的李茂荣教授阐述他们的方案。"

李茂荣教授40出头，看上去却只有30岁的样子。他站在原处，调高了嗓门说："刚才我们夏涵上过台，代表重庆团队讲过话了。虽然冒失，但胜在真诚。她绰号朝天椒，就是这种敢想敢干、敢冲敢闯的性格。有什么得罪的地方，还请大家多多原谅。"

李教授的意思是完全认可夏涵的讲话。但夏涵话里潜藏的意思是西安团队这边有人使用了不公平的手段……这时，张承毅裤兜里的什么东西颤动起来。他伸手取出，发现是进门时发的卡片机。屏幕显示赵亮发来一段话："年轻人，沉住气。你的事情我们都知道。接下来我们会处理，你该干什么就干什么，别慌。"

张承毅那颗悸动的心这才稍稍平复。

"……这一次由西安团队讲。"李茂荣结束了他的讲话。

赵亮征求西安团队这边意见。胡学伟教授说："老汤倒下了，我得顶上啊。"他走上主席台，就自己的研究成果侃侃而谈。

胡学伟教授的研究方向本来是太阳风发电。光伏电板是把太阳光，准确地说，是把可见光转换为直流电。但实际上，太阳往四面八方喷射的除了可见光，还有被叫作"太阳风"的带电粒子流或等离子体。太阳风十分稀薄，但它的速度极快，普通的速度为每秒200~800千米，最猛烈时可达每秒950千米以上。

用太阳风发电的想法很早就出现了，因为原理很简单，用一根带电铜线捕获带电粒子就可以了，比风力发电机还容易。根据计算，一个2米宽的太阳风发电机配上300米长铜线及一个10米宽的太阳帆，所产生的电量足以满足1000个家庭的用电需求。问题是，地球上没有太阳风。

对生命来说，太阳风会损伤遗传物质，是一种巨大灾难，幸好地球的强大磁场会把太阳风推开，保护了地球上的所有生命。只有两极地区，会有少量太阳风沿着磁力线进入大气层，并与热层中的原子发生碰撞，产生绚烂无比、变幻无穷的极光。

所以，太阳风发电机必须布置在太空中，远离地球磁场的地方。这与空间太阳能电站的需求不谋而合。"用老话讲，仿佛冥冥之中自有安排。"胡教授如此说。

一种极端的算法是，一颗携带1千米铜线的卫星及大约位于同一轨道的8400千米宽的太阳帆便可产生1000亿瓦特电量，足以满足全人类的用电需求。"当然，现有技术条件下，肯定造不出8400千米宽的太阳帆。"

胡学伟跟人交流时这样说过，"按照这种说法，研究可控核聚变的科学家也能吹牛说，不考虑能量输入与输出比的话，我们早就实现可控核聚变多年了。"

在得知胡学伟在研发太阳风发电机后，汤家祥教授亲自前去拜访，并力邀胡教授加入西安团队，一起研发空间太阳能电站。当时太阳风发电机研发刚刚起步，其转换效率比技术已经成熟的光伏电板低得多。汤教授的这个邀请可不简单，不但要让胡学伟相信自己的诚意，还要说服项目组的各级领导，让他们相信自己凭借多年经验对太阳风发电机研发前景做出的预判。

经过胡学伟教授和他的团队几年来的努力，时至今日，太阳风发电机已经演变为可批量工业化生产的风伏电池，并成功地在近地轨道上做了长期试验。虽然转换效率还是低于光伏电池，但风伏电池已经凭着稳定性，作为光伏电池的副手，极大地提高了电站的发电效率，从而成为空间太阳能电站极其重要的补充部分。

13

胡学伟教授讲完他为西安方案作出的贡献，接下来是重庆团队的李茂荣教授发言。

李茂荣是天线阵波束赋形与指向控制方面的专家。因为种种原因，同步轨道到地面的指向精度要求很难达到，而李茂荣则提出了目前看来最合理的实现策略。

"我喜欢用数据说话。数据是枯燥的，但又是最有说服力的。在最初的方案里，微波发射天线直径1000米，接收直径5000米，而能量传输精度不到0.02度。"李茂荣说，"但使用我的策略之后，微波发射天线缩减到500米，而抵达3.6万千米处的地面时，微波波束的直径也不会超过3000米，能量传输精度低于0.0005度。这是一个非常理想的数值。去年的低轨道试验卫星业已证实了这个策略的有效性。相关论文去年12月发表在了国际期刊《空间科学》

上，大家感兴趣的话可以去杂志官网上查询。"

李茂荣教授发言结束后，上午的会议就结束了。

胡学伟、陈斌和张承毅一起去急救室看望汤家祥教授。李茂荣、夏涵和陈宏炬也跟着去了。汤教授恢复得不错，看上去脸色比发病时红润得多。他安慰自己的同事和学生还有对手说自己没事儿，"老毛病了，都习惯了"，要大家努力，把接下来的事情做好。"做到最好，发挥出全部的光和热，"他说，"甭管谁输谁赢，都要努力，别给自己的人生留遗憾。"

陈斌特别感动，几乎全程哽咽。

夏涵上前，对汤教授说："您好好休息。您的学生会替您把这场仗打完。"

张承毅躲在人群后边，听见夏涵这样说，走到汤教授身边，嗫嚅着说："汤教授，我对不起……"

汤教授使劲儿摇了摇头，说："不怪你，赵董事长会安排好一切，不要着急。正如这位老苏的学生所说的那样，替我把这场仗打完。"张承毅还想说什么，汤教授已经同胡学伟和李茂荣两位教授寒暄起来。

午饭是自助餐，在另一栋大楼的底楼大厅吃的。没有看见专家组的人，赵亮也不在，只有实验基地的工作人员在吃午饭。看来主办方是铁了心的要把专家组和两个团队隔离开来。

张承毅混在队伍里，端着餐盘，第一圈什么食物都没有选上。那些食物，红的红，青的青，颜色看上去不错。然而，红的是红辣椒，青的是青辣椒。他现在可不敢挑战。走第二圈的时候，他开始询问："这黑色是什么？"

旁边的工作人员回答："黑辣椒。"

"那这个黄色的？"

"黄辣椒。"

"这个粉色的不会也是辣椒吧？"

"粉辣椒。"

张承毅的心态完全崩溃了。千挑万选，最后终于在确定酱汁不是辣椒汁后挑中了酱汁牛排，又要了一杯冰可乐，然后找了一个靠窗的角落坐下。正值晌午，外边的光线十分充足，远远近近的建筑都沐浴在三月的春光里。

这时，夏涵端着满满的餐盘，坐到了张承毅的对面。"只有一份牛排，这么少？怕辣？"她扫了一眼张承毅的餐盘，作出这样的评价。

张承毅说："昨晚辣怕了。"

夏涵用筷子夹起餐盘里的一坨辣子鸡块，炫耀似的在空气中挥动了两下："在我们这边，不能吃辣的话，基本上等于绝食。"

"不光辣，还有酒。"张承毅喝了一口冰可乐，让胃舒服了一下，"跟你说，那酒啊，我现在都没有醒。"

夏涵边吃边说："首先，我给你道个歉。昨天晚上，吃晚饭的时候，我确实存心灌你酒了。我还跟小邱说，一块儿灌你酒了，她满口答应，还特别积极。她比我擅长灌酒。看上去我们喝的是一样多，实际上只喝了你的1/3不到。这里边有一个技巧，你不知道。我们不知道的是，你的酒品那么好，酒量那么差，没等我们上手，自个儿把自个儿灌醉了。你说你到底是为了啥？"

对于这个问题，张承毅有一个答案，但他不愿意说——至少不能现在说。于是他假装没有听到夏涵的这个问题，埋头对付酱汁牛排。夏涵倒没有等待张承毅回答的意思，自顾自地继续往下说："不过，我还得给你解释一下我为什么要灌你酒。换一个人我才懒得解释呢。是因为昨天有人把一个视频放到网上了。那个视频是3年前，基地进行第二期试验的启动仪式，仪式上，请了一个道士作法。这个视频在网上瞬间掀起舆论狂潮。作为启动仪式的主持人、著名的中科院院士，苏教授受到了猛烈抨击。然后渝州工业大学和中国航天科技集团有限公司组成联合调查组，对此次事件进行调查，以回应舆情。在调查结束之前，苏廷信教授不能参与这次的竞标。你不觉得时间上也太巧了吗？这边两个团队马上要进行最后的竞标，那边有一个3年前的视频上了热搜，团队负责人要接受质询，背后的黑手是不是太嚣张了！"

"你怀疑我呀？我根本不知道这事儿。"

"谁叫你是程序员！"

"不，不是，我是程序员跟把苏教授的视频往网络上放，这两件事有联系吗？"

"本来没有联系，但看到你偷窥小邱的猥琐样子，我就觉得有联系。"

"你对程序员的误会是有多大？"张承毅停下对付牛排，抬眼看了夏涵一眼，旋即又低下了脑袋，"我明明是在……"

不戴眼镜的时候，夏涵有一种无法掩饰的英气；戴上眼镜，则为她增添了难以描述的书卷气息，令她整个人都不可思议地温柔起来。当然，一开口说话就暴露出她"朝天椒"的本性。

"你说，一个普普通通的视频放到网上在短时间内自发成为热点有多大可能？每天有数千万视频被放到网上，其中还有很多是精心制作、专门博人眼球的视频，它们都没有能够成为热点，为什么苏教授这个视频一上网就成为热点？这当中没有谁来推动？说给鬼听，鬼都不信。而你是顶级程序员，写几个模拟程序，放到网上，模仿数千万人的点击，把那个视频推到数量众多的头部网站和社交媒体上，就火了，难道不是很容易的事情吗？"

"我没有那么无耻。"张承毅说。

"哟，还记仇啊！"

"跟你学的，朝天椒。"

夏涵扑哧一声笑出声来："看不出来，这小哥哥的心眼比酒量还小啊……"

"真不是我。"

"既然不是你，那又是谁在背后搞风搞雨？"

"我怎么知道？"

夏涵踌躇了一下："要不，一起来把幕后黑手揪出来？"

"我还想知道是谁偷了我定制本里的资料呢。"

"一起查，我觉得，这两件事是有联系的。只是我们暂时不知道这联系是什么而已。"

张承毅回忆着当时的情景："我告诉汤教授，说欧米伽方案被人偷了。汤教授就心脏病发作，然后赵董过来……后来赵董给我的卡片机留言了。"

他掏出卡片机，翻找留言记录，惊讶地发现，记录找不到了。"奇怪了，留言消失了。"

"一种保密措施，也不奇怪。"夏涵抿着嘴唇说，"留言说什么了？"

"让我稳住，不要慌，他们会去处理。"

"处理什么？"

"没有说。"张承毅犹豫着，"事实上，欧米伽方案丢失的事情，我只告诉了你，后来又告诉了汤教授，并没有告诉赵董。"

"疑点。很重要的疑点。说明他们知道你的方案被偷，然后会议继续，假装不知道你的方案被偷。"

"也许单纯就是赵董不想耽搁会议的进度。"

"我一直以为人类的智商最低是0，没想到居然还有负数的！"夏涵说。张承毅翻了一个白眼，作为业内公认的天才程序员，居然被人说智商为负！还真是大姑娘上轿——头一回。也是难得的人生体验了。但他没有生气，准确地说，他无法生气。因为……夏涵已经滔滔不绝又义正词严地往下说："像你这么单纯的人，还真干不出上传视频、构陷苏教授这样的龌龊事情来。好吧，你怀疑是我窃取了资料，我怀疑是你陷害了苏教授，我们不妨一起揪出幕后黑手，还你，还我，还彼此一个清白。小哥哥，你说如何？"

14

本来一切都很顺利，但现在竟隐隐不安起来，关键是不知道为什么。老钱很不喜欢现在的感觉。有点儿像考试时做不出题，正在抽屉里偷偷翻书，感觉监考老师走到了身边，猛然抬头，却没有看到监考老师的感觉。

到底是哪里不对呢？

苏廷信的主持航空气球试验启动仪式的视频在上传之前，是经过"绿魂"会员的精心处理的。不但删去了前后多余的部分，抹掉了原始的声音，强化了道士与周围现代建筑的对比，而且刻意调亮了苏廷信的脸部，使观众很容易把他从在场的几个人中分辨出来，并产生厌恶的情绪。

对视频进行深度加工的"绿魂"会员很擅长干这个。他告诉老钱："做这些，都是为了增加视频的冲击力与感染力，调动观众的情绪，让他们愤怒，在愤怒中谩骂，在愤怒中声讨，在愤怒中转发，使这个视频能够如同瘟疫一般继续传播下去，最终形成巨大无比的舆论力量。"

这一套，老钱也懂，跟他在演讲中调动听众情绪的原理是一样的。你要愤怒，你为什么不愤怒？老钱这样想，你愤怒了，就能为我所用了。"这段台词力度还不够。"老钱对那名会员道，后者正在视频上加背景音乐和文字说明。"应该这样写，"老钱说，"扒下神圣老叫兽的底裤，瞧瞧里面肮脏的东西是啥。"又补充说，"藏了一辈子，终于藏不住了，露出了老封建的尾巴。另外，背景音乐还可以更加刺激一点儿。"

视频处理好了，传到网上了。"绿魂"协会的会员纷纷用大号和小号点评，用词犀利，嬉笑怒骂，样样都有。又积极转发，转发到各种新媒体上，让更多的网友看见。紧接着，与"绿魂"协会有合作关系的各大组织都参与进来，有真名实姓的大号，也有大量无名无姓的小号，于是出现了更多的评论、更多的转发。在很短的时间内，"渝大老教授大搞封建迷信"的视频，还有各种二次加工、三次加工乃至四次加工、加工到面目全非的视频就在各大媒体广为传播，形成了一时之间盖过一切的网络舆论高潮。在"绿魂"协会的精心安排与引导下，苏廷信成了众矢之的，无数对空间太阳能电站一无所知的网友奚落他、辱骂他、恐吓他，要他辞职，要他道歉，甚至要他坐牢。

瞧啊，网友的力量确实是无穷的。老钱看到会员报来的网络数据，非常高兴。网友不关心真相，只想在这场狂欢里，尽情宣泄自己对于权威的不满，能把"老叫兽"拉下神坛，让他们有一种虚幻的成就感与满足感。而这些，对老钱而言，都是可以利用的耗材。

说到耗材，老钱不由得想到了他派到璧山区空间太阳能电站实验基地的卧底。老钱见过单纯的人，但这么单纯的人，还是第一次见。最开始他还以为情况会很复杂，需要下一番功夫。谁想一提环保，对方比他还要狂热，一提破坏环境的行为，对方比他还要愤怒，一提人类对于地球的种种恶行，对方比他还要咬牙切齿，恨铁不成钢。甚至在他提出要求之前，仅仅是暗示，对方就主动提出要偷出实验基地的资料，制止那些科学家对地球的破坏。对方主动到他怀疑对方是警方的人。经过几次试探，他总算确定，那人不是警察，真的只是单纯地热衷于环保事业，这才放心地教那人偷窃资料的本事，并通过关系，安排进璧山区空间太阳能电站实验基地。

昨天下午，在"环保世纪行"国际论坛上，老钱的演讲也是非常成功的。他没有指名道姓，而是在一系列表扬中，暗指某个重大科研项目建设前环评不达标，建成后通过非法手段通过了环评测试，在长期实验中出了多次重大环境事故，却被某个位高权重的国宝级院士给强行压住，不为外人道也。为什么不明说呢？老钱是很聪明的，从不自己冲锋在前，以免事发后把自己折进去。他讲了这么一大通，自然会有"绿魂"会员和合作组织将他讲的话"翻译"出来，某个重大科研项目可能指的是哪个，位高权重的国宝级院士可能指的是谁，重大环境事故又可能指的是哪一件。所有的"翻译"都是以猜测、质疑与捕风捉影的方式出现，真里面藏着假，假里边藏着真，几真几假，交错纠缠，然后摆出一副"真相被隐藏""网络求真相""真相在民间"的架势，任由网友自行——实际上是按照"绿魂"引导的思路——发挥。

这些事情都是轻车熟路，老钱已经做过无数次。

其实老钱根本不在乎环保，更不在乎老教授是不是迷信，做这些都是为了把水搞混，方便卧底去摸鱼。

那条"鱼"的名字叫"空间太阳能电站设计方案"。

"绿魂"协会向来是两条腿走路。一条腿是走环保线，到各地抓环保漏洞，主要是企业的，不给钱就网络曝光，往死里炒作，这种方法很好使。另一条腿是窃取企业的机密资料，这其实是在抓环保漏洞时衍生出来的生财之道，抓环保漏洞本身就要窃取资料，顺道窃取其他资料，也不是一件难以想象的事。因为各个企业的环保做得越来越好，漏洞越来越少，窃取其他机密资料进行倒卖，反而成了"绿魂"的主业。"绿魂"也因此培养出一批骨干会员。

本来"绿魂"的窃取对象主要是针对企业，这次有第三方机构委托"绿魂"窃取"空间太阳能电站设计方案"，而方案背后是科研机构与中国政府，老钱不想接的，怕麻烦。但对方给得实在有点儿多，他咬一咬牙，还是接下了这个任务。

这也是老钱此刻惴惴不安的原因。

网络上，"渝大老教授大搞封建迷信"的热度在下降。同时有自称视频的拍摄者现身，说道士是她请的，那天是她丈夫的头七，她丈夫是在修建实验基地中因意外去世——这种说法博取了不少网友的同情，有人开始挖掘故事背后的真相。事情开始反转。老钱并不害怕网络舆情被反转。好多没有跟进后续进展的网友这辈子都会记得"渝大老教授在国家重大科研项目上大搞封建迷信"。在老钱看来，他不害怕反转的最主要的原因是，制造网络舆论的目的已经达成了。

苏廷信没有出席会议，被渝州工业大学叫去调查，这是老钱预料中的事情。调查结果却迟迟没有公布。为什么？

卧底进了实验基地，也没有新消息传出来。因为有重大会议，实验基地加强了安保工作，但一点儿消息也传不出来。为什么？

老钱并不担心卧底，即使卧底被抓，对"绿魂"而言，也没有什么损失，事情也扯不到他老钱身上来。他跟卧底之间"切割"得非常干净。他只是担心卧底偷不到方案，或者是偷到了方案却带不出实验基地，完成不了这个任务。

不，不会的。我从来不会在一棵树上吊死。老钱想，卧底不行的话，我还有一颗布局了很久的棋子呢。这次任务，必定会成功。

老钱一边想，一边把手里的鱼食丢进池子里大张着嘴的鲤鱼们。

15

吃完午饭，重庆团队的陈宏炬把夏涵叫走。这个小个子男生说话带着怨气，看张承毅的眼神带着杀气，仿佛那是他不共戴天的仇敌。夏涵介绍说，陈宏炬是她师弟，研究可持续发展的，绰号"小火炬"。"椒椒师姐，你告诉他这些干啥？"陈宏炬一脸的不乐意，好像把张承毅当成了敌人。

这两人前后脚走开，张承毅心里好像被挖了一个洞，百无聊赖地枯坐了片刻，然后信步走出餐厅。三月的春光正好，不冷也不热。有微风吹过，正是"吹面不寒杨柳风"。他走在春光里，走在微风里，浑身惬意，就像走在云里，走在梦里。

卡片机震动起来。张承毅从裤兜里掏出卡片机，是邱怡桐打来的。"喂，小邱。"他接听卡片机。

"抬头看。"邱怡桐说。

他抬头，看见对面那栋造型像沉积岩的穹顶建筑二楼，开着一扇窗子。邱怡桐斜倚在窗框上，向他招手。"有空吗？我带你参观基地，参观太空育种中心。"邱怡桐说，略显紧张，"就是我所在的这栋楼。我下去接你。"

不久，邱怡桐从太空育种中心正大门出来，冲张承毅招手，要他过去。她这时穿了一身窄而紧的绛紫色旗袍，身材傲人，行进之间，绰约的风姿自然流出。张承毅不得不承认，跟夏涵相比，她自有一番魅力。

邱怡桐上前，拉了他的手，在前带路。"这里是模拟的火星基地。"邱怡桐介绍说。一楼大厅被分割成很多个区域，分别种着不同种类的植物。一眼望过去，红的绿的紫的，都郁郁葱葱，长势良好。大厅顶部由数十道弧形玻璃连接而成，又有可以移动的滑板悬挂在玻璃之下，显然是用作调节光线的。

到处都是智能设备，这里除了他们俩，没有别人。

邱怡桐一边走一边介绍："在这里，渝州工业大学与西南大学还有西部（重庆）科学城种质创制大科学中心进行深度合作，开展了植物的空间诱变育种研究，先后培育出包括玉米、水稻、辣椒、枇杷、玫瑰、银杏、莴笋、丝瓜、沙柳、胡杨、冰草、黄花菜、水柏枝、羽状三芒草等在内的几十种太空植物。你今天中午吃的所有蔬菜，都出自这里。"

"那就是传说中的羽状三芒草？好漂亮。"张承毅把手从邱怡桐的抓握中抽出，走向羽状三芒草，捧起它的叶片仔细观察。

"是的，太空版羽状三芒草。经过多年的太空育种，它比它在沙漠中的祖先有更强的沙漠生存能力。现在它正在新疆和内蒙古的治沙工程中大展身手。科学家希望将来有一天它能在月球和火星上生根发芽。"

"讲得真好。"

"都是背的导游词，不知道讲过多少遍了。讲给你听，简直是班门弄斧，让张博士笑话了。"

张承毅放下太空版羽状三芒草，避开了邱怡桐的又一次抓握。先前邱怡桐抓他的手，其实犯了他的忌讳。他不喜欢跟陌生人有身体接触，这是他的一个秘密。他转向另一处花丛，只见繁茂的绿色枝叶间，掩映着细长条的果实，红得耀眼。"这是太空版朝天椒吧？"他问。

"对。"邱怡桐点头，杵在原处。

张承毅说："小邱，我有一个问题想问你。"

"你问，我答。"

"我记得你说过你和夏涵是同学……"

"你想问为什么我现在是导游而夏涵还在读大学是吧？我们是初中同学。我成绩不好，初中毕业的时候，就去读了职高导游专业。算起来，我已经工作5年了。夏涵呢，一直都是班上的佼佼者，什么都好，连男生都唯她马首是瞻。读高中，上大学，现在继续读博士，一路绿灯，风光无限，实在是令我羡慕啊。就拿昨晚来说吧，你还记得昨晚发生了什么事吗？"

张承毅紧张地问："昨晚发生了什么事？"

邱怡桐凑近张承毅，近得可以看到旗袍领口内饱满的风情，她微笑："昨晚你喝高了，你对我说你喜欢我。"

"我……我这样说过吗？我……什么都不记得了。"张承毅紧张得都结巴了。

"别紧张，别紧张。"邱怡桐笑道，笑容里带着失望、伤心甚至凄凉，"我骗你的。你没有说过那样的话。我这样说，就是想知道你是不是真的喝高了。你知道的，有些人啊就是喜欢假装喝高来占女孩子的便宜。"

张承毅苦着脸说："我喝高了之后没有做出什么见不得人的丑事吧？真的，我是真的不记得了。"

"你抓住椒椒的手不肯放，嘴里还不停地嘟囔。"

"啊？！"

"骗你的，你可真好骗。你睡得跟死猪似的。要不是我跟椒椒把你送回房间，你肯定会在那张桌子下面躺一宿。"

"我的同学都叫我睡神。"张承毅不好意思地挠挠后脑勺，"谢谢啊，谢谢你送我回房间。"

邱怡桐嘴唇微微翘起，没有回应张承毅的感谢。她自顾自地往前走，就像没有听见张承毅在说话。

"我一直有一个疑惑。"邱怡桐走到一片七色美人蕉旁边，蹲下，捧起一朵闻了闻，"所谓的太空育种，是把植物种子送到太空，利用太空特殊的环境——包括真空、磁场、宇宙高能辐射等——的诱变作用，使种子产生变异，再返回地面进行选育，然后就选育出这些……"她暂停了一下，抬手指向整个大厅，"稀奇古怪的植物来。"

"是这样的。"张承毅说。他记得教科书上是这样介绍的：由于亿万年来地球植物的形态、生理和进化始终深受地球重力的影响，一旦进入失重状态，同时受到其他物理辐射的作用，将更有可能产生在地面上难以获得的基因变异。

"那么人呢？"邱怡桐站起身，走向另一边的胡杨林。那些太空版胡杨林，比纪录片里面的更为粗壮、更为强悍，造型上也更加遒劲。旁边有4根不同波段的灯管，将胡杨林照得色彩斑斓。

"什么？"

"人到了太空，也会发生这样的基因变异吗？"

"航天员都穿着航天服呢，宇宙飞船也能隔离宇宙高能辐射。"

"如果没有航天服，航天员肯定会发生基因变异，他们会不会变得跟这些植物一样稀奇古怪？"邱怡桐似自言自语，又似在问张承毅，"微波也是一种辐射，从空间太阳能电站传回来的微波不会对生态环境造成破坏吗？"

张承毅正想解释，卡片机震动起来。胡学伟打来的，问他在哪里，叫他赶紧回会议室，下午的会议要开始了。"下午你是主角。"胡教授说，"欧米伽方案能否胜出，全靠你了。"

"你的这个问题，不是我的专业。"张承毅很诚恳地说，"重庆团队的陈宏炬，他是研究这个的，你可以去问他。"

随后，张承毅辞别邱怡桐，走出太空育种中心。在他身后，邱怡桐显得非常落寞，但转眼间，她脸上又露出决绝的神情，仿佛作出了一个人生里极其重要的选择。

还没有出太空育种中心大门，张承毅透过玻璃看见大师兄从另外一栋圆球状建筑跑出来，慌慌张张的。他显然意识到这样慌张是不对的，所以跑到主走廊时，他放慢了脚步，把手背到身后，假装气定神闲地向着实验大楼走去。

16

下午陈斌第一个发言。

陈斌是研究巨型机电设备耦合问题的专家。

21世纪初以来，电子装备呈现出高频段、高增益、高密度、小型化、快响应、高指向精度的发展趋势，机电之间呈现出强耦合的特征。于是，机电一体化迈入了机电耦合的新阶段。

"机电耦合，是比机电综合更进一步的理性机电一体化。"在得出这一结论后，陈斌指出，空间太阳能电站作为大型在轨运行系统，不可避免地存在多场、多因素、多尺度的耦合问题，其环境载荷、结构参数对位移场、电磁场和温度场有着巨大的影响，相互之间的机电耦合问题十分突出。为此，他在西安团队里开展多物理量在极端恶劣的空间环境下的相互作用机理、相互影响规律的研究，进而建立场耦合理论模型、挖掘出所有的影响机理。

"然后将这些理论模型应用于球形薄膜能量收集阵空间太阳能电站的设计，重点突破了电性能与机械结构间的灵巧结构设计、微波天线舱索柔性结构的精确力学建模和求解、舱索柔性结构系统控制及粗精两级调整系统的动力学耦合与复合运动控制等关键技术，为空间太阳能电站的工程实现奠定了坚实的技术与工程基础。"

但不得不承认，陈斌并不擅长演讲。枯燥的巨型机电设备耦合问题在他的演讲中更加枯燥，各种数据、名词、列表，想讲的东西太多，然而只是堆积在一起，散沙一般，没有任何的梳理。张承毅甚至觉得，陈斌应该喝两杯再上去，说话才不会这么磕磕绊绊的。

照说不应该的，大师兄也是多年从事教学工作的人，再怎么不擅长演讲，也不至于像现在这个鬼样子。张承毅想起一件往事，据说陈斌曾经出过教学事故，要不是汤教授出面力保，他早就被开除了。

他是过于紧张了吧。

我紧张吗？张承毅问自己。

不问不紧张，一问就紧张——心跳加速，呼吸急促。

还好，下一个演讲的不是他。

他离开位置，去走廊找喝的。凑巧，夏涵也在那里，手里捧着咖啡。然后他才意识到，不是凑巧，是他看见夏涵离开位置自己才离开的。

"出来喝杯咖啡，透透气。"夏涵看了张承毅一眼，说，"我好紧张。"

"普洱兰岛咖啡，谢谢。"张承毅对服务员说，又转头对夏涵道，"你也会紧张？"

夏涵回答："说什么呢？谁不会紧张啊！是人就会紧张。除非不是人。"

"我也紧张，"张承毅说，"要怎么缓解呢？"

"朝天椒"夏涵好为人师的特质立刻就展露无遗："紧张的时候就想想你曾经取得的成功，用曾经的成功来激发你的自信心，相信自己能把任何事情做好，包括眼下正要做的这一件，然后就不会那么紧张了。"讲到这里，夏涵喝了一大口咖啡，然后一皱眉，又一展眉，"不对呀，你说我这么紧张，怎么在教你怎么不紧张啊。"

"做你擅长的事情，这样能够缓解紧张。"

"这么一说，嘿，我真的没有那么紧张了。不过，你是在嘲笑我只会耍嘴皮子吗？"

"哪敢啦。"

两个人端着咖啡杯，到走廊的转角处，默契地停了下来。

"幕后黑手的事情，有进展吗？"张承毅问。

"没有。听你这意思，你有？"

"我怀疑一个人。"

"谁？"

"小邱，邱怡桐。"

"她……怎么会？你有证据吗？"

"只是怀疑，没有直接证据。"张承毅犹豫了一下，说，"昨晚进我房间的，除了你，就是她。你没有偷，那她的嫌疑就大了。"

"还有吗？"

"刚才，在太空育种中心，她试图诱惑我。"

"嘿小哥哥，别仗着有一副好看的皮囊就以为天底下的女孩子都会喜欢你。"

"我不是这个意思。"

"那你是什么意思？"

张承毅磕磕巴巴地解释，脸竟然无端地烫起来："我的意思是……意思是……她认识我才一天，对我没有任何的了解，不应该……不可能对我一见钟情。她的言行……太反常了。"

夏涵问："怎么个反常法？投怀送抱？还是……"

"别逗，我认真的。"

"我也是认真的。"夏涵说，"是，我这位同学待人热情，做事积极，性格外向。但你不能把这些当成是对你的诱惑啊！她对每一个人都是这样的。"

"什么叫热情，什么叫诱惑，我还是分得清楚的。"张承毅诚恳地说，"别拿我当傻瓜。你得相信我，一个程序员的判断。"

"程序员就不会有错误的判断？"夏涵习惯性地反驳。但在端详了张承毅片刻之后，她转而说道："对我这位老同学，我并不特别熟悉，初中毕业后就再也没有见过。直到今年1月，她到科普中心当志愿者，我们才重新建立联系。2月的时候，璧山区旅游公司跟实验基地签署合作协议，她担任基地的常驻导游，我们的联系才密切起来。假如真是她偷的方案，那她为什么要偷？她的动机是什么？"

"我也想知道这些问题的答案。"

这时，吧台的一个服务员端着一杯咖啡和一杯可乐向他们走过来。在经过他俩的时候，那服务员对他俩说："不要在走廊上讨论。"旋即快步离开，进了会议室。

两个人面面相觑。

"什么意思？"

"我想起来了。"夏涵说，"我们见过他。"

"他是谁？"张承毅问。在认人方面，他没有什么天赋，甚至可以说，弱于常人。

"李家院子，昨晚我们一起吃晚饭，端壁山兔上桌的就是他。"

"做两份兼职吗？"

"之前我在基地里没有见过他，他应该是最近几个月才来的。"

"和邱怡桐一样？"

"他说，不要在走廊上讨论，潜藏的意思有两点：第一，他知道我们在讨论什么。"

"第二，我们讨论的内容涉及了什么秘密。"

两人一起望向对方，一起点头。

张承毅试探着问："那就不讨论了？"

"还有别的事情吗？"夏涵说，"没有就先不讨论了，等一会儿就该我们发言了，还得准备准备，我们刚才讨论的事情也需要再琢磨琢磨。等今天的会议结束，我们再碰一下头，交流一下想法。"

回到会议室时，"小火炬"陈宏炬已经开始演讲了："我是研究可持续发展的。老有人问我，不就是环保吗，干吗要说成是可持续发展。实际上，两者有相同的地方，但在我看来，两者的差别比蜗牛与水牛之间的差别还要大。"

他的声音很清脆："环保，环境保护，其潜台词是说地球环境需要人类的保护，所以人类才会保护地球环境——这依然是把地球环境当成人类的私有财产，是一种奴隶主对奴隶的心态。并且由此滋生出一种浮夸的心态，即地球上的一切坏事，尤其是环境变化，都是人类造成的。

"地球是属于人类的吗？地球是人类的奴隶吗？显然不是。在这种心态指导下，同样是濒危动物，熊猫憨态可掬，好，保护它；水滴鱼，好丑，为什么要保护它？那些年，对地球环境的大肆破坏，不就是因为人类自诩为万物之灵长，地球上的一切都是我们的，于是对各种资源肆意掠夺所造成的吗？

"可持续发展，是将人类视为地球环境的一部分，保护环境的目的，是为了人类的长期发展。要知道，地球的环境，即使没有人类，也会发生或是剧烈或是缓慢的变化，从而对生存其中的生物产生不同程度的影响。可持续发展，是要研究当今世界环境的变化，判断哪些该由人类负责，哪些不该，再采取对应的措施。而不是空洞地喊几句口号，在自我感动中大包大揽，把人类视为地球上一切坏事的罪魁祸首，甚至欲除之而后快。

"这次，应苏廷信教授的邀请，我加入了重庆团队，让我在设计阶段，就从可持续发展的角度，对'多旋转关节空间太阳能电站'方案进行修改，这就是一件很具体也很长远的事情。下边，我将对这些修改进行一一说明，希望这些修改，没有辜负苏廷信教授的期待。"

讲得真好，张承毅这样想，应该让邱怡桐来听。

17

苏廷信教授第二次进入渝州工业大学纪委办公室。看得出，3个负责询问的人跟上午相比轻松了许多。

纪委书记说："苏教授，根据您的讲述，纪委的几位同志进行了核实，询问了所有的当事人，包括您的学生、同事、农民工和那个道士。所有的证人证言都证明，您说的是完全真实的。"

组织部部长说："我们对那个视频进行了技术还原。它抹去了原始的声音，加上了煽动性的话语，但我们的技术人员借助大数据分析，主要是数字唇语，将声音还原出来。您当时所说的，只是试验的开幕词，而道士所念的，是很常见的安魂悼词。死者的名字，在安魂悼词里清晰可闻。由此证明，空间太阳能电站试验开启与道士为死者作法安魂是前后两件事，两者之间没有必然的因果关系。"

党委书记说："苏老，我也是坚定的无神论者。我认为您的说法是对的。虽然鬼神都不存在，但道士施法安魂，是可以安慰死者还在世的亲人。我们尊重他们朴素的认知和选择。"

苏廷信说："谢谢党组织的认可与支持。"

党委书记说："调查结果我已经上报到重庆市里，中科院那边也同步报送。就在刚才，我已经拿到处理结果了。"

苏廷信微微动了一下嘴唇。从党委书记的话里，他隐隐约约察觉到什么。"请讲。"他说。

党委书记念道："对苏廷信同志的此次调查，表明苏廷信同志是一位优秀的共产党员。调查结束。鉴于当前形势的复杂性，调查结果暂不予公布。请苏廷信同志理解。同时，还有一件事情需要苏廷信同志配合调查。"

苏廷信没有说话，等着党委书记自己给答案。

党委书记说："有人向中科院举报，说苏廷信同志在领导璧山区空间太阳能电站实验基地的过程中玩忽职守，刻意隐瞒，造成重大生态灾难事故。请苏廷信同志回答。"

18

"陈宏炬的演讲比陈斌的好太多了。他特别在意细节。好多地方乍一看没啥，但他一指出来，听众就会明白，喔，原来这里不但有问题，问题还很大。"张志芳主任指着屏幕说，"我喜欢这种风格的演讲。"

曾菲轩主委说："你其实在意的是他讲的可持续发展吧。"

"对对对，"张志芳主任说，"这是今天我第一个能全程听懂的讲座。"

"你看，"谢文博笑道，"都说要我们这些专家公正、客观、纯粹理性，但真正做起来，个人偏好立刻就显现出来了。"

"是的，只要是进行评价，就不可避免地带有个人情感。"刘永铭转向钟扬，"你那个冰洲石呢？它公正、客观、纯粹理性吗？"

"怎么老盯着我呀？"钟扬不答反问，"冰洲石，这个问题你自己回答。"

"我公正、客观、纯粹理性，"冰洲石回答，"这是基于我公正、客观、纯粹理性的思考之后得出的唯一答案。"

"没想到，专家系统也会说大话啊。"谢文博眯缝着眼睛说。

"谢谢夸奖，会说大话对人工智能来说，是一项了不起的成就。"冰洲石如是说。

"钟扬，刘教授没有盯着你，"曹培福大校说，"他盯着你的冰洲石呢。"

刘永铭解释说："我是搞太阳研究的。准确地说，是研究太阳大气变化的。我一直在想，如果用冰洲石去观察和预测太阳大气变化，效率会不会高上数百倍。"

"不是早就有人工智能用于太阳研究吗？"埃德温·查德威克问。

"不够，远远不够。"刘永铭教授说，"我们以为对太阳的研究够透彻了，实际上连太阳的边儿都没有摸到。我们现阶段还停留在对太阳的观测上，而且这个阶段还要持续很长一段时间。仅仅是观测，看看我们的母恒星发生了什么，每天产生的数据都够我们研究好几年。我想要的是预测，就像现在的天气预报一样，预测几小时或者几天之后，太阳会发生什么变化。太阳的每一个变化都可能影响到地球，而现在我们越来越多地进入太空，几十年后，这种影响也会越来越多，越来越大。"

"小刘想得够远的。中国人一直被人诟病，说喜欢从过去找优越感，缺少前瞻思维。幸好现在有前瞻思维的人越来越多了。"谢文博说，"不过眼下呢我们还得继续听讲座。该张承毅上场了。你们把他说得那样厉害，我倒想见识见识这位睡神的真本事。"

专家们面前的十几面屏幕显示着各自的内容。主屏幕上，张承毅走上主席台，明显有些紧张。前30秒说得扭扭捏捏，完全就是在背台词，还是生搬硬套、背得结结巴巴那种。60秒后，开始讲编程了，张承毅就像换了一个人，语速、语调、语气都充满了自信与从容。显然，这是因为进入了他所擅长的领域。

"空间太阳能电站一直在地球同步轨道上工作，不可能有工作人员24小时照顾，自动化程度必须高。太空是一个极其危险、复杂而多变的地方，而地面的控制存在信号延迟，这再一次决定了空间太阳能电站的自动化程度必须高。"张承毅说，"然而传统的编程太过复杂，难以用于空间太阳能电站这样的超大型建筑。所以，我的做法是把可编程硬件的概念引入空间太阳能电站的设计之中。"

传统观念里，硬件是硬件，软件是软件，而可编程硬件的思路里，把硬件当成软件处理，两者合二为一，不再有鸿沟的存在。这种做法，电脑中心不存在了，大型软件不存在了，所有的硬件都是软件的存储器与运算器，而具有高度的自组织与自适应能力的软件集合在了所有的硬件里。对软件编程，即是对硬件加工；对硬件加工，即是对软件编程。

"这是我对可编程硬件的理解。"张承毅偏了偏头，道，"说出来大家可能不相信，这样理解可编程硬件其实是一个误会。我最早接触可编程硬件这个词语时，望文生义，以为它是我刚才说的那个意思。实际上，可编程硬件最初指的是在电子管时代，采用接插板或开关板控制计算机操作，由氖灯或数码显示运行结果，那完全是另外一回事。误会归误会，我想，把可编程硬件按照我的理解研发出来，就不是误会了。后来，我就研发成功了。

"我知道可编程硬件这个概念很难理解，因为这违反了人类的直觉。"张承毅说，"打一个比方吧，章鱼。从某种程度上讲，可编程硬件与章鱼的大脑有很多相似之处。"

章鱼拥有着由5亿个神经细胞组成的极其复杂的神经系统，除了大脑，8条腕足内都有独立的神经索。人类要想完成比较复杂的动作，要靠大脑控制具体的操作与步骤，尤其是抽象的命令。但章鱼不一样，大脑只要对腕足下达一个抽象的命令，章鱼的8条腕足就能自己"思考"，要哪些步骤才能完成任务。在这之后，腕足就可以实行多线程同时作业，独自感知环境，快速做出反应，根本不需要大脑给予具体的指令。

"章鱼即使损失一条腕足，也不影响整体的运作效率。"张承毅说，"而这种能力，正是空间太阳能电站所需要的。"

"好家伙，漂浮在太空中的巨型章鱼。"钟扬笑道，"画面感太强了。"

"作为程序员，你有何评价？"谢文博问。

"想法非常超前，思路非常清晰，我也受到了不小的启发，"钟扬说，"就是不知道落地的情况如何。"

曹培福大校说："一般而言，大型工程为了保证成功率，在某些方面会异常保守，热衷于使用成熟的技术和产品。像这种过于超前的想法，我是能接受的，我会推荐它作为战略储备技术的候选对象。我想，太空军即将成立，无数的太空武器开始研发与制造，可编程硬件在其中会大放光彩。但要不要在空间太阳能电站上使用可编程硬件，还得看各位专家的意见。"

19

张承毅的演讲结束，下一个是重庆团队的夏涵。

就像她的绰号"朝天椒"一样，夏涵的演讲风格极为耀眼，很能吸引人。

一开始她就介绍说，自己有着非比寻常的空间想象能力。在她脑子里，所有的这些设计，都不是平面的图案，而是立体的影像。空间太阳能电站的各个部分，都以立体的方式出现，然后以立体的方式对接、组装、整合在一起。只有当她在脑子里把一整座空间太阳能电站"想象"出来之后，她才能进入下一步，把空间太阳能电站的样貌，还有各种精确到小数点后边十几位的数据，一一导入电脑之中，进而生成空间太阳能电站的设计图纸。

"在得知夏涵是以这种方式进行设计的时候，她的博士生导师苏教授也不由得惊叹，并称自己这是捡到宝贝了。"谢文博感慨道，"我曾经听苏院士说过：'有老师成就学生的，也有学生成就老师的，夏涵就是罕见的能成就老师的学生。能当她的老师，是我的福气。'"

夏涵加入重庆团队后，最大的贡献，就是凭借她超越一般的空间想象能力，把空间太阳能电站的重庆方案进行了改进与优化，删繁就简，大幅度地提高了空间太阳能电站的效率。

效率是空间太阳能电站应用最核心的问题。光伏电池将太阳光转换为直流电，微波发射器将直流电转换为微波，微波穿过3.6万千米的距离，接收天线将微波转换为直流电，直流电经逆变器转换为交流电，并入常规电网中……稍微有点儿脑子的人肯定都已经看出来了，这当中经历太多的转换，能量的损耗在转换过程中不可避免。多次叠加的转换，使得空间太阳能电站的总效率很低很低。而研究表明，总效率必须要达到10%以上，空间太阳能电站才具备实用价值。

重庆方案有一个众所周知的缺陷，就是总体效率低于西安方案，因为它的设计太过复杂，线程过长，而能量在每一个环节的流动，都不可避免地有损耗。夏涵的创新型设计，将这种损耗，降到了最低点。降低损耗，等于提高整座电站的总效率。

"提高了多少呢？9%，懂行的都知道，这是一个非常惊人的数据。"曾菲轩说，"你可以把这事理解为夏涵凭借一己之力，将重庆方案提升为目前世界上总效率最高的空间太阳能电站方案。"

正说着，赵亮出现在专家组所在的会议室。"各位专家，各位大神，各位爷爷奶奶，看了一天的戏，都别藏着掖着，说说自己最真实的想法吧。"一进门他就直截了当地要求。

"在方案的设计过程中，就让可持续发展方面的学生深度参与，这是我非常认可的。"张志芳率先表明自己的态度，"一方面，随着国民经济方方面面的发展，对电力的需求只会进一步增加，并且这种需求，正在从传统的沿海发达地区往中西部与东北部两个方向大幅度延伸；另一方面，想要在2030年实现碳达峰、在2060年实现碳中和，传统的发电方式，火电、水电、风电、光电、核电等，都力有未逮。而重庆方案，提供了一个全新的解题思路。"

曹培福大校说："我们一直在呼唤创新，说要发现和培养创新型人才，要发现和使用创新型技术。这种呼唤不能停留在口号上，要落实到行动中。别叶公好龙，当真正的创新型人才和技术来敲门的时候，又推三阻四，怕这怕那，把大门关得死死的。"

刘永铭说："一个大项目，尤其是像空间太阳能电站这样的超级项目，时间上涉及几十上百年，空间上涉及从地面到3.6万千米的地球同步轨道，学科上数以十计，人员上数以万计，物资上数以亿计，不能只看眼前这一个单一项目的利益，眼光要放长远一点。从国家层面上讲，我们要通过空间太阳能电站这个超级项目，发展新理论，寻找新材料，实践新技术。与此同时，聚集一批人，锻炼一批人，培养一批人，形成人才梯队。要让空间太阳能电站这个超级项目，成为新时期的人才集散地。各行各业最优秀的人才都能参与进来，充分发挥他们的聪明才智；在离开这个项目之后，又能把从这个项目中学到的理论和技术，应用到别的项目之中去，去发光发热。"

曾菲轩说："几位专家说得都很暧昧。我不怕得罪人。我直说，我支持西安方案。我为什么支持西安方案？赵董请我们几个人过来，不就是要我们明确表态嘛？赵董，你说是吧。我的态度，就是支持西安方案。"

赵亮回答："曾主任说得有道理。你们几位呢？"

埃德温秘书长说："我没有什么意见。"

钟扬看看周围的专家："我对空间太阳能电站没有什么研究，我也没有什么意见。冰洲石会做出客观、公正和纯粹理性的分析。"

冰洲石说："资料收集中，正在分析。"

赵亮笑了笑："滑头。"然后把目光投向老成持重的谢文博。

"西安团队招募张承毅是看重他的编程能力。汤院士是想用自动化来增加整个系统的稳定性，因为聚光式的最大问题就是过于庞大。从本质上讲，把可编程硬件加入到球形薄膜能量收集阵空间太阳能电站的设计方案中，仍是在做加法。"谢文博说，"而重庆团队把夏涵视为新的核心，是看重她的工程设计能力。通过总体设计，对多旋转关节空间太阳能电站的设计方案进行优化，减少不必要的装置，减轻重量，降低成本，同时提高总体效率。本质上是做减法。这一加一减，区别可就大了。"

"还有补充吗？"赵亮扫视各位专家，"那我出去宣布明天的B方案了。"

赵亮重新登上主席台。他看见台下，一边坐着重庆团队的李茂荣、夏涵和陈宏炬，另一边坐着西安团队的胡学伟、陈斌和张承毅。两边都空着一个位置，巧的是，都是各自团队的总负责人。这不是巧合，他暗自想着，开始对今天会议的总结："今天的会议，以重庆和西安两个团队自我介绍为主，或者说自我表扬为主。各位的讲座都是极好的，要么以情动人，要么以理服人，要么情理兼有，都可以进教科书了。"

陈斌不以为然地摇了摇头。他对刚才自己的表现非常不满意。

"一整天听下来，两套方案依然是半斤对八两，不相上下啊。专家组非常头疼，难以抉择。当然，这是好事啊，说明历经十几年的打磨，不管是西安的球形薄膜能量收集阵空间太阳能电站，还是重庆的多旋转关节空间太阳能电站，两套方案都非常成熟。怎么办呢？"

胡学伟和李茂荣听得最为认真。汤家祥和苏廷信两位院士不在的时候，他们是各自团队的领导人。

"刚才，我和专家组的同志们讨论，决定启用B方案。稍后，我们将把两套方案发到对方团队手里，西安的方案发给重庆团队，重庆的方案发给西安团队。"

夏涵和张承毅同时抬头，望向对方，目光里充满"这怎么可能"的疑惑。

赵亮继续讲："你们有一晚上的时间，寻找对方方案的弱点、缺陷与不足。明天一早，会议将准时开始，请你们以内行的眼光对对方的方案进行最为严谨的批评。为什么要做这样的安排呢？不得不说，在给对手挑错这方面，人类有极为丰富的经验。谁都会承认，我们很擅长给别人挑错。甚至可以说，这是智人与生俱来的天赋。我和专家组的同志们，都期待你们的伶牙俐齿与唇枪舌剑。"

20

刚出实验大楼，"小火炬"陈宏炬拦住了陈斌。

"干啥呢？"陈斌心情本就很不好，这时一开口就是怒气冲天。

"是你把苏教授的视频传到网上去的？"陈宏炬的问责也是毫不客气。

"什么视频？"

"别装蒜，有胆子做没胆子承认。"

"谁做了？"

陈斌想从陈宏炬身边绕过去，被陈宏炬抓住了胳膊。"放手！"陈斌喊道。

"你说，是不是你？"陈宏炬继续追问。

"我说了，不是我。"

"心虚了，急着跑路？还说不是你！"

"放手，再不放手……"

陈宏炬到底是年轻气盛，抡起拳头砸到了陈斌脸上。陈斌也不甘示弱，挥手就是一拳。两人就在走廊上打起来了。

邱怡桐站在太空育种中心二楼的窗户边，看着下边发生的一切，用高亢的声音喊："打起来了！打起来了！打起来了！"

李茂荣走在一行人的最后，看见两人打架，赶紧往前跑。路过胡学伟时，他喊了一句："叫他们住手。"

胡学伟嘀咕道："陈斌是老汤的人，我哪里管得住？"

李茂荣冲到两人身边，挽住陈宏炬的手，让他先停下来。陈宏炬听了李教授的话，陈斌却趁此机会多给了陈宏炬几拳。李茂荣让陈宏炬道歉，但陈斌已经带着满脸的鲜血，骂骂咧咧地离开了众人。

到大门处，还了卡片机，取回自己的手机，陈斌逃也似的回到李家院子，回到自己的房间。看着镜子里鲜血淋漓的自己，陈斌越想越生气。他已经40多岁了，对自己有多少才华早就心中有数。跟着老师做事，从老师的项目分一杯羹，是他长期以来的行事原则。但这一次……

他原本以为可以靠空间太阳能电站打一个大大的翻身仗——至少副教授转教授没有问题吧。可惜，天不如人愿，就今天的表现来说，西安方案落选的可能性很大，10年的心血白费了。等回到西京电力大学，整个项目会被裁撤，经费会被冻结，无数的嘲笑与讥讽会纷至沓来……

他不敢想象回家之后会被老婆孩子怎样奚落。他给他们许诺的一切，全部落空……

他抡起拳头，砸在镜子上，碎的却是他的指关节。

周雨欣在房门外呼唤他的名字，叫他去见汤教授。那个老匹夫，这个时候还摆臭架子。但出于惯性他还是遵照老师的要求去了。只是在去之前，他非常刻意地没有洗去脸上和手上的血渍。就这么邋里邋遢地去见老师，他感到一种莫名的爽快感。

果然，汤家祥没有问他血渍的事情，劈头盖脸地就问："是你把苏廷信的视频传到网上的？"

"是我。是我又怎么样！"

"为什么要这么做？"

陈斌阴沉着脸："老师，你以为上面为什么要把这次活动放到重庆来？你难道看不出上面的倾向性吗？为什么是西安团队千里迢迢、累死累活地过来，而不是老苏头的团队去西安？你还不明白？我再不搞点儿事情出来，我们还没有到重庆，人家就已经赢了——我们过来只是陪人家走一个过场罢了。"

"可是……

"启动仪式上请道士作法，也不是我编造的，是真的。把真的视频上传到网上，不违法吧？"

"不违法，但缺德啊！"

"那又怎么样？我想赢。老师，你不想赢吗？"

"想赢，但手段不能龌龊，不能搞下三烂。"

"老师，你就不要假清高了。跟了你这么多年，我还不清楚你到底是怎样一个人吗！"

"你，你，你想气死我吗？"

"我可不敢。"陈斌冷冷地说，"我还想领下一个月的工资呢。气死了你我就领不到了。"

汤家祥嘴唇翕动着，吐出一个字："滚。"

陈斌"滚"回了自己的房间，再一次站到了镜子面前，看着自己脸上小溪一样的血渍和瞳孔里的血丝，悲愤无比。他掏出手机，拨打了一个没有登记的号码。

21

何亦滨院士打来电话，嘘寒问暖，千言万语凝结成一句话，问张承毅什么时候结束这边的工作，回到他那个项目组去，"还有好多事等着你来完成，没你不行。"

张承毅嘴上应承着"好好好""可以可以""没有问题"，心里却烦得不行。按照当时的约定，等这次竞标结束，他就要回FAST阵列项目组。这原本是板上钉钉的事情，但现在竟然隐隐约约有了变数。

他决定先不管这变数从何而起，洗了澡，换上淡蓝色格子衬衣和牛仔裤，梳好头发，刮了脸，然后怀着激动的心情下到底楼餐厅。一想到那个名字，他心底就泛出甜蜜的感觉。他很想知道，对方是不是有同样的感觉。要是有，那是多么好的事情啊！

　　没想到，他刚下楼，夏涵就已经步入餐厅。

　　"这么早！"他惊呼道。

　　"吃饭不积极，一定有问题。"夏涵的眼睛晶晶亮亮，钻石一般璀璨。她换上了一身红色长裙，裁剪得恰到好处，头发也编上了小辫，于英气之中又增添了妩媚。

　　"我请你吃来凤鱼。昨晚的第二道菜是叫这个名字吧？"

　　"哪能啊，我是地主，你是客人，我请。"

　　"我请。"

　　"再说你请我跟你急，转身就走，头都不会回一下。"

　　"你这人怎么不讲理啊？"

　　"我只跟讲理的人讲理，跟不讲理的人，嗯，我从来不讲理。"

　　"那么，谁是讲理的人，谁不是呢？"

　　"当然是我说了算。"

　　"那么在你眼里，我算讲理的，还是不讲理的？"

　　"我在跟你讲理。来璧山，就得璧山人请客，这就是理。再说了，你都肯陪我吃辣，不该我请吗？"

　　说话间，两人进了包间，在四方桌边面对面坐下。

　　"先给你说一件事，"夏涵说，"午饭后李教授告诉我们，苏教授的调查结果已经出来了，他没有任何问题。"

　　张承毅评价道："好事。"

　　"不过不知道为什么，上面说先不公布调查结果，过两天再说。"

　　"奇怪。"

　　"刚李教授还千叮咛万嘱咐，不让我们说出来，欸，我怎么就说给你听了？"

　　"说明你相信我嘛，"张承毅说，"相信我不会讲出去。"

　　"上午我还怀疑是你上传的视频呢。"

"对了，先前我大师兄陈斌和你的学弟陈宏炬打架的事情你看见了吗？"

"我看见的时候打架的事情已经结束了。'小火炬'性子比我还急躁。"

"陈宏炬说是陈斌上传的视频，这是他动手的原因。后来我问过胡学伟教授，他说在来重庆的高铁上，在陈斌的手机见过那个视频，算时间正好是视频上传到网络之前。这样一想，陈斌上传那段视频的可能性非常之大。"

"问题是，陈宏炬是怎么知道这事儿的？等等，"夏涵忽然顿住，陷入了沉思，"昨晚下午，小邱暗示我，是你上传的视频，所以我才有晚饭灌你酒的举动。而小邱跟陈宏炬认识后，因为都对环保感兴趣，经常腻在一起。谁都看得出来，陈宏炬对小邱有好感。要是小邱告诉陈宏炬，可能是陈斌上传的视频，他肯定会认为是事实。"

"又是邱怡桐……"

这时，那位身手敏捷的服务员如风一般进到了包间："两位，想吃点儿什么？"

"光顾着说话呢，忘了。"夏涵说，"来3斤来凤鱼，还有4个配菜。"

"微辣，只要微辣。"张承毅连忙补充。

服务员回头冲厨房的方向喊："来凤鱼3斤！5号房！"又转回头笑着说："两位准博士，要不要我讲讲来凤鱼的来历？"

两人对视一眼。这个服务员下午的时候曾经在会议室外叮嘱他们"不要在走廊上讨论"，其中一定有内情。不等他们同意，服务员已经自顾自地往下说了，声音很轻："我是国安部的，现在奉上级的命令，跟你们谈话。希望你们能配合我们抓捕间谍。"

"间谍？怎么可能？"张承毅问。

"你们出生在和平年代，成长在和平年代，你们还生活在与社会相对隔离的高校里。"服务员看看张承毅，又看看夏涵，这种事情他不是第一次遇到，但每一次遇到，心情都是一样的着急——为这些缺乏国家安全意识的人着急。他搓了搓手，语重心长地说："间谍对你们来说，只是影视剧里的一个个传奇，或神秘莫测，在暗地里拨弄风云；或衣冠楚楚，谈笑间杀敌万千。你们无法想象，间谍就在你们身边；甚至证据确凿，你们也无法相信，那个看上去纯良无害的朋友、邻居或者同事，其实是某一个国家或者组织的间谍。但，对我们国安来说，间谍是每天都打交道的对象。水面无波，水下暗流汹涌。各国之间在情报战场上不同等级的较量从来没有停止过。"

"那这个要抓捕的间谍是谁？"夏涵问。

服务员说："邱怡桐。"

"怎么可能？"张承毅与夏涵齐齐喊道。

"你们先前不就是在怀疑她吗？"

夏涵说："可我们只是怀疑她……"她一时语塞，说不下去了。

"知道'绿魂'吗？"服务员语速飞快，"去年6月，邱怡桐带队参观816核工厂遗址时，结识了老钱。老钱自称是环保组织'绿魂'的创始人，致力于跨国环保事业。这个'绿魂'协会，口号喊得震天响，宣称一切问题都是人的问题。实际上，'绿魂'就是个打着跨国环保的幌子，干着跨国商业间谍的非法组织。他们以窃取各个企业的高新技术然后高价贩卖到其他企业为生。一般来说，他们只会对高科技企业下手。这一次，不知道为什么，他们居然盯上了我国的空间太阳能电站最新方案。老钱结识邱怡桐后，很快就将她发展成自己手底下的间谍。"

张承毅说："那昨晚窃取我华为定制本里的欧米伽方案的就是她了。"

"是的，是她。窃取空间太阳能电站的方案，是邱怡桐接受的第一个任务。"

"为什么不阻止她？"

夏涵拍了一下张承毅的手，并抓住了它。

"她接近我就是为了窃取我手里的方案？"张承毅感觉到了夏涵的紧张。

"是的。"

"那她有没有从我这里窃取到方案？或者别的什么机密？"

"她从你那儿窃取了几份资料，不过都不是什么绝密资料。"

夏涵明显松了一口气，但抓住张承毅的手没有松开。

张承毅知道夏涵看上去大大咧咧，实际上对自己要求甚是严格，像丢失绝密资料这样的事情，她是决不允许发生在自己身上的。那么我呢？他不得不承认，在这一点上，他远不如夏涵。为什么会这样呢？难道是因为一直以来我都没有把空间太阳能电站当成自己的事？因为我是从别的项目组借调的？他心下微微一凛，问服务员："你们国安调查得这么清楚，为什么不把她抓了，反而任由她到处窃取资料？"

服务员回答："邱怡桐是'绿魂'招募的外围间谍。她只接受了最简单的间谍培训就接受了任务。她这样的外围间谍，远没有进入'绿魂'的核心。即使暴露，舍弃就是，对'绿魂'也不会造成实质上的伤害。我们要做的，是放长线钓大鱼，通过邱怡桐，把老钱和他的全部爪牙，一网打尽。"

"要我们做什么？"张承毅问。

"很简单。"服务员说，"请邱怡桐过来吃鱼喝酒，然后你再喝醉，让她偷走你定制本里的重庆方案。她手里有两套方案，这个饵足够大足够香，足够老钱亲自出马。"

"可是，她已经偷了西安方案，还会再偷重庆方案吗？"

"这个不妨赌一把。赌她贪婪还是不贪婪。"

"还有，西安方案是不是已经送出去了？"

"没有。西安方案还在邱怡桐手里，没有交出去。"服务员说，"来凤鱼的故事我已经讲完，两位准博士可还满意？"

"把来凤鱼准备好，"夏涵说，"我这就给邱怡桐打电话。"

夏涵拨打电话，张承毅看着她。"喂，小邱啊，是我。过来喝酒，在李家院子，吃来凤鱼。"夏涵说，"对，和姓张的小哥哥一起。不急，我们等你。你一定要过来呀。"

夏涵挂了电话，不无遗憾地对张承毅和服务员说："她已经喝上了，在杨家院子那边，和陈宏炬在一起，能不能过来，看一会儿喝到什么程度。"

22

趁着陈宏炬上厕所的工夫，邱怡桐已经成功地窃取到了他笔记本里的方案。

"桐姐，对不起啊，我不该喝这么多酒。"陈宏炬摇摇晃晃地从厕所出来，"让你……让你见笑了。"

"没事儿吧你。"邱怡桐假装无所谓地靠坐在藤椅上。这是陈宏炬的房间，她的目标已经达成，现在的目标是尽快离开这里，同时想办法制造自己没有来过这个房间的证据。

"没事儿。我一会儿还得去李教授房间开会呢。"陈宏炬的脸红得像抹上了胭脂，"吃葡萄，桐姐。"他塞了一串葡萄给邱怡桐，又说："桐姐，我表演个魔术给你看。"

这样的男人我见多了，没喝酒就话多，天上知一半，地上知全部，一喝酒啊，就天上地上全都知道，邱怡桐这样想，但陈宏炬……他就像个孩子——他就是个孩子——一样在炫耀自己心爱的玩具。

陈宏炬找到一把水果刀，将一粒葡萄，小心翼翼地切成两半。"最后这里的皮儿要连着，不能切断。"他说着，打开柜台上的微波炉，把切好的葡萄放了进去，又关上。"桐姐，见证奇迹的时刻到了。"他兴奋地喊着。邱怡桐凑过去，和陈宏炬贴得很近。她也喝得不少，并不在乎跟陈宏炬脑袋挨着脑袋。

陈宏炬拧动开关，只见微波炉里的那两半边葡萄皮连着的地方，忽然冒出火炬一般的白色火光，闪闪烁烁，转瞬之间，火光变成金色，闪动更加剧烈，然后"嘭"，两半边葡萄爆炸了……

"啊！"邱怡桐尖叫着跳开，就像一脚踩在了草丛里的毒蛇身上。"空间太阳能电站一旦建成，将对生态造成不可想象的灾难性后果。"一个声音在虚空之中对她说。

"别怕呀，桐姐。"陈宏炬站在微波炉旁边，笑嘻嘻地说。显然对于能吓住邱怡桐这件事他非常满意。"没什么可怕的。"他看着脸色苍白的邱怡桐，总算反应过来，连忙解释："就是一个很简单的实验。原理很复杂，实验器材却异常简单……"

"你说，空间太阳能电站用这个微波，往下边输电，地面上的人，是不是就会像这个葡萄一样，炸成无数的渣子？"邱怡桐颤抖着说。

"不是……机制不同。"

"不只是人，空间太阳能电站一旦建成，从太空传回的微波辐射将对覆盖范围的生态造成巨大破坏。面积之大，破坏之严重，堪比引爆1000颗原子弹。"老钱曾经这样对她说，"你眼前所见的这美景，这蓝天白云，这些来来往往的人，这山，这湖，这一整座黛绿嫣红的城，都将在一阵颤抖中，化为乌有。"

"你不要骗我！"邱怡桐对记忆里的老钱说，也对现实里的陈宏炬这样说。

"桐姐，给我一百个胆子我也不敢骗你呀！"

陈宏炬说得很真诚，但老钱的话更打动她。

"小邱啊，你太善良了，太容易被欺骗了。我们'绿魂'调查过了，璧山区空间太阳能电站实验基地的历次无线输电试验都出过非常恐怖的事情：成群结队的鸟儿被煮熟，飞着飞着就掉落下来；整座整座的湖水被蒸干，露出来湖底干涸的淤泥；连生命力最强的老鼠和蟑螂都不见了，死光了。"

"桐姐，你脸色怎么这么白？比白纸还白？"陈宏炬也看出邱怡桐的不妥来。然而邱怡桐还是被困在回忆里老钱的话语中："然而这一切被实验基地的科学家昧着良心掩盖了。科学家都是帮凶，他们就是破坏大自然的刽子手。不然，他们为什么要在试验结束后迫不及待地拆除试验塔，还有覆盖整个基地的微波接收天线？"

"你们是要害死所有人吗？"邱怡桐歇斯底里地喊，尽情地宣泄心中的恐惧。

"不是，桐姐，你到底在害怕什么？"

"我怕我会在微波里像葡萄那样炸得粉碎！"

"不会的，我刚才说了，机制完全不同。你听我解释。"陈宏炬说。虽然后知后觉，他终于明白邱怡桐在害怕什么了。这让他疑惑，疑惑于桐姐会害怕这样一件事；又让他松了一口气，因为在他的思维模式里，知道"害怕什么"，就能予以解释，而这，正好是他所擅长的。"桐姐，坐下，喝口水，听我慢慢给你讲。"

邱怡桐想要夺门而走，但到底还是被陈宏炬摁着肩膀坐回藤椅上。

"桐姐，你看这火，你怕吗？不怕，甚至有点儿喜欢，是吧？你应该怕它的，它不但会烧痛你，烧伤你，大起来还会把整个房间，整栋大楼，甚至整座大山，全部烧光。但你并不怕它，为什么呢？"

"为什么？"

"因为火有很多很多用处，烧熟食物，驱赶野兽，等等，所以，在很早以前，我们的祖先就驯服了火。我们知道如何制造火，保存火，使用火，控制火，当火失去控制，发展成火灾时，我们也知道如何消灭火。这种对火的驯服，甚至铭刻进了基因里。婴儿都不怕火，甚至对火有着天生的兴趣。与之对比，几乎所有的动物都害怕火。你觉得我说得有道理吗？"

邱怡桐茫茫然地点点头。

"在被火灼伤后，我们会敬畏火，与火保持一定的距离，但不会惧怕它。除了少数人被火伤害后留下终生的心理阴影之外，多数人都喜欢火。我们歌颂火，我们赞美火，我们围着篝火跳舞，我们围着火锅吃饭。你要明白，在长达几十万年的用火史中，我们根本不知道火原本是怎样的一种物理-化学反应。"

"这个我知道。"

"电也是如此。你怕电吗？怕，但有多怕呢？怕到不敢用电吗？当然不是。与火相比，电进入我们生活的时间还很短，不过200年，但现在，我们对电的恐惧主要是恐惧没有电，你说我说得对吗？"

跟之前的恐惧相比，现在邱怡桐平静多了："我们需要电，我们驯服了电，所以我们不怕电。那微波呢？人在路上走着，微波从天而降，人就'嘭'——炸成一团血肉？"

"对未知的东西产生恐惧，这是正常的。微波的使用历史只有几十年，讲真，对它的研究还不是十分透彻。但不透彻就不研究了吗？实际上，璧山区空间太阳能电站实验基地第三期实验我是全程参与的，你看我有没有炸成肉渣子？"陈宏炬耐心地说，"第三期实验往400千米的轨道上发射了一颗发电卫星，它每天绕地球16圈，经过璧山上空时，把电转化为微波，发射到实验基地来。第三期实验的主要目的，是寻找微波无线输电的最佳波段。"

"什么叫最佳波段？"

"微波是频率在300MHz到300GHz之间的电磁波，不同频率的微波有不同的特点。我们要找的这个无线输电最佳微波波段，包括两个关键性指标：第一，穿透大气层时损耗最小；第二，对周围环境的影响最小。两个指标很难同时达到，幸好李茂荣教授经过精密计算，并在第三期实验中反复验证，最终还是找到了最佳波段。"

"我们不会炸？"

"不会。"

"鸟儿不会被煮熟？湖水不会被烤干？"

"你又不是生活在微波炉里。"

"可我们也会在房间里啊。还有，空间太阳能电站的功率肯定比微波炉的大很多。"

"你还是没有明白我的意思。"陈宏炬急得直挠自己的头发，"你是科普中心的志愿者老师，这个内容你肯定知道，也给很多孩子上过课了。可你这个样子，我不知道怎么说你好……"

"那些内容我确实是背过，但并不理解。"

"我也是奇了怪了，这些知识在科普中心，还有各种媒体上都有宣传。你到底是在哪里听到的那些奇谈怪论的？这样，"激动之下，他抓住邱怡桐的手，"你再听我解释一遍。微波炉能把食物加热，是波长为122mm、频率为2450MHz的微波作用于食物内的水分子等极性分子……"

这时，邱怡桐的手机响起。"喂，椒椒。我这边已经喝完了。我马上过去。"她挂了手机，站起身，如释重负，又心乱如麻，"我得过去了。"

23

邱怡桐在前疾走，跌跌撞撞中，又努力让自己保持清醒。陈宏炬在不远不近地跟着。"你一个人过去，我不放心。"他说，说得那样小心翼翼，说得那样卑微而又异常关心。她说不清楚此刻自己该高兴还是该号啕大哭。

初遇老钱，她觉得那就是一个充满爱心的人。"世界上一切的问题都是人的问题，"老钱说，"没有人，什么问题都不存在了。"她折服于这样的哲理。"唯有爱可以拯救世间苍生，"老钱又说，"爱人，是小爱，唯有爱这世间苍生，才是大爱，诸神之爱。"她折服于这样的大爱。她觉得自己是那样卑微，那样懦弱，那样需要诸神的拯救。为什么这么晚才懂得这个道理？她为此痛哭流涕。

老钱还说："空间太阳能电站乃是世间大恶，去窃取那藏匿于实验基地的秘密资料，让'绿魂'公之于众，世间大恶从此消弭无踪。而你所有的恐惧亦将如太阳照耀下的雪一样融化。"

她听了，她信了。

此刻回想起来，只剩荒谬！

老钱骗了她，她竟如此相信他。为什么呢？她想不清楚，想不明白。就像此刻在她身后，如影子一般跟随的陈宏炬，她想不清楚，想不明白，为什么会发生这样的事情。我不欠他的，她想，我不欠任何人的。

她呵呵笑着，手掌拂过路边挺立的绿植。

这些绿植都是太空育种的产物，跟它们的田野里的祖先，都有很大的不同，但眼下都长得蓬蓬勃勃，用旺盛的生命力嘲笑着她的无知、她的愚蠢。

好像有刺，她赶紧收回手。

后边传来陈宏炬的询问声，她不搭理，自顾自地往前走。可以看到李家院子的招牌了，她没有犹豫，笑着——那笑里也带着苦吧——继续往前走。有酒从肚子里往外涌，她强忍着。在李家院子，有人在等她。

等她喝酒。

——椒椒，还有那个永远睡眼迷蒙的家伙。

这时，她忽然意识到一件事，此前从来没有意识到的事情——她嫉妒椒椒。我嫉妒她吗？她问自己，答案如此明晰，以至她自己都来不及否定自己的想法。我嫉妒椒椒，是的，我嫉妒她。她这样想着，走进红色灯笼掩映下的李家院子。

张承毅看见了她。

夏涵看见了她。

连服务员都看见了她。

她不在乎了。她曾经很在乎，在现在，今天，此时此刻，她不在乎了。她晃晃悠悠，走向张承毅和夏涵。她对夏涵说："椒椒，我嫉妒你。"

夏涵看看她，又瞅瞅她身后的陈宏炬，眼睛里闪着智慧的光："小邱，你自首吧。"

刹那之间，她明白了一切，知道自己输了，输得无比彻底。她回过头，对紧跟自己的陈宏炬说："对不起，小火炬。我真的对不起你。"

眼泪从她脸上不受控制地流淌下来。

24

"老师，我忽然间有一个想法，需要回去拿一份资料，看我记错没有。"陈斌对汤家祥教授说，"如果我没有记错，就是挖出了重庆方案的一个大缺陷。"

"去吧。"汤教授说。

陈斌起身，把汤家祥、胡学伟和张承毅留在汤教授的房间继续他们已经进行了一个小时的讨论。他们讨论的话题是寻找重庆方案的缺点。

　　出门时陈斌轻轻关上门，出门后他的动作更轻更柔。他避开所有人，悄悄离开李家院子，沿着公路往山外步行。对方答应，在两千米外的公路边等他。

　　在到重庆之前，对方与陈斌已经有过接触，但那个时候他还没有完全动心。苏廷信的那一个视频也是对方发过来的。"有什么用呢？"他问。

　　对方回答："苏廷信是重庆团队的钻天杨、领头羊和大太阳。没了他，重庆团队就是一盘毫无战斗力的散沙。西安团队不是就可以趁机胜出吗？"

　　让舆论风暴来干预竞标，陈斌不是头一次知道。但这么做……"对你们有什么好处？"

　　对方哈哈大笑："浑水摸鱼。不把水搅浑了我们怎么能摸到鱼？"

　　陈斌默许了对方的做法。在他看来，他默不默许，并不重要，对方都要这样做。而对方这样做了之后，西安团队也有浑水摸鱼、乱中取胜的机会。

　　然而，今天上午，当陈斌从小师弟的表现猜出他丢掉了欧米伽方案时，他意识到西安团队肯定会输掉这场竞标。只要丢掉方案这事儿公之于众，西安团队就完全没有获胜的可能。而且，这是严重的泄密啊！说不定还要追究团队的刑事责任呢。汤家祥教授昏厥，也肯定是认识到这一点。

　　输掉竞标就意味着西安团队10年来的心血全部付之东流，意味着他陈斌再也没有翻身的机会。

　　这辈子都没有了。

　　对方有一句名言："我从来不在一棵树上吊死。"

　　——那么我呢？

　　——我会在一棵树上吊死吗？

　　今天的竞标看上去风平浪静。重庆团队并没有因为老苏头的缺席而手忙脚乱，西安团队也没有因为张承毅丢了方案而被勒令退出。但陈斌能够从方方面面感受到危机。

明天，竞标结果会出来。欧米伽方案胜出的可能性已经微乎其微。"我是阿拉法、我是俄梅戛；我是首先的、我是末后的；我是初、我是终。"多么可笑。而一旦竞标结果出来，失败的欧米伽方案必然会大幅贬值。谁愿意为一个失败的方案出高价呢？所以，陈斌必须赶在竞标结果出来之前，把欧米伽方案在它还值钱的时候卖掉。

下午挨了老师的臭骂之后，陈斌拨打了一个没有登记的号码。"你要的东西我会给你。"陈斌对电话那头的老钱说，"但在那之前，你要把钱打到我指定的账号上。记住，双倍，一分都不能少。因为我会给你两套方案。"

夜色正浓，夜风四起。灯光之外，天空高而远，只闪烁着几颗星星，黑黢黢的大山只看见温柔的轮廓线；灯光之下，实验基地宛如荧光水晶里包裹着的金属昆虫。

陈斌向着远离实验基地的方向前进。

他计算过了，只要一切顺利，等他赶回李家院子的时候，继续参与讨论毫无问题。他已经想好了离开这么久的原因。汤老头子其实很好糊弄的。

远远近近，只有陈斌一个人的脚步声。四周黑沉沉的，间或能看见远处农户的灯光。路面却很亮，无须额外照明，就能毫无阻碍地行进。他怀疑这样走下去，可以一直走到西安。

前面公路拐了一个大弯。那是老钱和他约定的地方。陈斌捏了捏口袋里的储存卡，两套方案都在里边，心里踏实了些。

路边的松林里，停着一辆黑色中型商务车。要不是事先知道，还真不容易发现。

陈斌走向商务车。"老钱。"他唤道，"老钱。"

车门拉开，露出老钱那张堆着笑意的脸："老同学，好久不见。"

"好久不见。"

"东西呢？"

"钱呢？不是说好了先给钱吗？"陈斌急道，"钱到位了，我自然会把资料给你。钱呢？"

"真不专业。要不是因为你是我同学，我才不会冒险亲自来接收资料呢。"老钱抱怨道。

陈斌回嘴："要不是因为你是我同学，我才不会冒险亲自跑出来送资料给你呢。"

"算了，不跟你计较。"老钱无可奈何地说，"查查你的银行账号。马上查。"

陈斌掏出手机，翻查自己先前报给老钱的那个银行账号。钱果然到了。他数了数那些零，多到让他心肝都颤了起来。

"给。"他拿出了储存卡。

"都在里面？"

"重庆的多旋转关节空间太阳能电站，西安的球形薄膜能量收集阵空间太阳能电站，最终方案都在里边。"

老钱接过了储存卡，习惯性地笑了笑。

就在这时，一个声音如霹雳般响起："行动！"

四下里蹿出几条矫健的人影，将陈斌和商务车团团围住。

陈斌来不及反抗，就被摁在地上动弹不得。老钱试着突围，商务车却无法发动，也只好束手就擒。两人都被铐上，一个长相普通的人走了过来。陈斌认出他来，是李家院子那个服务生。

"带走。"服务生命令道。

陈斌这才后知后觉地意识到，自己恐怕回不了西安了。

25

天亮之后，陈斌被国安部逮捕的消息传到汤家祥教授耳朵里。汤教授呆坐半晌，仿佛一下子老了10岁。"我还是太惯着他了，"他反复念叨，"我不该惯着他的。"

赵董派人来通知，今天的竞标照常进行。汤教授打起十二分精神，率领西安团队剩下的两个人去了会议室。"做事要做完，哪怕是一定会失败的事情。"他说，"什么叫坚持到底？这就是坚持到底。"

重庆团队那边，苏廷信教授还是没有到场。陈宏炬明显不在状态，只有夏涵，似乎一点儿也没有受到邱怡桐被捕的影响，还是那么生机勃勃。

"我劝小邱自首，其实是帮了她。"会议间隙，夏涵对张承毅这样说，"她已经被国安盯上了，被捕是迟早的事情。而且，要是她的同伙知道她已经暴露了，多半会把她灭口。"

"你的话总是这样有理。"张承毅说。

"我是理科女，别的不会，会讲理。"

"我看小火炬没啥精神头。"

"没事儿，过几天就又是一条好汉了。"

"只希望小邱举报陈斌能让她少判几年吧。"

"希望如此。我听过那个老钱的讲座，不得不承认，他的演讲很有煽动性，在精准调动听众情绪方面非常出色。他的那套说辞，越是善良的人，越是容易相信。"

"小邱确实很善良，然而善良还是要与认知力、判断力、执行力匹配才行啊。"

"你说得对。"夏涵总结说。

整个会议在一片压抑的氛围中进行着。实际上，双方都讲不出新东西来。两套方案都是经过千锤百炼，肯定不会毫无缺陷，但即使有，那也是权衡利弊之下的折中处理，要么按下葫芦浮起瓢，要么牵一发而动全身，无法从根本上解决。所以，专家组经过讨论，决定会期缩短成半天，上午就结束竞标。

赵亮走上主席台，宣布了专家组的决定："下面有请中国航天科技集团有限公司首席科学官谢文博院士宣布此次竞标结果。有请谢院士。"

谢文博大踏步地走上主席台："竞标结果已经出来了，就在我手上。这张纸很薄很轻，上面就4个字，也很重，因为它凝聚了整整一代空间太阳能电站人的希望与心血。在场的每一人，以及没有到场，却在过去的十数年里，为中国空间太阳能电站直接或者间接作出贡献的每一个人，你们辛苦了。"

汤家祥、李茂荣、胡学伟、夏涵、张承毅、陈宏炬不由自主地鼓掌。这是给他们自己的掌声。

"我代表专家组全体成员在此宣布，"谢文博继续宣讲，"此次竞标，获胜方案是——重庆团队的多旋转关节空间太阳能电站！祝贺重庆！"

这一次的掌声更加热烈。

"它将代表中国，去2028年空间太阳能大会，竞逐国际标准。"谢文博的声音愈发高亢，"我同时宣布，兆瓦级中国空间太阳能电站'逐日工程'正式启动！在2035年的时候，由中国人建造的世界上首座兆瓦级空间太阳能电站将在地球同步轨道上投入使用！"

又是热烈的掌声和欢呼声。

在掌声和欢呼声里，此次竞标正式结束。

中午吃饭的时候，汤家祥教授特意把张承毅叫到身边。"承毅啊，有些事情现在必须说清楚了。"汤教授说，"我把你从何亦滨那边强行要过来，你肯定是不乐意的。原谅我忽略了你的感受。"

张承毅说："没啥，我是做事的人。在哪儿都是做事。"

"你心胸比你大师兄开阔多了。他……唉，不提了，不提了。"汤教授摆摆手，继续说，"现在项目结束了，回西安办好手续，你就回何亦滨那边吧。你很聪明，也肯做事，何亦滨也很看重你，我相信你在他那边一定能大展才华。"

张承毅沉吟道："我想继续研究空间太阳能电站。"

"西安方案已经被淘汰了……"汤教授眼睛忽然一亮，"你的意思是，到重庆团队那边去？"

张承毅点头，并没有进一步解释。

"好。"汤教授轻声道，"吃过饭，我带你去找老苏。"

重庆团队住在杨家院子，造型上跟李家院子有很大的不同。葡萄架下，苏廷信教授坐在轮椅上，满头白发，精神还不错。"夏涵告诉我，你们要过来。我在这儿恭候多时了。"苏教授说。

汤教授问："老苏，身体可好？"

"别的都还行，就是膝盖啊痛得不行，简直要人命，没法走路了。毕竟90岁的人了，身体不出点儿问题是不可能的事情。还好，只是膝盖，脑子还清醒着嘞。膝盖伤了，就有借口减少外出，把更多的时间用来想问题了。等哪一天，脑子糊涂了，那才是真的完蛋了。所以，这次竞标我没有参加。"苏教授说，"让年轻人去吧，锻炼锻炼。我老了，这副担子迟早要交给他们。趁我脑子还清醒着，还有那么一点儿影响力，给年轻人一个表演的舞台。他们需要这样的舞台，一展身手。他们这一代人，没有什么历史包袱，更阳光，更自信，思想境界也更开阔。"

"说到竞标，我要恭喜你，恭喜重庆方案将代表中国去竞逐世界标准。"汤教授说，"以后他们将尊称你为'空间太阳能电站之父'。"

"不，不会。"苏廷信教授说得极为肯定。

"怎么会？"

"在你来之前，赵亮已经找过我了。他建议我来担任北京团队的领导人，负责在6个月内把重庆方案与西安方案整合为中国标准，提交给2028年世界太阳能大会审议，竞逐世界标准。在国际标准上，我们可是吃过大亏的。他甚至说我可以只挂名，不做事。我拒绝了。沽名钓誉的事情，我不是从来没有做过，但这次，事关重大，我必须严词拒绝，不留任何回旋的余地。"苏教授停了片刻，说，"一方面，我真的老了，不服老不行了。晚上睡不着，白天睡不醒，总是处于半睡半醒之间，吃什么药都不管用。脑子里不是嗡嗡嗡地响，就是不受控制地回想年轻时候的片段。另一方面，也是我一直强调的——更好的团队领导人已经出现了，我该腾出位置了。我不能占着茅坑不拉屎，要给下一代，甚至给下下一代锻炼和成长的机会。光是腾出位置还不够，还得扶上马，送一程。"

听到这里，张承毅不由得心中一热，一股暖流在他心中流淌。他看见汤教授低下了头，似在沉思。汤教授向来高傲，这种姿态很是少见。

苏教授继续说："老汤，我们都年轻过。想想我们年轻时候的想法吧，谁不嫌弃台上那个糟老头子又丑又聒噪。别让自己老了，就变成了年轻时最讨厌的那一种人。你说是吗？"

26

汤教授昂起了低下的头："老苏，你说得对，所以我要把我这个关门弟子介绍给你。"

苏教授会心地笑了，转向张承毅，说："张承毅，是吧，我听夏涵说起过你。夏涵难得表扬人，表扬起你来，却头头是道。言下之意，甚是欣赏你呀。"

"她不损我，我就烧高香了。"张承毅说，也不知道自己有没有脸红。

"小张，今天的新闻你看了吗？"苏廷信说。

"可控核聚变吗？"张承毅回答，"中科院合肥研究院等离子体物理研究所的EAST全超导托卡马克装置再次创造新的世界纪录，实现电子温度近1.2亿摄氏度的长脉冲高参数等离子体运行8320秒。这是目前世界上托卡马克装置高温等离子体运行的最长时间。"

"那距离可控核聚变还有多少年？"苏教授饶有兴致地问。

"50年。"张承毅老老实实回答。

苏教授郑重其事地说："虽然我们是研究空间太阳能电站的，但我们的目光不能局限在空间太阳能电站上。与空间太阳能电站的研究相比，可控核聚变难度更高。因为可控核聚变还有更多理论空白，而搞理论研究，不是堆人、堆钱、堆时间就一定能够完成的。谁也不知道，可控核聚变的理论突破会在什么时候出现，是1年后，还是10年后，甚至是100年后？这种在绝对黑暗的领域里摸索，看不到一丝亮光的情况，非常容易让人绝望。所以我特别佩服那帮搞可控核聚变的，能坚持下来的，都是真正的英雄。

"相对而言，空间太阳能电站理论上没有任何问题，从光伏电池到直流电转微波再把微波转为直流电，所有的理论都是现成的，所有的技术都是现成的。我们所要做的，就是进行技术整合，尽可能地减少电站重量，尽可能地提高电站效率。说实话，当初我之所以把空间太阳能电站作为主研对象，这是一个非常重要的原因。我能在有生之年，看到空间太阳能电站研发成功。"

"要是可控核聚变研发出来了，就没有空间太阳能电站什么事儿了。"张承毅大着胆子说。

"这是事实。可控核聚变成功了，就意味着我们——"苏廷信看着汤家祥，恳切地说，"这10多年的心血白费了。但那又怎样？科技进步了，国家得利了，人民享福了。我们的心血白费了又怎么样嘛。"

这是何种境界！这种境界是张承毅未曾见过的。他心中微微颤动，有某种少见的情绪在里边涌动："可控核聚变之外，还有以高温气冷球床堆和钍基熔盐堆为代表的第四代核裂变电站，技术上非常成熟，这些年也已经陆续进入商业运营了。"

"能源领域事关国计民生，其重要性怎么强调都不过分。"苏教授继续说，"以前，我们年轻的时候，条件比较差，拿不出更多的钱来搞科研，只能把有限的资金用在一两个重大科研项目上，谓之重点突破。而别的看上去不那么重要的项目，要么直接裁撤，硬生生砍掉；要么减资，勒紧裤腰带过日子，那也是没有办法的事情。"

汤教授感同身受："不但没钱，还没有人。一个大项目，根本就找不到足够多的技术人员来做事情。"

"现在，现在不一样了。我们有钱了，也有人了，就是同一个项目，也能够同时推进几条技术线的研发。这在以前，是根本不可想象的事情。老汤啊，你在西安搞球形薄膜能量收集阵空间太阳能电站，我在重庆搞多旋转关节空间太阳能电站，就是明证。方案不同，但我们的目标是一致的，不是吗？"

"是的，"汤家祥说，"我们的目标是一致的。不管是哪个方案，重庆方案，抑或是西安方案，能作为中国方案，去空间太阳能大会竞逐世界标准，都是空间太阳能电站研究的胜利。"

张承毅接过话头："假如胜出，这个方案成为世界空间太阳能电站的标准，那还是整个中国的胜利。"

"仅仅把空间太阳能电站的应用局限于中国，甚至局限于中国西部，目光太过短浅与狭隘了。"苏教授说，"我们应该看到，东南亚和南亚，中亚和西亚，东欧的好几个国家，发展都受到电力不足的严重限制。更不要说在广袤的非洲大陆，从撒哈拉大沙漠到最南端的好望角，3000万平方千米的土地上，缺电、少电、电力分配不平均的现象，还比比皆是。"

"说不定将来月球基地和火星城市也能用上空间太阳能电站发的电呢。"汤家祥说。

"有一说一，上午小张提到的重庆方案的那些缺陷，是真实存在的。这个方案还需要进一步优化。小张，要不要加入进来？"苏教授说，"2028年空间太阳能大会9月在上海召开，在那之前，我们还有6个月的时间。"

张承毅愣住了。他万万没有想到苏教授会当面邀请。

"我把张承毅介绍给你，就是这个目的。"汤家祥说，"西安方案落选，回去之后这个项目肯定会被砍掉。我也准备正式退休了。承毅在我那儿发挥不了……"

张承毅说："苏教授，加入您的团队，是不是就意味着我后半辈子就只能研究空间太阳能电站？"

"对。"

"不管它最终能不能成功？"

"对。中途失败，甚至一开始就失败，都是可能的。或者被别的更先进的项目取代，整个对空间太阳能电站的研究，全部、一个不剩地烟消云散，也不是没有可能的。"

张承毅呼了一口气："能不能不吃辣？"

苏教授说："这得问你自己愿不愿意吃辣。刚到重庆那会儿，我也不能吃辣，现在呢，无辣不欢。"

张承毅说："我试试吧。"

苏教授接着说："刚才你提到了可控核聚变成功永远在50年后的笑话，实际上，这个笑话也可能落到空间太阳能电站上。50年后，你多少岁？"

"71岁。"张承毅扫了一眼汤家祥深深的眼袋，又望向苏廷信如雪的白发，忽然间意识到他们的现在，就是自己的未来。他仿佛一眼望到了自己人生的尽头。50年后，我就是这个样子？一种莫名的惶恐在他心底涌起。那个时候会怎样？空间太阳能电站已经建成了吗？还是彻底失败，被遗忘在历史的回收站里呢？

27

站在高高的铁塔边，回望山窝窝里的璧山区空间太阳能电站实验基地，感觉群山环抱的它特别小巧玲珑，宛如精致至极的微缩模型。然而，就在这微缩模型里，刚刚发生了一件足以影响世界影响未来数十年的大事。这一小一大的鲜明对比，让张承毅心生恍惚。

"我明天就回西安了。"

"哦。走好。"夏涵站在他身边，貌似漫不经心地说。

"问你一件事。"

"问。"

"你会去北京吗？"

"会。"

"你会一辈子都研究空间太阳能电站吗？"

"这个嘛，难说。"夏涵狡黠地笑了笑。三月初的阳光照在她的额头上，亮堂得像一个小太阳。

"意思是说不会？"

"现在就讨论一辈子未免言之过早。"

"我爸爸对我说，一个人在很小的时候，就确立了自己的志向，明白了这一辈子要干什么，然后一直朝着这个方向努力，是一件非常幸福的事情。"张承毅说，"但我从来没有理解这句话，直到今天。"

夏涵捋了捋自己的头发："我不希望你是因为我才选择继续研究空间太阳能电站，这样做出的选择你迟早会后悔。我希望你之所以选择继续研究，是因为你喜欢研究，并且在研究的过程中能够收获成功的喜悦。"

"嘿，别仗着有一副好看的皮囊就以为天底下的男孩子都会喜欢你。"

"报复心还挺强。"夏涵笑了，"看不出来呀。"

"你看不出来的地方多了去了。"张承毅向夏涵伸出手，"下午，苏廷信教授正式邀请我加入北京团队，我当时就答应了。"

夏涵握住了张承毅的手："那么，北京见。"

张承毅回以微笑："北京见。"

"马卡迪卡迪号"

卷号0152

地点　非洲博茨瓦纳共和国

时间　2049年

Makadikadihao

1

"停电了。"

司机回头对夏涵和她的女儿说。看得出，他并不着急，显然不是第一次遇到这样的事情，语气平淡得就像是说"今天天气不错"一样。

"停电了？"夏涵奇怪地反问。

"不，我说错了。"司机想了好一会儿，才吞吞吐吐地说，"是没电了。我汉语，说得不好，是那个……没电了。"

一旁的莫大妈解释道："我知道司机的意思，他的意思是汽车电池没电了。"

"怎么会？早上出门的时候不是强调过，一定要给汽车充满电吗？"夏涵气呼呼地说。

"当时充满了的。"黑人司机委屈巴巴地说，"我也不知道它为什么突然间就没有电了。"

胖墩墩的莫大妈也在一旁帮腔："我看见了，夏工。"

夏涵问："现在怎么办？"

自从"逐日工程–马卡迪卡迪项目"立项与实施以来，作为总设计师，她来博茨瓦纳共和国5年了。在这个非洲南部的内陆国，经常都能遇到这种乱七八糟的事情。有人会习惯，但夏涵不会。

司机说："我正在打电话。"

那意思是我正在解决，你不要着急，至于什么时候能够解决，怎么解决，我也不知道。夏涵看看四周，前后左右，都是一望无际的白色平原，不由得哀叹一声。此刻，他们离开纳塔鸟类保护区，在去往苏阿城的路上。"前不巴村，后不着店"，就是说的眼下这种情况。

夏涵转向女儿张文焱。她今年15岁，个子已经和妈妈一样高了，而且很快就会比妈妈高了。此时，她正戴着华为眼镜，缩在电动车的后排座上，一门心思地玩游戏。有蓝紫色的光在她雪白的指尖如闪电般跳动。那光是指尖游戏的画面效果，事实上，文焱透过华为眼镜看到的游戏画面效果会更加丰富和绚丽，而旁边的人，比如夏涵，是看不到的。

"还没有打完吗？"

文焱在百忙之中摇了摇头。

"说要来博茨瓦纳旅游的是你，来了又不看风景，只知道玩游戏的还是你。"

文焱就不满意了："妈，你也不看看，外边真有风景吗？说好的大象、羚羊、河马和鳄鱼呢？"

"你说的是奥卡万戈三角洲，明天要去的地方。"

文焱一边玩游戏一边说："上午参观的纳塔鸟类保护区也没有鸟。"

夏涵瞄了一眼自己戴的华为眼镜的显示窗口：2049年7月4日，下午2点34分，36℃。正是一天中最热的时候。她推开车门，让车内车外的空气流通起来。天上的日头正毒，令人不敢仰视。在这种日头底下，几个小时就会脱水而死。夏涵把遮阳帽从头上摘下来，使劲儿扇着，然后从车里找到矿泉水，拧开，自己狠狠喝了一口，再递给文焱。"喝水。"她的语气不容置疑。文焱也渴了，咕咚咕咚喝了小半瓶。

司机拿着一款老式手机继续打电话。他已经给4个人打过电话了，其间又接了一个电话。他说的是茨瓦纳语，夹杂着半通不通的汉语。茨瓦纳语是博茨瓦纳共和国的官方语言，夏涵只知道几个单词，完全不知道他在说些什么。但可以肯定，问题没有得到解决。

目前唯一值得庆幸的是，这里还有网络信号。

夏涵往马卡迪卡迪盐沼深处望去，白色的盐沼和蓝色的天空在视线尽头交汇成一条平直的线。目之所及，看不到任何积水，地面完全裸露，看不到任何植物，也看不到任何动物。

天地之间，只有这条公路带着人类的气息。

往前看，公路延伸到无限远的地方；往后看，公路延伸到无限远的地方。

无生之地，还真是名不虚传。夏涵想。

马卡迪卡迪（Makgadikgadi）的意思是广阔的无生之地。在几百万年前，这里是一个巨大的湖泊，但现在，气候变化，使它成为地球上最大的盐沼，总面积超过12000平方千米。比两个上海加起来还要大，而且近些年还有进一步扩大的趋势。

对干燥的盐沼来说，水是最宝贵的东西。夏涵和女儿上午参观的纳塔鸟类保护区，就因为有水而成为马卡迪卡迪盐沼最著名的旅游景点之一，这里因数量众多的火烈鸟享誉世界。然而真正参观之后，张文焱对纳塔鸟类保护区的评价只能是"极度失望"。火烈鸟没有在盐沼里成群结队地觅食，更没有在半空中飞翔如同一片火红的云霞。仅见的十几只鸟儿都奄奄一息，毫无活力。

张文焱毫不掩饰自己的失望，夏涵也觉得浪费了自己宝贵的时间。负责安排接待的大妈莫瑞娜解释说："你们来得不是时候。等10月雨季一来，什么动物都来了。"

莫瑞娜今年56岁，是中国航天科技集团有限公司博茨瓦纳分公司的长期雇员，员工都亲切地叫她莫大妈。她的汉语说得比她的很多同胞都好。问题是，文焱是趁着放暑假来"妈妈工作的地方"玩儿，9月底夏涵也要回国参加新中国建国100周年庆典，不可能待到10月，然后去看那些成群结队的动物。

实际上，莫大妈并没有理解夏涵和她女儿在抱怨什么。根本不是能不能"驾车在盐沼上穿越"的问题。

"还没有完吗？"夏涵问。

文焱双手10根手指在空气中连续弹动，然后蓝紫色的光闪烁两下，熄灭了。"都怪你！"她说，"又输了。"

"输了就怪妈？自己本事差。"

"要不是你一直打搅我，我怎么会输？怪你怪你就怪你！"

"有你这样的娃？"

文焱毫不犹豫地反问："有你这样的妈？"

"我15岁的时候，微积分已经学得滚瓜烂熟了。"

"我15岁的时候，跟妈妈吵架的本事已经练得炉火纯青了。"

夏涵一时气结。文焱的样貌随她爸，性格却随她妈，也就是随夏涵自己。母女俩在一起，这种"针尖对麦芒"的互怼，就跟一天三餐一样常见。

"我去苏阿城还有重要的事情要做，不能在这里耽搁。"夏涵冲莫大妈说，"你们解决不了就我来，我可不想在这儿等死。"

莫大妈见识过夏工生气的样子，赶紧催司机。司机继续打电话，好几分钟后，终于找到了一个解决办法：由苏阿城的中国气象站派车过来接"尊敬的夏工和她的宝贝女儿"。夏涵本来就是要去中国气象站，由中国气象站派车来接，也是应该的。但司机第一时间不就应该联系中国气象站吗？这是解决问题的首选方案。那他之前打的那一通除了浪费时间没有任何用处的电话又是打给谁的？

20分钟后，中国气象站的商务车到了。夏涵、文焱和莫大妈上了车，留下司机陪着他那没有电的电动车。

"司机怎么办？"夏涵问。

"他已经叫了车辆急救。"莫大妈说。

"什么时候能到？"

"不知道。不急，夏工。没事儿的，时间多的是。"

夏涵觉得，博茨瓦纳人这种乐观到极点的天性她需要学，但很可能永远学不会。出了事，不用管，坐在那里，等着事情自己解决，完全不是她的行事作风。她习惯于出了事儿，先按照一二三四的既定步骤去解决；要是既定步骤无效，她会立刻想出新的一二三四，去主动解决问题。

"焱焱，怎么不玩游戏了？"

"老是输，不想玩了。"文焱沮丧地说。

"你有没有想过，为什么老是输？"夏涵说，"不就是打个游戏嘛。"

"说得轻松。"

"是没有掌握规则，还是没有理解内容，或者说是脑子不够用、手速不够快、手脑协调能力差？"

"都不是。"

夏涵奇怪地看着女儿。

张文焱指了指天空："信号延迟太严重了——同学们都在国内呢。"

夏涵明白过来，张文焱是和她的同学在联网游戏。几毫秒的网络延迟也可能造成游戏失败。

　　"我那些同学，要放暑假了，纷纷说自己的计划：有说去哥斯达黎加考察蝴蝶的，有说去马达加斯加看狐猴的，有说去塔克拉玛干看最后的沙漠的，有说去挑战者深渊找红宝石的，有说要参加神雕夏令营的，还有说去月球虹湾基地——我们都知道他去不了，但无法阻止他吹牛皮，因为他爸在那里。我呢，听我妈的安排，来博茨瓦纳，哎，看一无所有的盐沼！"

　　"神雕夏令营？神雕突击队组织的吗？"

　　"对，就是那个叫神雕的太空军特种部队。能去神雕夏令营的都是万里挑一的，选上的都嗷嗷地叫着呢。"

　　夏涵耸耸肩："这样，焱焱，有空你教我玩你玩的这个游戏，我还真没有玩过。"

　　"真的吗？"

　　"当然是真的。你老妈我什么时候骗过你？"

　　"怎么没有……"

　　"我反对过你打游戏吗？"

　　这话张文焱无法反驳。爸爸很少在工作之余玩游戏，要玩也只是玩俄罗斯方块之类老掉牙的游戏。他说，工作已经很伤脑筋了，休息的时候就只想玩不动脑筋的，这才叫休息嘛。妈妈则相反，喜欢利用闲暇时间玩策略类游戏，对那种打打杀杀的格斗类游戏嗤之以鼻，她说："玩策略类游戏的时候也能训练脑子，不过是运用学过的本领，简单得很，有时也能从游戏中学到新东西，何乐而不为呢？"

　　"这款游戏叫《彩虹尽头》，国内最流行的游戏，没有之一，都打疯了。"张文焱说，"在线玩儿，很容易上手。"

　　在张文焱的指导下，夏涵在《彩虹尽头》注册了新的账号。她想都没有想，就给这个新号取了个名字，叫"朝天椒"。张文焱在游戏里加了"朝天椒"好友，还送了她一套装备。

　　"干吗送我？"

　　"不想要？"

"要，我女儿送的，不要白不要。"

"不想要就明说，自己去打！"

夏涵突然做了一个嘘声的手势，掏出手机接听："喂，大使先生吗？我是夏涵。"

中国驻博茨瓦纳共和国大使袁靖乔在手机那头说："夏工，我刚刚收到博茨瓦纳总统府的通知，马卡迪卡迪项目的交接仪式，从原定的哈博罗内国际会展中心，改为马卡迪卡迪基地。时间7月9日，不变。"

"为什么改地方？"

"通知里没有说。就麻烦夏总设计师根据调整后的地点，安排好自己的行程，准时参加交接仪式。我知道你女儿来博茨瓦纳旅游了，但是这个交接仪式，无论是对这个项目，还是对博茨瓦纳未来的发展，对源远流长的中博友谊，都有特殊的意义。"

"我明白。一定准时参加。"夏涵回答，同时看见苏阿城出现在地平线上，给窗外毫无变化的景致增添了一抹亮色。

2

苏阿城是马卡迪卡迪盐沼边最大的人类聚集地。这里最初只有工厂，如碱厂、盐厂、钾肥厂等，都是以盐沼为原材料进行初步提炼和加工的小厂。然后越来越多的人聚集到这里，厂区变成营房，营房变成小镇，小镇变成有10万常住人口的小城。

中国气象站位于苏阿城的边上。气象学家雷舞阳站在门前等夏涵。这是一个长发披肩的年轻人。他向夏涵表示歉意，没有亲自去接她，又将备好的矿泉水分发给几个人，态度十分热情。

夏涵和雷舞阳联系过很多次，这是第一次在现实里见面，也不客气，叫莫大妈带着文焱去街上转转，自己一边跟雷舞阳攀谈一边跟着他进了中国气象站。

中国气象站其实是博茨瓦纳人的说法，完整名称是中国与博茨瓦纳联合气象局中部区苏阿气象研究站。雷舞阳介绍说，这里不比国内，缺人、缺技术、缺设备。最关键的是，缺电。实际上，不但苏阿城缺电，整个博茨瓦纳都缺电，非洲南部的国家都缺电。

"这个我知道啊。"夏涵说，"逐日工程–马卡迪卡迪项目就是为解决南部非洲广泛存在的缺电问题而提出的。总统凯莱措有心把博茨瓦纳打造成为南部非洲的能源中心。他对我说，不说别的，光是马卡迪卡迪盐沼里的矿藏就够博茨瓦纳吃好几百年，可惜没有足够的电去开采。他还引用了一句中国古语，形容这相当于捧着金饭碗要饭吃。"

雷舞阳领着夏涵进了气象研究站的数据中心。"南部非洲的所有气象数据都在里边。更大的危机还在后边。"雷舞阳把话题引向他所擅长的领域，"在今后数十年，天气将越来越炎热，降水量将越来越少。"

"纳塔鸟类保护区就要消失了。"

"奥卡万戈三角洲也正在逐渐消亡。而且，我们都知道，气象灾变一旦发生，就很难逆转。只有在灾变发生之前，及时阻止，才可能有挽救的余地。"雷舞阳说，"所以，对博茨瓦纳的人工干预气象迫在眉睫。"

雷舞阳的本职工作是研究大时间尺度下的气象变迁，研究着研究着就对人工干预气象产生了浓厚的兴趣。对于人工干预天气，人们很久以前就开始研究和实践了，包括人工降雨、人工驱云、人工除冰雹等。"都是些临时性的措施，在短时间里有效。我想要做的是通过技术手段，永久改变一个地区的气象。"雷舞阳曾经这样对夏涵说过，"以前这肯定是痴心妄想，但现在，我们有了空间太阳能电站，这就为实现我的痴心妄想提供了一个契机。"

一般微波不可能对云层造成什么实质性的影响，而从空间太阳能电站定向传送回地面的微波则具有能量大、时间久、面积广的特点，对云层的影响就不可避免与不可忽视了。即使所选取的微波波段是最不容易被云层所吸收的，这种吸收也必然存在，并会经由时间的叠加而累积到一个惊人的程度。

云层吸收微波的能量会发生哪些变化？对指定区域的天气又会有怎样的影响？影响的范围有多大？改变的程度有多剧烈？持续的时间有多长？随着几座空间太阳能电站的泊入轨道与正式运行，对相关事件的数据收集越来越多，从中整理出的规律也越来越明显。影响是实实在在的，不可能没有影响。有的影响被淹没在自然本身的变化里，难以察觉；有的影响则像干草堆里的一根针那样，少，却闪亮耀眼，无法忽视。

新的问题是，如果改变微波频率，使用更容易被云层吸收的波段，对指定区域的天气进行干预，办得到吗？答案是肯定的。从本质上讲，所谓天气，不管是刮风，还是下雨，抑或是晴天阴天，不就是空气变冷或者变热之后的流动现象吗？云是由无数的小水滴组成的，微波对它的加热效果就像秃子头上的几根头发那样显眼，而微波干预天气的原理也是这样简单。

"长远来看，用空间太阳能电站的微波来对台风进行干预也不是完全不可能。当我们发现一个12级以上的台风可能会在登陆后造成极大的破坏时，就可以通过计算，用太空微波在台风前方指定区域对空气进行加热，形成新的气流，改变台风的行进方向。甚至有可能在超级台风形成之前就进行干预，使超级台风无法形成。"雷舞阳在相关论文中这样写道，在各种论坛中也反复讲道，"我知道，这涉及海量的观察与计算，涉及数亿焦耳的能量的精确控制，涉及很多目前还没有研究透彻甚至根本就还没有研究的领域，但我觉得吧，只要继续研究下去，我的那些梦，完全可能实现。"

在得知马卡迪卡迪项目上马后，雷舞阳向中国航天科技集团有限公司提交申请，要在"马卡迪卡迪号"上做人工干预气象的试验。项目组经过反复讨论，又与博茨瓦纳方面反复沟通，最终同意了雷舞阳的申请。所以，"马卡迪卡迪号"一开始就设计了实现干预气象的功能和组件。

眼下，"马卡迪卡迪号"已经竣工，所有的联调联试都已经完成，即将移交给博方，雷舞阳却打来电话，一再要夏涵亲自到气象站来一趟。夏涵就借着陪文焱旅游的空隙，到气象站来了。

"说吧，叫我来是有什么事？"夏涵对雷舞阳说道。

夏涵觉得，跟她见过的其他科学家相比，雷舞阳更疯狂一些，更接近于影视剧里那些经典的疯狂科学家。这没啥。在夏涵看来，科学家多多少少都有点疯劲儿，包括她自己。不然，怎么解释他们对于研究自然规律那种超越常人的热情，那种不计较得失与成败的追求，那种忘我到无我的奉献与牺牲精神？

雷舞阳说："今年3月的时候，我们不是进行了一次实验吗？那次实验算不上完全成功了，并没有达到预期。之后我反复计算，一直在寻找其中的原因，现在我找到了。"

"怎么回事？"

"天气是个庞杂的混沌系统，能够影响天气的因素多如牛毛。这也是天气预报一直不能百分之百准确的原因。天气干预需要考虑的因素更多。"雷舞阳向夏涵出示了一份图表，"这两天，我重新分析博茨瓦纳的历史降水量分布图，意外地发现他们的历史记录被人为篡改过了。基于错误的信息，我进行计算，自然得不出正确的答案。"

"那历史记录是谁篡改的？"

"也不是为我这事儿专门篡改的。当中有些年，没有官方记录。后来为了交差，就根据前后年，想当然地填了一些'神仙'数据上去。"

这样的事情在博茨瓦纳并不罕见。夏涵问："现在怎么办？你有解决方案吗？"

雷舞阳瞅着夏涵，问："我重新计算过了，发现一个重大的问题。想要实现干预气象，我说的是气象，不是天气，'马卡迪卡迪号'的微波功率还需要提高一个量级。"

"一个量级？"夏涵沉吟着说，"也不是完全不可能，就是要冒系统过载的危险。"

"有多危险？"雷舞阳眼底闪着某种摄人的光。

夏涵一边介绍，一边分析：与别的空间太阳能电站不同，"马卡迪卡迪号"的新型高功率微波发射装置首次采用了一种名叫"超表面"的新材料。它不需要传统的微波信号源及功率放大器和发射天线，就可以直接将直流电转换为微波并且发射出去。它厚度超薄，功率高，结构简单且容易加工。最重要的是，超表面有很强的扩展性，单纯增加或者减少超表面的面积就可以增加或者减少发射功率。因此，在超表面上分布一系列等离子开关及光电导开关，再按照一定序列去促发，会实现波束二维扫描的效果，即同时向不同方向发射不同功率的微波。

"所以，'马卡迪卡迪号'的微波功率再提升一个量级，是完全可能的。"夏涵最后得出板上钉钉的结论。

"还能再高吗？"

"这已经是超限模式下的最高运行功率了。"夏涵严肃地说，"再高的话，不但'马卡迪卡迪号'会过载，地面接收天线也会过载，最终结果就是天上地下，一起起火、燃烧、爆炸，就像巨型炸弹一样。嘭，嘭，全都没有了。作为它的设计师，我不敢想象那样的情景。"

与此同时，莫大妈带着文焱在苏阿城闲逛。天空湛蓝，阳光充足，街道宽阔，各种陌生的植物在房前屋后挺立，充满了异国风情。行人不算特别多，黑色面孔中夹杂着黄色面孔。在一条卖旅游商品的街上，文焱看上了一个草编手环。莫大妈介绍得比店家还要积极，拍着胸脯保证肯定是好东西。最后文焱决定购买一张试戴了两次的狮脸面具，莫大妈付钱，并说明这是夏工给的。"私人的和公司的，夏工向来分得很清楚。"她说，然后要店家送了一副草编手环，戴到文焱手腕上。

文焱把狮脸面具塞进背包里，说道："我已经3年多没有见过我妈了。"

"夏工说她经常跟焱焱网上聊天。"

"网上聊天不算见面。真正见面就知道，网上聊天跟真正见面还是有很大的不同。昨天在机场，第一眼看到我妈，那种强烈的陌生感阻挡着我，我是鼓足了全部的勇气才叫了她一声妈。"文焱顿了一下，说道，"我觉得她根本不爱我。"

"为什么这样说？"莫大妈不理解。

两个人继续往前走。文焱的语气里既有不解，也有抱怨："我爸是在'拉萨号'即将完工时向我妈求婚的，我是在'南宁号'开始建设之前出生的。这独特的纪年方式让我感觉我是在他们忙于工作的间隙，找了个空当生的。然后他们就世界各地飞，我呢，有时在重庆外公外婆家，有时在上海爷爷奶奶家，跟候鸟似的。我10岁那年，'马卡迪卡迪号'项目立项，一晃眼5年时间过去了。5年里，我就见过我妈一面，这次是第二面。"

"但这些不代表爸爸妈妈不爱你呀。"

"那还能代表什么？"文焱反问。她并不指望能从这位刚刚认识不久的博茨瓦纳大妈那里得到答案，先前说那么多，只是一时感慨罢了。就像爸爸曾经说过的那样，"只有你自己找到的答案才是真正的答案，别人告诉你的，不过是一些安慰人的话。"

3

国防部部长瑟可卡玛坐在自己的办公室里，哼唱着博茨瓦纳国歌："保佑这高尚的土地，这来自神祇双手的赠礼，这来自我们父辈的赠遗，愿她永远处于和平安逸！醒来吧男儿们，醒来吧男儿们……"

博茨瓦纳共和国建国之初有八大部落缔结盟约，时至今日，这八大部落在博茨瓦纳的政治生活中依然扮演着举足轻重的角色。这位国防部部长是其中一个部落酋长的儿子，恰巧是最年长的那一个。父亲因为意外去世的时候，他正好在阴冷无比的英国剑桥拿到比较文学的博士学位。他带着满脑子的莎士比亚匆匆回到炎热的博茨瓦纳，理所应当地继承了父亲的酋长之位。那时他才20岁出头，年轻得完全不知道自己掌握了怎样的权力。按照博茨瓦纳宪法，他加入了由15名成员组成的酋长院，并辗转于多个政府部门，担任各种看上去很威风实际上没啥用的闲职。

后来堂兄找他协助完善全民医疗保障制度，他欣然应允，并自认出力甚多。堂兄也曾经公开表示，没有他，就没有全民医疗保障制度的完善。他一度被人批评为"满脑子无用知识的孬种"，参与完善全民医疗保障制度之后，再也没有人这样批评过他了，他也得以升上更高的位置，包括现在的国防、司法与安全部部长。然而他并不满意。最为关键的是，堂兄凭借完善全民医疗保障制度获得的民意，成功当选为博茨瓦纳总统后的一系列做法，令他百思不得其解，并无比寒心。

奥卡万戈河是博茨瓦纳第一大河，全长1600千米。它发源于安哥拉，途经纳米比亚，最后流入博茨瓦纳。它没有流入大海，而是消失在博茨瓦纳北部的卡拉哈里沙漠。是的，奥卡万戈河是一条内陆河。但在消失之前，奥卡万戈河在沙漠边缘地势平坦的地方，形成了奥卡万戈三角洲，也有人喜欢叫它奥卡万戈沼泽。

奥卡万戈三角洲为各类动植物提供了一个理想的生态环境，它是博茨瓦纳最大的国家公园，也是博茨瓦纳最为世人所熟知的一个景点。

但如今，奥卡万戈河正在死去，不，是已经死去。生命源于普拉，奥卡万戈河也不例外。近些年，天气变化剧烈，雨季越来越短，旱季越来越长，奥卡万戈河的流量也越来越少。这使得流入博茨瓦纳境内的奥卡万戈河在极短的时间水量减少了2/3。

没有上游的滚滚来水，下游的奥卡万戈三角洲就成为一片死地，不断被周围的沙漠所蚕食。昔日生机勃勃的美丽景象，成了历史的烟尘。母亲河死了，博茨瓦纳也活不了多久。

身为博茨瓦纳的总统，堂兄本该更加愤怒，本该有更多作为，但他没有。他只是天真地幻想，依靠中国人的帮助，能够走出眼前的困境。

——自以为聪明，其实是愚不可及！

——"傻子自以为聪明，但聪明人知道他自己是个傻子。"

有人说，我们是上帝遗忘在烧火盆里的民族。我们自己不能忘。就像古谚说的那样，狮子永远不会忘记。不会忘记仇，不会忘记恨。国防部部长想，我可不是只会在"生存还是毁灭"之间挣扎的忧郁王子。若要生存，便得毁灭；唯有毁灭，方能生存。

博茨瓦纳，意思是"茨瓦纳族的土地"。

博茨瓦纳的人口中，90%是茨瓦纳族。

总统，是博茨瓦纳的总统，也是茨瓦纳族的最高领导人。

茨瓦纳族的首领从来就没有遵循严格的世袭制，而是可以接纳具有天赋和才能的人。用一则茨瓦纳谚语来说，即"国王，是人们恩准的国王"。

现在，既然堂兄失去了他的天赋和才能，那么，他就失去了人们——尤其是我——的"恩准"。

身着军装的下属敲门进来，送上一份简短的情报，然后知趣地离开。国防部部长满意地看到情报上的一行字，于是更大声地唱起来国歌："……女人们与之站在一起，我们共同工作效劳在这土地上，这快乐的土地上……"

唱到这里，歌声戛然而止。国防部部长自觉有些心浮气躁。他陷入了无尽的沉思。要不要行动，他还没有作出最后的决定。左右为难，这是一种他非常讨厌的状态。我应该有更多的杀伐决断的，他想，我应该是狮子，而非兔子。

国防部部长起身，离开办公桌，踱到窗边，厚实的窗帘自动打开。这里的位置很高，透过落地玻璃窗，国防部部长看到了暮光照射下的博茨瓦纳共和国的首都哈博罗内。他喜欢从高处俯瞰这座博茨瓦纳最大的城市，因为这让他有一种一切尽在掌握之中的感觉。

我爱哈博罗内，我爱博茨瓦纳，没有人比我更爱这一切。

天幕上有什么东西吸引了他的目光。

不，不对，他几乎尖叫起来，那不是暮光！那……那是什么？

他看见南边黑黢黢的天空之上，突然间降下一道红色的帷幕。这帷幕，换个角度看又像是瀑布，由无数有形的光组成，极红极艳，有天那么高，地那么长，于天地之间不停地颤动。又仿佛是至高神摩蒂默的无数根红色手指从天幕上竭力戳向地面。

这是一个提示，一个警告，一个预兆……来自至高神摩蒂默！

国防部部长瑟可卡玛心里咯噔一声响，那个他一直没有作出的决定终于有了确凿的答案。"黑夜无论怎样悠长，白昼总会到来。"他念叨着《麦克白》的经典台词，语气里没有一丝的喜悦。

"马卡鲁上校吗？"他拨打了一个电话，"有一个艰巨的任务要交给你。你能完成吗？"

马卡鲁上校身着笔挺的特勤局军服，眉毛微挑，高声回答："坚决完成任务。"

"马克西姆中尉。"

"到。"

"克瓦博阿索中尉。"

"到。"

在上校身后，一男一女，先后回答。他们身体笔直如长枪，是上校的左膀右臂。他们三个，是特勤局的领导核心。而他们都听命于国防部部长。瑟可卡玛要他们去死，他们都会毫不犹豫地去执行。对此，瑟可卡玛很是满意。这是他多年以来刻意栽培的结果。

4

夏涵与雷舞阳这一聊就是两个小时。

走出气象站时，天已经黑了。夏涵望见地平线上一片艳红的亮光。晚风吹来，很冷。她不由得紧了紧衣裳。这地方的天气就这样：有太阳的时候，热得人晕头转向；没太阳的时候，冷得人直打哆嗦。

她穿街过巷，走向苏阿大酒店。这是她事先和莫大妈约好的地方。她在前台报了自己的名字，那名女服务员惊喜地问："您就是普拉女神！我太荣幸了！"

然后就是拥抱，合影，签名，一条龙服务。

然后更多的人来拥抱，合影，签名。

显然，莫大妈再一次将她的事迹在这里宣讲了一遍。

等明星待遇结束，夏涵终于见到了莫大妈和女儿。

张文焱神神秘秘地凑近夏涵的耳朵，小声说："他们这儿的洗澡间是露天的。"

夏涵早就见识过了，说："条件就这样，不比国内，只能自己克服了。水够用吗？"

莫大妈赶紧说："我特意跟大酒店的员工要了两份洗澡水，肯定够。"

博茨瓦纳的水特别珍贵，酒店里的洗澡水都是限量供应的。

夏涵说："先吃饭吧，我快饿死了。"

晚饭特别简单，白水煮面条和少许凉拌菜。张文焱的嘴早就噘上天了。"这下你知道你妈来博茨瓦纳不是享福了吧？"夏涵说着，又点了炸鸡腿、水果和冰激凌，这才把文焱的嘴堵上。

席间来了一队博茨瓦纳人表演传统歌舞，节奏鲜明，动作欢快，倒也不失为一种享受。此时餐厅里没有别人，表演只为夏涵他们三个。文焱嘀咕了一句："要是他们在吃上花同样多的心思就好了。"被夏涵批评为"没有礼貌"。在夏涵给小费的时候，对方拒绝了，说为"普拉女神"服务是他们的荣幸。

"妈，他们叫你普拉女神。"文焱好奇地问，"我看他们端起酒杯的时候也喊普拉，是不是说你喝酒特别厉害啊？"

"不完全是。"夏涵向来好为人师，又是在女儿面前，所以介绍得特别详细。

普拉（pula），在茨瓦纳语中是"雨水"的意思。1966年，博茨瓦纳共和国建国时，将货币名称确定为普拉。也就是说，普拉在博茨瓦纳有两个意思，一个指雨水，一个指钱，由此可知，雨水在博茨瓦纳的重要性。

"像钱一样重要？下雨等于下钱？"文焱问。

"事实上，雨水比钱重要多了。钱没了还可以再挣，雨水没了，那就要死人。人死了，就什么都没有了。"夏涵回答。

要问博茨瓦纳人最怕什么，那肯定是怕没水。

在博茨瓦纳，干杯的时候说"普拉"，唱歌的时候唱"普拉"，结婚的誓词有"普拉"，领导讲话一定会用"普拉"结尾，大型活动时全场观众齐呼的也是"普拉"……博茨瓦纳人对雨水的渴望已经渗入血液与骨髓里。

文焱惊讶："他们叫你普拉女神是因为你很重要？像雨水一样重要，像钱一样重要？"

"可以这样理解。"夏涵骄傲地说，"这下知道你妈不是普通人了吧？"

"是是是，你最厉害——叫你几声女神尾巴就翘上天啦！"文焱扮个鬼脸。

"叫归叫，高兴归高兴，但有几斤几两，自己心中要有数。知道了吗？"夏涵说。

吃过晚饭，洗过澡，回到房间，夏涵正要躺下，却响起了敲门声。

文焱穿着花纹睡衣站在门口，可怜兮兮地说："虫。"

夏涵不解："什么？"

文焱说："好大一只虫，在我房间里，赶都赶不走。"

夏涵明白她的意思了，示意她进来："想和妈妈一起睡，就明说。"

"真有虫，不信你过去看。这么大一只，"文焱比画着，捂住胸口表演害怕，"我一进屋，它就扑啦啦飞到我脸上——吓死我了。"

　　夏涵把女儿拉进房间里。"好啦，妈相信你。"她揉捏着文焱的脸蛋，"我也很久没有和女儿一起睡觉了。"

　　母女俩躺到床上。这床很窄，两个人挨得很近。

　　文焱说："我爸说，他追求你的时候请你吃了三回火锅就追上了，所以我的名字里有一个焱。"

　　夏涵笑："听你爸胡说。第一回还是我请的客，而且不是火锅，是来凤鱼。有一说一，你爸做来凤鱼的手艺是越来越好了。"

　　"这么说是你追的我爸？"

　　"也不是……当时的情况有点儿复杂。"

　　"那当时的情况到底是怎样的？"

　　"一时半会儿说不清楚。"

　　"为什么会说不清楚呢？我明白了，妈，你不想说，是不是？现在长夜漫漫，正是母女交流、增进感情的黄金时间。你不想说？"

　　"焱焱，你们班上有男生喜欢你吗？"

　　"别想转移话题。"

　　"有没有？有，还是没有？我不相信没有。像我们家焱焱这么漂亮又聪明的女孩，别说15岁，就是5岁的时候，屁股后边也会跟着一帮子流鼻涕的臭小子。"

　　"你在说你自己吧。"

　　"焱焱，你长大了千万不要找你爸这样的人，又小气又自私，报复心理强，还是个大醋坛子。"

　　"妈，你知道我爸在背后怎么说你吗？"

　　"怎么说？"

　　"我爸说，你妈这个人呢，好起来的时候是天下第一，又体贴又温柔，又热情又能干。"

　　"坏起来的时候也是天下第一，又蛮横又霸道，关键是不讲理。"

　　"妈，你知道啊？"

　　"你妈我多聪明啊。就你爸那点儿花花肠子，我还不知道？焱焱，你说，我哪有不讲理？哪里不讲理？我是理科女，最喜欢讲理了。"

"对，妈，你最喜欢讲理了——但讲的都是你的理。也就我那一个好脾气的爸能忍受，换我，早就爆了。"

"说什么呢你！"

"哎呀，跟人聊天，还不准人说心里话，聊什么天，讲什么理！"

夏涵沉默了。那个家伙现在在干什么呢？在睡觉，还是在工作？他可是睡神啊！不睡好，啥工作都做不好。"焱焱，你说……"她止住了话头，文焱已经睡着了。

5

夏涵醒了，看文焱还睡得很香，轻轻起床，来到门外。初升的太阳在天边的层层雾气之上，斜射下来的阳光像一面巨大无比的光的扇子，将天与地连接成一个整体，仿佛沿着那光的扇子走，一直走，就可以走到太阳上去。

"追逐太阳，是因为我们向往光明。"苏廷信教授是这样解释"逐日"一词的。

"逐日工程"自2028年启动后，先是花了5年时间，建成了人类历史上第一座兆瓦级空间太阳能电站"拉萨号"，然后又同步建造了五百兆瓦级"长春号"和"南宁号"，分别供东北与外东北地区、两广与东南亚部分地区使用。"马卡迪卡迪号"是逐日工程的第4个、也是第1个海外项目。前面3个项目，夏涵和张承毅都作为核心成员深度参与，积累了丰富的经验与教训。"马卡迪卡迪号"立项时，夏涵就被任命为总设计师，而张承毅则被调到了何亦滨院士那边，去完成FAST阵列的收尾工作。

经过项目组上上下下5年的努力，"马卡迪卡迪号"即将移交给博茨瓦纳，正式投入使用。可以说，这是逐日工程的一个阶段性的成果，却不是最大的成果。因为由李茂荣院士领导的世界上第一座百吉瓦级商业空间太阳能电站"乌鲁木齐号"将于2049年10月1日正式投入使用，与火星乌托邦平原上的"千年唐城"、太阳系外围奥尔特云的"烛龙计划"等项目一起，作为中国航天科技集团有限公司对新中国成立一百周年的献礼项目。

从最初的兆瓦级，到现在的百吉瓦级，空间太阳能电站实现了质和量的双重飞跃。与此同时，更多的海外项目也在洽谈之中，甚至月球和火星的星际项目也开始接触。

回望2028年，夏涵顿时觉得这21年的时间是如此短暂，短暂得就像是从2028年一步跨到了2049年。不过呢，细细想来，21年里也有诸多往事从脑海深处喷薄而出，证明再忙碌的日子也是一天一天过来的。夏涵瞄了一眼床上还在沉睡的张文焱，不禁展颜一笑：这不就是最最最重大的"成果"吗？她拿起手机，给张承毅拨打电话。

小哥哥接电话的速度比她想象的还要快。"椒椒，正想给你打电话，没想到你就打过来了。真巧啊。"张承毅按捺不住地激动，"我这边天刚黑，你那边……"

"天刚亮。"夏涵说，"你在冰岛？还是格陵兰岛？"

"你怎么知道？"

"很简单的常识啊，小哥。我在东二区，天刚亮，你那边天刚黑，说明正好是十二个小时的时差——如果你没有说错的话。那你就该在西二区。西二区大部分是海洋，陆地只有几个有限的地方……不对，你在笑，笑啥呢？你在大西洋的轮船上！"

"聪明，不愧是我的椒椒。我在去冰岛的轮船上。"

夏涵脸上泛起笑的涟漪，甜蜜的感觉入心入肺。不是因为被夸聪明——这是常有的并且不需要证明的事情——而是因为张承毅故意露出破绽，让她得出正确的答案，从而得到表扬她的机会。这种又笨拙又巧妙的张氏伎俩，她懂。"我才不是你的，你是我的才对。"她霸道地说。

"是是是。"张承毅在几万千米之外问道，"焱焱怎么样呢？"

"正在睡觉，睡得跟你一样。"

"我以前的绰号可是睡神。肯定——"

"跟猪似的。"

"——累着了。拐着弯骂我呢。"张承毅笑道，口气里没有一丝抱怨，"椒椒，你猜我在轮船上遇到谁了。"

"谁？"

"陈宏炬和邱怡桐。"

2028年，在璧山区空间太阳能电站实验基地发生的一幕幕再次出现在夏涵脑海里。邱怡桐向国安部自首后又有重大立功表现，"绿魂"国际环保协会被连根拔起，最后她被判刑3年。陈斌则被判了12年，并且永远失去了参与任何科研项目的机会。张承毅因为安全意识不强，做了深刻的检讨，在参与北京团队编制"空间太阳能电站中国方案"之前，还反复接受了政治与安全双重审查。夏涵相信，要不是苏廷信教授竭力推荐，张承毅很可能失去加入北京团队的资格，后边的一系列研究就更加没有机会了。

还有和我的爱情与婚姻，也就无从谈起，夏涵有点后怕地想。

后来，重庆团队的"领头羊""钻天杨"和"大太阳"苏廷信教授在101岁时与世长辞，生前见到了人类历史上第一座兆瓦级空间太阳能电站"拉萨号"正式投入使用，也是一件天大的幸事。

"他们在一起吗？"夏涵问。

"在一起。"张承毅说，然后介绍了这两个人的情况。

原来在2028年时，陈宏炬主动放弃了加入北京团队的机会，博士毕业后自己开办了一家以"可持续发展"为理念的公司。等邱怡桐出狱，陈宏炬对她展开了猛烈的情感攻势。"经过一番狗血至极的生拉硬拽之后——这话是邱怡桐的原话，不是我添油加醋——他们结婚了。"张承毅说，"然后为了可持续发展事业一直奋斗到现在。"

"不错啊，应该为他们高兴，这是最好的结局。"夏涵诚心诚意地说，这确实是一个好消息，虽然其中的艰辛外人很难理解，"代我向他们问好。"

6

吃早饭的时候，文焱问："今天去哪里？"

夏涵回答："先去中国公墓。"

"公墓有什么好看的？"

"莫大妈带你去。我在大酒店里，先处理一些工作上的事情，完了再去找你们。"

文焱没好气地嘟上了嘴。

饭后，莫大妈领着文焱穿过了好几条街，在上午的艳阳照射下，转向苏阿城的东边。莫大妈指向路的尽头，介绍说："前面就是中国公墓，你妈叮嘱我，一定要带你进去看看。"

公墓入口的拱门上，用中文和茨瓦纳文写着"中华人民共和国援助博茨瓦纳共和国专家光荣牺牲同志之墓"。

公墓建在一座弧形小山坡上，由低到高，在绿色的掩映下，一排排洁白的墓碑排列得整整齐齐。文焱边走边看，墓碑上用中文和茨瓦纳文刻着名字和生卒年份。看得出，有些墓碑年代久远，上面的文字都模糊不清；有些墓碑很新，仿佛刚刚才下葬。她默默计算了一下部分墓主人的年龄，有七八十岁的，也有三四十岁的，还有一个二十一岁的。

只比我大6岁，文焱不由得抱住了自己的胳膊。"他们都是怎么死的？"她含糊不清地问，"他们是些什么人？"

"他们都是来帮助博茨瓦纳的中国人。"莫大妈说，"有医生和护士，有教中文的老师，有开垦稻田的农场主，有建造工厂的企业家，有修筑公路和机场的工人，也有和你妈一样的科学家和工程师。"

"他们都是怎么死的？"文焱再一次问。

莫大妈耸耸肩，说："死法很多。有死于疾病的，有死于劳累过度的，有死于工程事故的。那边那位，是研究野生动物的。有一次遇到一头愤怒的大象，他试图上去安抚它，被大象踩死了。另外那一位，半夜开车出去办事，被蚊子咬了一口，得上疟疾，没有及时就医，死了。那位21岁的小伙子，是搞沙漠绿化的，没有死在卡拉哈里大沙漠，而是死在了来苏阿城的路上——就像我们先前那样，汽车电池突然没电了，也不知道为什么。博茨瓦纳，美丽无比，但也有它致人死命的地方。"

就像我们先前那样，汽车电池突然没电了？文焱在心底把这话改成问号又重复了一遍，顿时后怕起来。当时她沉迷于游戏，根本没有意识到问题的严重性。她举目四望，看着那些或新或旧的墓碑，猛地瞪大了眼睛，失声说道："你的意思是，我妈也随时可能死在博茨瓦纳，然后被埋在这里？"

莫大妈耸耸肩，没有回答。

夏涵回到酒店房间，戴上华为眼镜，一束三色光从眼镜边投射到桌面上，显示出操作界面。这个操作界面只有她可以看见，她十指弹动，很快处理完三件急事。正想休息，接到中国航天科技集团有限公司转发的冷湖天文台的一则通报，说近期太阳活动加剧，请各航天部门检修在轨运行的设备，及时排查，避免出现危险。她一下子紧张起来。

昨天黄昏，离开中国气象站看到艳红色天空时她就觉得疑惑，现在想起来，那并非什么火烧云，而是极光，红色极光。极光在南北两极很常见，但博茨瓦纳这个纬度也能看见极光……足以说明太阳这段时间的活动确实剧烈。她上网搜索了一下，关于红色极光的目击报告数不胜数，就更加紧张了。

张文焱跟莫大妈从中国公墓回到苏阿大酒店时，原本打算今天好好陪妈妈，绝不惹妈妈生气，谁知道妈妈开门见山地告诉她，接下来的旅游莫大妈会全程陪同，并安排打理好一切。"马上要移交了，太阳活动又加剧了，我还是不放心，"她听到妈妈说，"我得赶回基地去，立刻，今天就不陪你玩了。"

张文焱的小嘴嘟上了天："机器比我重要。"

妈妈抬头看了张文焱一眼，又快速地低下头："瞎说。"

"事业比我重要。"

这回妈妈没有说话。

张文焱觉得鼻子发酸，嗓子发涩，眼泪一下子从眼眶里滚落下来："我最不重要了。"

"不是这样的。"妈妈说着，靠过来，抱住张文焱，给她擦去眼泪，梳理她的头发。起初她是拒绝的，一甩头，一侧身，避开了妈妈抚慰的动作。妈妈轻轻拍打她的后背。"乖，我的焱焱，"妈妈的语气格外温柔，就像童话故事里那样，"妈妈是爱你的。我们家焱焱是这世界上最最最重要的。"

"撒谎。"张文焱小声驳斥，再也按捺不住激动的情绪，在妈妈的肩膀上痛痛快快地哭起来。

但不管怎样，张文焱还是没能改变妈妈做出的决定。莫大妈向妈妈承诺，一定会照顾好焱焱小公主。"乔贝国家公园，卡格拉格帝越界公园，奥卡万戈三角洲。"莫大妈掰着手指数，好像这些都是她家的一样，"一个都不会少。"她又对张文焱用夸张的语气说："奥卡万戈三角洲最漂亮了。我们先坐飞机，从空中鸟瞰三角洲全景；再坐小船，深入三角洲，最近距离看大象、河马、羚羊和水獭。你会喜欢的。每一个小孩子都会喜欢的。"

可我已经不是小孩子了，张文焱想。

旅行车已经来了。妈妈叮嘱司机一定要注意电池的电量，万一出了问题一定要及时求助。她提前给了司机一部分小费，剩下的大部分小费交到了莫大妈手里。什么时候给，给多少，由莫大妈说了算。"你的小费也少不了。"妈妈强调，"遇到急事，记得给我打电话。"莫大妈乐呵呵地答应着，拎着行李箱上了旅行车。

张文焱木木地看着这一切，然后妈妈走到她身边，亲昵地摩挲着她的脸颊，又调整了她背包肩带的位置。"哟，我们家焱焱都和我一样高了，"妈妈说，"过两年，肯定比你妈我还高。呵，是大人了哟。"

张文焱知道妈妈的言外之意，是说你已经长大了，该懂事了。可我还是个想妈的孩子啊。眼泪似乎又要喷涌，她强行忍住，反手抓住背包的肩带，几步跨上了旅行车。

车发动了，妈妈站在苏阿大酒店的招牌下挥手，挥手，随后消失在明亮的视野里。

7

张文焱把背包取下来，抱在胸前。她的下巴搁在背包上，板着一张介于稚嫩与成熟之间的脸。

"不高兴？"莫大妈问。

"不高兴。"张文焱没好气地回答。她的不高兴写在脸上，傻子都能看得出。

"为什么？旅游啊，应该高兴。"

张文焱不想搭理莫大妈。妈妈说过，爸爸生气的时候就是不搭理人，她承认在这一点上，自己随爸爸。不搭理人就是不搭理人，谁也管不着。

"焱焱小公主，今年几岁啦？"莫大妈问。显然，话痨的莫大妈不打算放过她，要尽"照顾"她的本分。没有等到她的答复，莫大妈已经自顾自地往下说了："哦，15岁，夏工说过。跟我家老五差不多一样大。应该把老五叫上，介绍你们认识一下。要不，你去我家，我请你吃最正宗的莫巴哈蜊。"

"那是什么？莫巴哈蜊？"

"巴哈蜊树上的一种毛虫，绿油油的，浑身是毛，有这么长。"莫大妈比画了一下，"捉了来，掏空肚子里的东西，用盐水煨煮就可以吃，味道可好了，你没有吃过吧？也可以油炸或者火烤，你喜欢哪一种？晒干了还可以保存很久……"

别，哪种我都不喜欢。张文焱差点儿叫出声来。"莫大妈，我看你一直乐呵呵的，好像从来不知道什么叫愁苦，"她主动出击，引导话题，"为什么呀？"

莫大妈乐呵呵地说："在我这个年龄，我爸得艾滋病，死了；我妈得艾滋病，也死了。跟我爸我妈相比，我还活着，能吃饭，能跳舞，能自由地呼吸空气，是不是幸福多了？我为什么不乐呵呵的？"

关于艾滋病，张文焱从课堂上了解过，只知道那曾经是一种不治之症，肆虐一时，造成数百万人的非正常死亡。后来研发出了特效药，这种病才被彻底遏制，只在极少数偏远地区还有零星爆发。"现代医学创造的奇迹"，老师是这么评价的。

这是张文焱第一次在生活中直接接触到艾滋病。"艾滋病？"她不由得重复了这个词语。

莫大妈说："我有五个孩子，大儿子也死于艾滋病，老三和老四运气不错，熬到了特效药问世。当时，好几款特效药都研发出来了，但那些特效药比钻石还贵，穷人根本买不起。最后，是中国团队研发的特效药，我专门记过名字，叫'脂肽病毒融合抑制剂'，授权我们的药厂进行仿制，价格才降下来了，穷人才用得上。感谢中国。"

原来是这样。张文焱顿了顿，又问莫大妈："我妈在你们这里真的比雨水还要重要？"

"是的，她是我们的普拉女神，"莫大妈说，"你妈还是我们的中国玫瑰。"

"中国玫瑰？"文焱无法理解这个词语。

"玫瑰是博茨瓦纳的国花，花里有刺，刺里有花，你妈不就是这样的吗？"

起初，项目组里的博茨瓦纳人认为夏涵漂亮得厉害，又喜欢穿红色系的衣物，就像博茨瓦纳的国花。不久，博茨瓦纳人就意识到，这个漂亮的中国女人做起事情来更加厉害，哪儿的毛病她都能发现，什么借口她都听得出来，哪个出错的人她都敢怒斥，就更像博茨瓦纳的国花——而且是带刺最多的那种。这使得博茨瓦纳人与夏工的关系一度非常紧张。再后来，博茨瓦纳人发现，夏涵的严厉不是针对博茨瓦纳人的，而是针对项目组里所有人的，甚至对中国人更加严厉；同时，只要是夏涵提出的意见与建议，一二三四，一条条罗列出来，谁的错，谁来改，如何改，这样照着做了，真的能解决出现的问题。于是，博茨瓦纳人越来越接受夏涵，并亲切地称她为"我们的中国玫瑰"。

莫大妈告诉文焱，有一段时间，颇有几个自认条件不错的博茨瓦纳小伙向夏工展开感情攻势，无一例外都铩羽而归。奇怪的是，不知道夏工对他们施了什么魔法，在被夏工明确拒绝之后，他们对夏工反而更加言听计从。"夏工忠于她的中国伴侣，"他们直言不讳，并这样四处宣讲，"我们必须尊重她的选择。"

张文焱说："我妈绰号朝天椒，厉害着呢。"说这话的时候，笑意已经浮上她的眉梢。

"夏工到博茨瓦纳工作5年，我就做了她5年的生活助理。有时我以为很了解她了，但下一秒，她又有新的一面展现出来。"莫大妈继续说，"后来，经过你妈的点拨，我才明白，从了解到理解，相差十万八千里。我最不理解你们中国人的是，你们明明不信仰上帝，所作所为却像上帝一般仁慈、宽容与爱。"

"今天去哪里？"

"恩克塞-潘国家公园。"

她们没有注意到，司机悄悄启动了一个装置。这个小小的装置，将旅行车的一切信息，包括莫大妈与张文焱的影像，都发送到了首都哈博罗内一栋忙碌的军事建筑里。她们的所言所行，都有身着军装的人记录并分析。

8

距离苏阿城几百千米之外，博茨瓦纳的首都哈博罗内，总统府里，一份情报从国防部部长瑟可卡玛手里递交到总统凯莱措面前。

凯莱措快速看了一遍："确定吗？"

"确定。"瑟可卡玛态度甚是严肃，"为安全起见，我建议取消这次交接仪式。"

一向雷厉风行的凯莱措总统这次少见地犹豫了，因为事情太过重大。他端坐于办公桌后，面前是那一份显示极端组织摩蒂默兄弟会袭击"马卡迪卡迪号"交接仪式的情报。他的手指不自觉地叩击着桌面，这动作，和他此前多次经历重大选择时是一样的。

担任医疗与卫生部部长时，凯莱措大力推行医疗保障制度，把所有博茨瓦纳人都纳入到这个基础制度之中。当时，很多中层领导反对，但最终这项制度得到推行，让每一个博茨瓦纳人都享受到实惠。

当艾滋病特效药上市后，他又大力游说总统、议员大会和酋长院，以国家补贴的方式，先是大量购买，后是积极仿制，最终让博茨瓦纳成为最早走出艾滋病阴霾的非洲国家之一。凯莱措也由此获得了极高的声望，在竞选总统时，很轻松地战胜了对手。

凯莱措总统上任时，博茨瓦纳面临着一个巨大的挑战，那就是人口暴增后，对能源的需求一下子大了许多。由于历史的原因，博茨瓦纳70%的电力是从邻国南非进口的。这种在能源领域对邻国的高度依赖，令有危机意识的凯莱措如芒刺在背，坐立不安。同时，国际社会正在积极倡导碳达峰与碳中和，博茨瓦纳也参与其中，并签署了一系列的协议。所以，博茨瓦纳在大幅度增加能源供给的同时，还要大幅度减少温室气体排放量，这就使得很多传统发电方式无法落地。

经过一番苦苦追寻与思索，凯莱措和他的团队，最终把目标锁定为中国的空间太阳能电站。他们把空间太阳能电站称为"天电"。"跳过水电和火电，跳过光电和核电，直接用天电，这就是中国朋友常说的弯道超车。"说这话的时候，凯莱措总统的表情异常坚定。

　　总的来说，凯莱措总统看中的是以空间太阳能电站为代表的新能源行业的未来发展趋势。一方面，"马卡迪卡迪号"不但能解决博茨瓦纳自己的能源需要，也能为邻国提供电力，是一本万利的事情。博茨瓦纳的几个邻国最近几年都人口暴涨，还有大规模建设，电力缺口非常之大。另一方面，空间太阳能电站是国际上公认的绿色能源，可以参与国际间的碳交易平台，具有非常强的金融属性，由此为基点，可以发展出博茨瓦纳的金融行业，取代原先的钻石产业。

　　但"马卡迪卡迪号"也是一场豪赌。它的建设费用超过博茨瓦纳好几年的GDP总和。即使以最乐观的算法，建成之后也要20年才能收回成本。中国人已经将建设费用减少到最低，而且这么大一个项目也不可能是无偿捐助。最终，凯莱措总统决定，以该地区最大的钻石矿奥拉帕三十年开采权作为抵押，向亚洲基础设施投资银行贷款，以完成马卡迪卡迪项目。

　　对外人来说，博茨瓦纳还是那个因为盛产钻石而颇为富裕的非洲国家，但凯莱措总统很清楚，事情早就起了变化。首先是钻石矿经过数十年持续不断的开挖，产量日益萎缩。其次是人造钻石的大量出现，导致全球钻石价格持续走低。天然钻石的稀缺性局面被打破，先前的优势尽数丧失，市场高度萎缩。在专业设备也难以分出人造钻石与天然钻石之后，对天然钻石的追求成了某些少数人的信仰。但这个市场太小太小，无法承载钻石曾有的体量与荣光。

　　凯莱措总统的想法是，与其坐等钻石矿资源彻底枯竭，拉垮国民经济，还不如趁它还有一定价值时，抵押出去，换来亚投行的贷款，换来博茨瓦纳的能源保障与经济转型，换来今后数十年甚至数百年的发展机会。"这是值得的。"凯莱措总统在大会小会上反复强调，"比普拉还值得。"

　　如今，经过5年的努力，"马卡迪卡迪号"就要正式投入使用，博茨瓦纳的希望之星就要正式升起，摩蒂默兄弟会来了。该组织在反对非洲现代化、保存非洲传统文化的旗帜下，团结了一大批在现代化进程中利益受到伤害的底层民众，在非洲各国都极有影响力。"马卡迪卡迪号"是现代化的巅峰之作，自然是摩蒂默兄弟会的眼中钉、肉中刺，必定欲除之而后快。

凯莱措总统再一次拿起情报读了一遍，然后抬头对国防部部长瑟可卡玛说："不，仪式不能取消。只需要调整，加强安保工作。不，不能取消，而安保工作，由你负责。"他满意地看着瑟可卡玛止住了想要劝说的嘴，随即摁下办公桌上的按钮："娜奥米，你进来，有新任务交给你。"

9

从苏阿城到马卡迪卡迪基地需要3个小时，这还是在一切顺利的情况下才行。夏涵给项目组副组长纳特瓦杜米拉打电话，要他立刻组织人手对所有电子设备进行检查，并准备进行交接仪式前的最后一次联调联试。

"不是已经做过了吗？"纳特瓦杜米拉不解地问。

"极光，还是红色的，昨晚你看见了吗？"夏涵说，"知道红色极光预示着什么吗？预示着太阳活动加剧，这肯定会对'马卡迪卡迪号'造成威胁。我们必须防患于未然。"

夏涵租了一辆汽车，付了3倍的租金，赶往马卡迪卡迪基地。因为距离太远，而且危险，没有司机愿意去。"带上备用电池，记得都充满电。"夏涵对那个司机说。

汽车在马卡迪卡迪盐沼唯一的水泥公路上行驶。四周的景致惊人地一成不变，不是艳阳照耀下的荒原，就是荒原上高照的艳阳。

途中夏涵睡了一觉，后来被总统府秘书的电话惊醒。

这位叫娜奥米的秘书有"黑珍珠"之称，曾经到西南大学留学，带重庆味儿的汉语说得像她做的水煮鱼那样正宗。她和土生土长的重庆人夏涵一见如故，光是讨论在博茨瓦纳哪里的重庆火锅更地道，就讨论了三天三夜。

"Dumela mma（早上好，女士）。"娜奥米用茨瓦纳语问候之后，转用汉语说，"凯莱措总统亲自点名，要夏工你参加'马卡迪卡迪号'的交接仪式。你知道吗？"

"我就见过他三回。"

"你难道不知道你是多能给人留下深刻印象啊？"

"这个倒是真的。哈哈哈。"夏涵也不客气。不客气的时候她也是真不客气。不过，也只是在朋友面前。在与人打交道的分寸感上，夏涵自认还是拿捏到位的。"给我打电话，不会只是为了告诉我是总统亲自邀请我参加交接仪式吧？"

"你太聪明了，世界上怎么会有你这样聪明的人呢？总感觉在你面前，我就是一个白痴。"娜奥米笑着说，"事情很简单，就是通知夏工你2049年7月9日到哈博罗内国际会展中心参加'马卡迪卡迪号'的交接仪式。"

"交接仪式不是改到马卡迪卡迪基地了吗？"夏涵嘀咕了一声，"昨天，袁靖乔大使通知我的。我还心想，这样安排好，我不用提前跑到几百千米之外的哈博罗内，多一天时间陪我女儿呢。怎么又改到会展中心了？"

"你女儿来博茨瓦纳了？"

"来了来了，前天到的。"

"我还没有见过她呢。"娜奥米转而说道，"凯莱措总统还是认为，交接仪式在国际会展中心举办更合适，规模更大，影响力更广，安全也不成问题。而且，在此之前，国际会展中心为了举办交接仪式，已经做了相当多的准备工作。要是交接仪式换到马卡迪卡迪基地，这些准备工作就浪费了。"

"这样啊。"夏涵脑子转得飞快，将今后几天的行程重新排列了一遍。

"夏工你放心，为体现对马卡迪卡迪项目的重视，凯莱措总统已经下令，由国防部部长瑟可卡玛到基地去搞交接仪式。两个仪式同步进行，届时两个仪式将有互动环节，很多国际媒体会参与现场直播。你知道，凯莱措总统喜欢这个。"

夏涵对凯莱措总统的印象并不差。记得马卡迪卡迪开工仪式上，凯莱措总统就亲自参加了国际媒体见面会。"欢迎大家提问。容易的问题，我来回答，难题由专家们回答，比如来自中国的夏涵总设计师。"在场的记者都笑了。凯莱措总统接着说："事实上，我的答案都是专家们准备的。如果我答对了，那是我的水平高；如果答错了，那是专家们水平低。"这种故意颠倒水平高低的幽默说法再一次引来哄堂大笑，令所有人都很愉快。

汽车在下午3点抵达马卡迪卡迪基地，比预期晚了2个小时。这是因为司机执意要离开水泥公路，到荒原上开。他说有一条只有他知道的捷径，结果迷了路，好不容易才回到水泥公路上。

基地位于马卡迪卡迪盐沼边缘略微靠里的地方，一个开阔的盆地里。远远望去，整座基地就像是大地上盛开的一朵向日葵。基地直径5千米，中间是200米高的主塔，微波接收天线顶着长4米、宽3米的六边形面板，众星捧月一般围绕着主塔一圈一圈地排列。

汽车穿行在微波接收天线阵列里，仿佛甲虫爬行在凤凰棕榈丛林里。那天线从基座到顶端有7米高。司机被眼前的景象震惊了。

"这种天线一共有多少？"

"94560个。它们能最大限度地将来自太空深处的微波信号收集并转换为电，再输送到附近的电力系统。"

"这里还有人放牛？"

"是的，天电牛。"

夏涵解释说，微波接收阵列之下，原本是裸露的荒原，三年前种上了成片成片的牧草。一家畜牧公司已经入驻基地，他们被准许在基地里放养牛。另外两家畜牧公司也在洽谈中。"天电牛"比"天电"还早上市，并颇受欢迎。"这是把中国国内的经验直接照搬过来的。"夏涵总结说。

当然，实情比这个说法复杂得多。

"马卡迪卡迪号"空间太阳能电站的建造工作主要是在国内完成的。中国航天科技集团有限公司与各家生产厂商分工合作，制造空间太阳能电站的不同部件，然后由长征火箭分批发射到低轨道上，再组装成整体，进行第二次发射，由4枚电推发动机送到距离地面3.6万千米的同步轨道指定位置——也就是博茨瓦纳共和国马卡迪卡迪盐沼正上方。

与早期型号相比，"马卡迪卡迪号"的部分组件是在中轨道太空工厂生产的，效率更高，质量更好。同时，不得不提的是，在2049年，"长征九号"重型火箭已经是老骥伏枥了，而新一代核动力火箭"长征十号"已加入发射序列，并挑起了新时期航天任务的大梁。由此，建造一座千兆瓦级空间太阳能电站所需的发射次数，不超过5次，远远低于早期型号，其成本也得到了大幅度降低。那些曾经困扰空间太阳能电站的问题，都在几十年的发展中得到了解决。

现在看，"马卡迪卡迪号"的设计与建造，是整个项目最简单的部分，地面接收基地则是最复杂的部分。

显然，基地必须在博茨瓦纳境内完成。实际上，夏涵来博茨瓦纳工作，大部分时间就是用在马卡迪卡迪基地的建设上。这原本不是她工作的重点，她是空间太阳能电站的总设计师，设计方面的事情她说了算。然而来博茨瓦纳之后，她不无惊讶地发现，她成了和她爸爸一样的总工程师。关于马卡迪卡迪基地的工程建设，事无巨细，统统都要她做主，都要她拍板，都要她协调。这就是博茨瓦纳人都叫她夏工——夏总工程师——的原因。

总的来说，夏涵的工作以协调为主。所谓协调，其实是找不同的人要不同的资源：找财政与经济发展部部长要钱；找国防、司法与安全部部长要通行许可证；找环境、自然资源保护与旅游部部长要环境评估结果；找基础设施与住房发展部部长要建设资质证明；找土地管理、水资源与公共卫生服务部部长要土地开发权；找就业、劳动生产力与技能发展部部长要招收工人；找矿产资源、绿色科技与能源安全部部长要采矿许可证；找交通与通信部部长要建设施工通道和临时通信塔……所以，夏涵觉得自己还是夏总协调师，一身兼三职。

有些人很容易就找到了，有些人却像是永远不在国内一样；有些人办事很麻利，有些人却推三阻四，拖拉成性。部门之间推诿扯皮，各项政策相互矛盾，后任不管前任之事，搞管理的不懂技术，懂技术的做不了主，诸如此类，夏涵都曾经见识过。什么叫官僚主义，什么叫教条主义，什么叫形式主义，她统统领教了一遍。遇到大阻碍，想不到办法的时候她甚至深深地怀疑自己是不是生活在21世纪中叶——跟人打交道可比设计"马卡迪卡迪号"难多了。

以前在苏廷信教授的领导下做事，后来在李茂荣教授的领导下做事，夏涵都不觉得特别难。有时候和同事聊天，也会调侃，当领导是最轻松的事情，一切只需要安排下去就可以。直到自己成为"逐日工程-马卡迪卡迪项目"负责人，需要自己万事做主、独当一面的时候，夏涵才发现，"当领导最轻松"是一种非常典型的错觉。

幸而，夏涵不是一个愿意服输的人，而是一个愿意接受挑战与学习的人。

5年里，凭着自己的韧劲与智识，她几乎认识了博茨瓦纳每一位中高层领导，跑遍了博茨瓦纳的每一座大中型城市。最终，克服千难万险，在马卡迪卡迪盐沼的一处荒芜的盆地里，空间太阳能电站地面接收基地从无到有建成了。

如今，就剩交接仪式了。交接完成，整个项目就算成功结束。但在那之前，还有很多事情要做……汽车在基地主塔旁边停下。夏涵下了车，仰望200米高的主塔，主塔之上的蓝到极点的天空，以及那一轮亮到无法直视的太阳。

她走过主塔下方郁郁葱葱的菜园子，走进了主塔。

10

公司通报里只说了太阳表面活动加剧，加剧到什么程度，没说；可能造成什么样的后果，没说。"马卡迪卡迪号"在设计之初就考虑到了太阳活动对航天器的影响，有着种种对应措施。在此前的空间太阳能电站使用中，也已经证实这些安全措施的有效性。但夏涵还是不敢掉以轻心。"安全无小事。"苏廷信教授经常说。夏涵则打趣说："我们追逐太阳，是因为我们向往光明，可不是为了被太阳晒死。"

夏涵乘升降机来到200米高的顶楼——中央控制室。这里总面积在300平方米以上，被隔成了大小不同的工位。墙上并排张贴着中国和博茨瓦纳的国旗。项目组主要成员，有中国人，也有博茨瓦纳人，都在各自的工位上敲敲打打，发布指令，接收信息，汇总和分析数据，忙个不停。

最外边一圈是玻璃幕墙，是用太空技术制造的玻璃，透明度非常高，同时比钢铁还坚固。从中央控制室的上面可以俯瞰下面密密麻麻的微波接收天线阵列。有人觉得，这种设计对有恐高症的人不友好，但夏涵喜欢居高临下的感觉。

一垂眼就能看到外边的那些六边形的微波接收天线，成就感就从她心窝窝里冒出来。

"汇报检修结果。"一走进中央控制室，夏涵劈头就说。

副组长纳特瓦杜米拉回答："微波接收天线阵列完成90%，'马卡迪卡迪号'完成40%。"

"还得加快进度，"夏涵说，"红色极光大家昨晚上看到了吗？"

有人说看到了，也有人说没有。

"我担心太阳最近会有大爆发，红色极光就是征兆。"夏涵命令道，"等检修完成，立即开始一次联调联试。这是交接仪式之前的最后一次联调联试，务必做到百分之百成功。"

"是，夏工。"控制室里所有人一起回答。

夏涵回到自己的工位，打开操作台。纳特瓦杜米拉端来一杯水，她就一边喝水，一边将自己的华为眼镜与操作台的电脑连接起来，在操作台上方，以空气为屏幕，投影出只有自己能看到的"马卡迪卡迪号"，一时间思绪万千。

黑暗、干燥、深邃的太空中，星星不再眨眼睛，而是如同冻结在云气之中的钻石一般，永远放射着璀璨却不温暖的光。

距离地球3.6万千米的同步轨道，曾经是无人踏足的寂寞之地，如今已是热闹非凡。在这个轨道上的物体，无须发动机，因为引力平衡，会与地球的自转保持高度同步。在地面的人看来，这个轨道上的任何物体就像是静止不动一样，因此也叫作地球静止轨道。此时此刻，地球同步轨道上，人造卫星、太空工厂、空间实验室、太空望远镜，还有空间太阳能电站，各居其位，星罗棋布。

远远望去，"马卡迪卡迪号"就像10把"串"在一起的大伞，每把大伞的直径超过2千米。大伞实际上由两个巨大的扇面组成。这些扇面是由砷化镓为原材料制造的光伏电池板，比纸还薄。在发射到太空之前，光伏电池板模仿一种叫"剪刀虫"的甲虫折叠膜质后翅的方法，收纳在"伞把"里，到了太空之后，再呈扇面展开。两个扇面组成一把大伞，10把大伞的"伞把"连接成一个整体。同时，大伞外缘，用于支撑光伏电池板的圆形结构由记忆金属制成，又是风伏电池的组成部分，可谓一举几得。

"伞把"直径200米，总长3千米，由四台等离子发动机推动，每24小时旋转180°，保证整个空间太阳能电站的10把大伞24小时朝向太阳。光伏电池和风伏电池发的电由"伞把"聚集，并传送到朝向地球的"伞柄"。

"伞柄"的样子像小蘑菇，主要是把电转换为微波的"超表面"装置。

由张承毅设计的新一代可编程硬件分布在"伞把"与"伞柄"之中，自动化、自组织与鲁棒性的程度相当之高。"伞柄"与"伞把"之间的连接部分是一组由苏廷信教授设计的合金关节，在不减少从"伞把"向"伞柄"输电效率的同时，使"伞柄"不会跟着"伞把"旋转，而是永远指向3.6万千米之外的地球上，博茨瓦纳共和国马卡迪卡迪盐沼里的地面接收基地，保证微波输电24小时不间断。

他们花了4个小时进行排查，确认所有系统安全无虞，又花了6个小时，测试了从发电到转换成微波再到地面接收后转换为电的全过程，并且额外测试了极端条件下的超负荷运行，中间只到旁边的三间休息室草草吃了晚饭，顺便看了一阵天幕之上的红色极光。

不只是妖艳到极致的红色，在红色的底层，还出现了闪闪烁烁的蓝色和紫色。红色极光已是罕见，蓝色和紫色更是罕见中的罕见。

"好美呀。我真想把这一刻留住。"有人感慨道。

副组长纳特瓦杜米拉问："夏工，为什么说红色极光是太阳剧烈活动的征兆呢？"

纳特瓦杜米拉肯定知道问题的答案，他这么问，其实是给夏涵表演的机会。同时也是给项目组成员更多的休息时间。夏涵看出了纳特瓦杜米拉的小心思，也不肯放过这个机会，就叫人端出冰柜里的黄瓜和番茄作为饭后甜点，一边吃，一边滔滔不绝地讲起来：

"最常见到的极光是绿色的，这就让人误以为极光都是绿色的，实际上，就如现在大家看到的一样，极光有好多种颜色。那极光的颜色是由什么决定的呢？首先与大气中的氧和氮的含量有关，其次与太阳风进入大气层的深度有关。

"最常见到的绿色极光是太阳风在大约96千米至240千米的高度，与大气中的氧气碰撞出来的产物。而当太阳风与氧气在240千米以上的高空发生碰撞时，会出现红色极光。一般情况下，240千米的高空是没有氧气的，即使有也是很少的，但在高原上空，很高的地方也有氧气的存在。因此，红色极光只有在高原上才能看到，而博茨瓦纳正好是一个平均海拔超过1000米的高原之国。

"当太阳风在距离地表96千米或更低的高度，与大气中的氮起反应时，会形成蓝色或者紫色极光。因为在进入大气层后，组成太阳风的带电粒子会在不断的撞击中失去能量而消弭，所以，很少有太阳风能深入到距离地表96千米的地方。因此，蓝色和紫色极光只有在太阳活动最为剧烈的时候才有可能出现。

"至于黄色极光，是红色极光与绿色极光的混合体，而粉红色极光是红色极光与蓝色极光的混合体。

"所以说了，眼前的景色虽然漂亮，但很可能预示着明天的灾难。极光不会直接造成伤害，但它代表的太阳风暴会。太阳风暴会引发地磁风暴，这样的事情其实已经发生了，只是规模较小，不易察觉而已。前两天我坐的车突然间没电了，我上网查过了，类似的奇奇怪怪的停电或者没电在各地都有出现，我怀疑就是地磁风暴造成的。这也是我放弃和女儿的旅游、着急忙慌地赶回基地的真正原因。"

感叹之余，项目组谁也不敢懈怠，继续工作。等一切顺利结束，整个系统扛过三次超负荷运转之后，所有数据都显示正常时，已经是第二天早上了。夏涵叫人送来早饭，在休息室里边吃边开始闲聊。

"给大家吹个牛。那个时候我还年轻——"

"现在也不老啊！"

"别打岔，认真听。那个时候我还年轻，绰号朝天椒，比现在冲动多了。那个时候我才不管什么领导不领导，只要我觉得不对的地方，嗷的一声就冲过去了——只是比喻，不是说我像条狗。我不会动手，更不会咬人。打架是我的弱项，我不跟人打架，但我会讲道理。讲道理是我的强项。哪有拿弱项跟人比赛的道理？我不是吹牛，在这个世界上，讲道理，没有几个人讲得赢我……"

"夏工说自己是第二，没人敢说自己是第一。"

"拍马屁技术进步很大呀。"夏涵眼波流转，一本正经地说，"嗯，我宣布，在基地的这一百多号人里，纳特瓦杜米拉拍马屁技术排行第二。至于谁是第一，大家公平竞争好啦！"

所有人都哄堂大笑起来，愉悦而和睦的气氛弥漫在整个马卡迪卡迪基地。

夏涵对此也很满意。她向来知道什么时候扮演朝天椒，严厉到苛刻；什么时候扮演无刺的玫瑰，讲些无伤大雅的笑话并不会减损她在项目组中的威信。

"我年轻的时候，额前这里的头发染成了红色，特别刺眼。有领导见了，心里边不喜欢，当着面奚落我，我说你管得着吗，我爱染不染。后来，我又把红头发染回去了。知道为什么吗？"

"为什么？"

"因为我当领导了，哈哈。"

所有人一起哄堂大笑。

这时，华为眼镜亮起，显示总统府秘书娜奥米打来电话。夏涵打了个抱歉的手势，避开众人，到一旁接听。

"忙什么呢，夏工？"

"这不闲得无聊，跟工友们吹牛呢。工作太累，娱乐一下大家，都连续加班好几天了。"

"辛苦了夏工。"娜奥米说，"接下来就可以放松了。总统亲自下令，要我把你接到首都。"

"仪式提前了？不是7月9日吗？今天才7月7日。"

"没有，就是安全等级提高了。"娜奥米解释，"需要贵宾提前到哈博罗内接受特勤局的审查。有情报说，摩蒂默兄弟会盯上了交接仪式。"

这可不算什么好消息。关于摩蒂默兄弟会，她知道好几个故事，每一个都很惨烈。夏涵不禁有些担忧。

聪明的娜奥米猜出了夏涵的担忧："不用特别担心，国防部部长瑟可卡玛亲自抓这件事，他的能力，你是知道的。"

夏涵对瑟可卡玛了解不多，就记得他身材极为敦实，把军装撑得满满当当的，那是从小吃牛肉吃出来的。他汉语不行，英语很厉害，用词古典而华丽，旋律悠长又节奏鲜明，仿佛某种带着方言的舞台腔。

夏涵跟国防部部长有一个小故事。一年前，在哈博罗内的一个俱乐部，来自各个部门的人边吃边聊两个小时，众人皆是酒足饭饱。果盘上来了，按照习惯，吃完水果就散席，没想到，国防部部长瑟可卡玛又开始点水。大家看部长点水，不管需不需要，也都要了一瓶水。当时夏涵已经吃得饱饱的了，没点。国防部部长看见了，就打趣道："亲爱的夏工，您可知道，博茨瓦纳不缺钻石，缺的是水，这水您可是一定要点的。"夏涵灵机一动，说："正因为如此，我更不能点水了，还是把最珍贵的水留给勤劳的博茨瓦纳人喝吧。"这话答得巧妙，周围不由自主地响起一片喝彩之声。但夏涵注意到了，国防部部长的脸色并不好看。

其实夏涵也奇怪自己为什么会拒绝国防部部长点水的好意，这很可能得罪国防部部长。只有不善于人际交往的小哥哥才会犯这样的错误，而且即使告诉他错了，他还是莫名其妙，不知道错在哪里。问题是，我怎么也会这样？难道被小哥哥传染了？不是的。夏涵琢磨了一下，明白了，自己反感的不是吃饱喝足之后还要点水这个行为，反感的是国防部部长借这样的行为来展示他的权力。

显然，瑟可卡玛是一个喜欢权力的人。

夏涵对娜奥米说："好吧，接我的车子什么时候到？"

娜奥米在哈博罗内的总统府笑道："不是车，是旋翼机，已经出发了，30分钟后到您那里。"

11

旋翼机是一种集喷气机与直升机优点于一身的飞行器。它的金属翅膀下方有螺旋桨，能使它像直升机一样垂直起降，对降落环境的要求降到极低；在飞到一定高度时，螺旋桨折叠起来，转变为喷气飞行模式，速度上又比直升机快了好几倍。旋翼机的创意很早以前就有了，技术上的难题近些年才真正解决。当发动机的动力进一步提升，能把数十吨重的机身送到空中后，有"飞行坦克"之称的旋翼战斗机就成为空地协同作战的首选，并在好些国家的军队里取代了主战坦克的位置。

当然，旋翼机算不上什么高科技装备。国防部部长瑟可卡玛就曾经吐槽过，在大国那里，旋翼机不过是庞大战斗集群的一部分，在博茨瓦纳这里，旋翼机部队却绝对是王牌中的王牌。

来接夏涵的这架旋翼机隶属于第三飞行团，机头上的仙人掌标志非常显眼。他们驻扎在离马卡迪卡迪基地不到100千米的地方。

夏涵和飞行员寒暄了两句，爬上旋翼机，坐到后座上。旋翼机起飞。随着高度的增加，夏涵看见无数的微波接收天线以主塔为中心，在非洲艳阳的照射下，一圈一圈地扩散，一直扩散到天与地的尽头，那视觉效果令人震撼。

后来，夏涵就睡着了，直到张承毅的电话把她从酣睡中惊醒："椒椒，在忙吗？"

"废话，我有不忙的时候吗？"

"也要注意休息嘛。"

"我知道。但说了没用啊，我哪有时间休息？"

"我到冰岛了，来这边开一个空间天气预报的国际会议。"

"说重点。"

"刚到冰岛，我就遇见了冷湖天文台的太阳专家刘永铭——你见过他的，在璧山区空间太阳能电站实验基地的时候，那是21年前的事情了，我们第一次见面的时候。他认出我来，说他还在研究太阳大气变化，让我看他编写的太阳大气实时模拟与预测程序'日长石'。我给出了几条修改意见。重新运行'日长石'后，他加载了来自四颗'羲和之眼'太阳观测卫星的实时信息，跑了十分钟，得出了一个可怕的结果。"

"别一惊一乍的，什么结果，你说。"

张承毅望向宾馆外漆黑一片的冰雪之地："4个小时后，也就是东二区时间20点左右，太阳赤道地区，会有一次X级白光耀斑。根据计算，这次白光耀斑正对着非洲南部，也就是你所在的地方。要当心啊。"

"确定吗？"

"刘永铭老爷子老成持重，又让冷湖那边的超算跑了两次，结果都一样。换句话说，只要刘老爷子的预测公式是对的——他研究了一辈子太阳大气的变化——那么这个结果就是可靠的。他已经上报给国际天文组织和中国相关机构了。"

说到正事，夏涵可不敢托大。此前中国航天科技集团有限公司就发过太阳近期活动加剧的通知，而且前两晚她都看见了天穹之上的红色极光，间接证明刘老爷子的预测有很高的可靠性。"我会小心的。"她说，"你也是，小哥哥。你那边是深夜，睡觉去吧。晚安。"

"晚安。"张承毅说完，挂掉了电话。

夏涵则开始在华为眼镜上学习白光耀斑的知识。她向来自诩聪明绝顶，却也知道，自己不可能什么都知道，所以，当出现新的知识点时，她不会轻易略过，而是要想方设法搞懂。当今世界有一个特点，就是知识不再局限于书本和图书馆里，只要你肯学，从哪里都可以。夏涵就是一个肯下苦功夫去学习的聪明人。即便是进入一个全新的领域，她也能快速搭建起该领域的知识框架，再在最短的时间内，用无数的细节将这些框架填满。虽然不能跟真正的专家比，但跟人吹牛，不会错得太离谱。

眼下夏涵要学的，表面上是白光耀斑，其实是太阳大气活动对地球的影响。她不无惊讶地发现，这又是一个极为深奥的领域。事实上，现今科学体系，哪一个往深处追究，不都是深奥无比，远远超出普通人日常生活所需的？饶是如此，夏涵还是学得极其认真。

当她学得差不多的时候，旋翼机已经到了哈博罗内的远郊地区。

下边的丘陵上，是一大片一大片棚户区，一眼望不到尽头。那些挨挨挤挤的房子极其简陋，用各种废旧物品搭建而成，遮不住风，挡不住雨。大群大群的孩子光着身子四处玩耍嬉戏，间或也有一两个大人。

旋翼机再往前飞，夏涵看见在林波波河两岸，城市新区正在进行大规模建设，各种工程机械有条不紊地工作着。这里的景象总让夏涵想到自己的家乡重庆。不是说哈博罗内也是一座山城或者雾都，而是两座城市内在的一些秉性。

小时候，换个说法是21世纪初，夏涵见识过重庆热火朝天的建设景象。到处都是施工工地：这里在修路，那里在架桥；这里在挖深坑，那里在挖隧道。挖掘机、推土机、强夯机、压路机、装载机、捣固机……数量众多的工人忙得像热锅上的蚂蚁。小夏涵去工地玩儿，爸爸又教她认识了塔式起重机、混凝土搅拌机、混凝土喷射机、振动打桩机。她问爸爸为什么要这样忙碌。爸爸说，因为历史欠账太多，更因为我们想过上更好的生活。说这话的时候，爸爸站在众多工程机械之中，就像是它们的王。小夏涵当时并没有真正明白爸爸这句话的含义，只知道身为一个工程师，爸爸经常不在家，以致她曾经被同学嘲笑为"没有爸爸的孩子"。

夏涵渐渐长大，渐渐明白，所谓更好的生活是怎样的，也明白世纪之初重庆开始大规模城市建设有着怎样的压力和困难，更明白为了让大家都过上更好的生活，像爸爸那一辈的人，付出了怎样的智慧和汗水。

现在，哈博罗内面临着的压力与重庆曾经面临过的压力类似。哈博罗内目前总人口超过200万，而20年前，这个数据不过是区区20多万。人口暴涨的主要原因是出现了艾滋病的特效药。

由于历史的原因，博茨瓦纳的艾滋病感染率曾经是世界第一，博茨瓦纳的人均寿命与人口增长率也因此远远低于世界平均水平。当艾滋病特效药"脂肽病毒融合抑制剂"出现后，博茨瓦纳只花了5年的时间，就战胜了自己最大的痼疾。其后，全国人均寿命暴涨，人口数量暴增，无数的新问题也随之出现。

事实上，不只是哈博罗内，整个博茨瓦纳，乃至整个非洲大陆，人口都在以前所未有的速度增加。由此引发的教育、就业、交通、能源、医疗等诸多问题也在非洲大陆普遍出现。

问题都是一样的问题，应对的方式各有不同，结果自然是千差万别。

哈博罗内与重庆内在秉性的相似之处在于，面对问题，不懈怠不慌张，知难而进，迎难而上。这是夏涵在这座城市工作5年的结论。她不止一次地听人感叹哈博罗内改变之巨大。"连我这个土生土长的哈博罗内人都会迷路。"莫大妈不厌其烦地这样说，"变化实在是太大了。"

夏涵喜欢听到这种说法。小时候她曾经听很多重庆人这样说过。这种说法让她开心，因为这种说法让她更加深刻地理解了她爸爸。她相信，总有一天，文焱也能理解她。

这两天，夏涵有空就和文焱通话。听得出，文焱隐藏了她的抱怨，只是和妈妈分享她在旅途中的见闻。"见到千年猴面包树了，在公路中间，还好，只是孤零零的一棵。""狮子好丑，毛都掉光了。""今天看到狐獴了，好可爱，可惜它们见到我就跑开了，有人说它们会跑到我的帽子上的。""天气好热，我戴上了狮脸面具，想阻挡阳光，谁知道更热。"……言语之间，都流露出对妈妈的思念。夏涵也只好安慰她，说交接仪式一结束就过去找她。

"我知道，'马卡迪卡迪号'是妈妈心血的结晶。"文焱懂事地说，"我自己玩儿，你放心，莫大妈也很会照顾人。"

事实上，莫大妈经常忘记自己生活助理的身份。她喜欢唱歌，喜欢跳舞，很多时候，都需要夏涵提醒，她才会从唱歌跳舞的沉迷状态中切换出来，想起自己该做什么。有很多事情，都是夏涵教她，教了她很多次，她才学会的。

至于夏涵自己，在博茨瓦纳这5年，收获也不少。在博茨瓦纳独当一面5年，夏涵形成了自己做事的一套风格：做事之前仔细考虑，把所有细节想清楚，资源码好，有关人员到位，流程细化，关键节点抓清；然后具体做的时候，行云流水，即便细小的地方有缺漏，也不会停下，摧枯拉朽地碾压过去。

普拉女神与中国玫瑰，都不是白叫的。

12

旋翼机穿过建设中的城市新区，再往里边飞，就是哈博罗内的中心城区。它以城市西部的议会大厦为起点，犹如开屏的钻石孔雀，呈扇形，向着北、东、南三个方向的地平线伸展。

旋翼机调整姿势，垂直降落在首都国际饭店门前的停机坪。

"是夏工吗？"一个高个子女性军官向夏涵走来，很有礼貌地握住了夏涵的手，"很高兴认识您。"

"是我的荣幸。"夏涵问道，"还没有请教尊姓大名。"

"我是特勤局克瓦博阿索中尉，负责此次交接仪式贵宾的安保工作。"她的声音圆润而浑厚，"听说夏工是吃牛肉的女人，我特意申请为夏工提供服务。"

按照茨瓦纳族的传统，男人才能吃牛肉，而女人只能吃牛杂碎。这个传统现在已经没了，但也不时从某些顽固的地方冒出来，沉渣一般浮到水面上，恶心人。

"我相信你也经常吃牛肉。"夏涵说着，从旋翼机上拎下行李箱，克瓦博阿索中尉主动帮她拎。"谢谢，不必了。"她把行李箱放到地上，启动伴随功能，这箱子就转动着四个轮子，不远不近地跟着夏涵。

"聪明的小家伙。"克瓦博阿索中尉有些意兴阑珊。

她们来到吧台，办理好入住手续。中尉带着夏涵乘坐电梯，抵达她所在的4404号房门前。

"您的手机——哦，华为眼镜，请把您的华为眼镜交给我，夏工。"克瓦博阿索中尉说，"按照特勤局规定，所有电子通信设备都要交由我们管理。放心，我们会好好保管，不会损坏的。如果损坏，十倍赔偿。"

"以前没有这样的规定。"

克瓦博阿索中尉向夏涵伸出手，毫不妥协地说："这是最新规定，你应该知道摩蒂默兄弟会的事情。请夏工理解，并配合特勤局的行动。"

夏涵犹豫了一下，女儿在无线电波那头，小哥哥在无线电波那头，项目组的员工也在无线电波那头。把华为眼镜交出去，就意味着与这些人断了联系，断了与这世界的联系。但她没有再多想，将华为眼镜关上，交到了克瓦博阿索中尉的手里。

"谢谢夏工对特勤局工作的大力支持。"克瓦博阿索中尉把夏涵的智能眼镜收进自己的裤兜，"同时提醒夏工，进入房间后，在接到特勤局的通知之前，请夏工不要离开房间。你点的饭菜，机器人服务员会送到你房间里。再次恳请夏工理解并支持特勤局的行动。"

这不等于软禁吗？夏涵点点头，走进房间，行李箱跟着她进去。门在她身后自动关上，将她与这个世界隔开。

夏涵不害怕独处，但讨厌无聊。这一天剩下的时间里，没有任何人打搅她，送饭的机器人可不算人。她难得地清闲下来，补了几个小时的觉，枯坐了一阵子，享受难得的独处时间，又透过窗户，远眺哈博罗内的大街小巷，看车来车往，看人来人往，看云聚云散。她渐渐觉得无聊起来，又隐隐觉得不妥，但哪里有不妥，又说不出来。

在决定来博茨瓦纳之后，夏涵听过张承毅讲过一个笑话。

"这笑话的历史非常悠久。"张承毅说完，故意拿眼白给夏涵看。

"你倒是说啊！"夏涵伸手去勾张承毅的鼻子。

"非洲人有一句话，'There is no hurry in Africa.'（在非洲什么都

不急），"张承毅说，"而博茨瓦纳在后边加了一句，'There is no hurry in Africa, especially in Botswana.'（在非洲什么都不急，尤其是在博茨瓦纳）。"

这个简单的笑话让夏涵笑了很久。讲笑话算不得张承毅的长项，他给夏涵讲这个笑话的目的却很明确。夏涵向来性子急，眼睛里容不得沙子，去跟拖延症100级的博茨瓦纳人打交道，不知道要多生多少气。他是要夏涵作好心理准备，在博茨瓦纳工作的时候，要像他一直叮嘱的那样——没事儿别生气，别为小事生气，就算生气也只生一小会儿，生气时间太长，对身体不好。

当然，真到了博茨瓦纳，夏涵也不出意料地发现，所谓拖延症100级，也和重庆人人能喝火锅底料一样，是个夸张出来的刻板印象罢了。在博茨瓦纳，拖延症100级的人确实存在——说五分钟后到，很可能一个小时后到；说一个小时后到，很可能过半天才姗姗来到——但守时守信的人，也是一抓一大把。

因此，对于此时在哈博罗内国际饭店所经历的一切，夏涵的心情是复杂的。为什么特勤局把我带进酒店房间就不管我了呢？她枯坐了一阵，想了想文焱此刻在忙什么，又想了一阵子张承毅那个家伙，睡意渐浓。洗了澡，换了睡衣，躺到床上，不一会儿就睡着了。

在睡着之前，她忽然明白眼前不合理的地方在哪里呢。进出大厅的时候，只有她一个嘉宾入住。像"马卡迪卡迪号"空间太阳能电站交接仪式这样的大型活动，照凯莱措总统一直以来的做派，肯定是广邀嘉宾，大厅应该人流如织才对。为什么会只有我一个人入住？

她太困了，无法继续思考，翻了个身，任由睡意淹没自己的全副身心。

13

疤脸的脸上并没有疤。小时候，他到荒原上放牛，两头牛起了性子，相互用犄角冲撞。他在一旁看热闹，不曾想其中一头牛抵挡不住，转头逃开，竟向他冲来。他转身欲走，那牛已经一头撞到他的屁股上。他身负重伤，躺在床上奄奄一息。村里的巫医恩加卡把一堆牛骨头撒在他身上，然后宣告至高神的旨意：他没救了，死定了，准备后事吧。

妈妈哭得昏天黑地，却不肯放弃。家里没钱了，她找到他在那之前从未见过的爸爸要钱。爸爸派车，将他送到城里的医院。他全身缝了十六针，活了下来，屁股上却留下了难看的疤痕。

回到村子，他得了"疤脸"的绰号。脸上有疤，在茨瓦纳族看来，是勇敢的象征。但他的疤，是在屁股上，说明牛撞上他的时候，他正在逃跑。叫他"疤脸"，意在嘲笑他是个胆小鬼，是个懦夫，是个无胆鼠辈。

他那时年幼，不懂什么叫忍受，于是向所有敢于叫他"疤脸"的人发起攻击，一次又一次。有时成功，但大多数时候，他的攻击只换来更多的辱骂与殴打。

他渐渐长大，身体越来越强壮，打架的本事也越来越高。他弄了钱，上医院把屁股上的疤痕去除了，但疤脸这个绰号却保留下来，如蚁附膻，去之不掉。他打心眼里讨厌这个绰号，讨厌这个绰号给他带来的屈辱。显然，疤痕从他的屁股上，移到了他的心里。直到有一天，他知道了有一头著名的杀人狮也叫疤脸。"那头狮子是个王，吃了好多人了。"有人对他这样讲。从此，他不再厌恶"疤脸"，而是把它当成自己的骄傲。

他通过特殊途径，进入军队，接受系统的训练，后来因为表现突出，被招募到特勤局，为博茨瓦纳的高官们提供特别护卫。一路之上，他建功立业，在特勤局里平步青云，直到成为特勤局最高领导人。

此刻，疤脸手里攥着一张狮脸面具，面具的额头到下巴上，有一道显眼的刀疤。他端详着面具上的那道刀疤，抬头对面前的六个正在默默分发狮脸面具的特勤局小队长，说："兄弟们，国防部部长已经决定，执行醒狮行动。通知下去，让兄弟们都知道。一会儿听我的口令。摩蒂默的旨意，必得实现。"

六个小队长齐声回应："必得实现！"把狮脸面具藏好，推开警务车的后门，鱼贯而出。

疤脸拍了拍最后一个小队长的肩膀："马克西姆，克瓦博阿索那边怎么样呢？"

"我现在叫碎发。"马克西姆说，"她那边应该没有问题。克瓦博阿索比我能干多了。"

"行。"

疤脸让碎发离开，自己最后一个下车，抬眼看看附近停机坪上的两架旋翼机，再仰头瞅瞅夜色中马卡迪卡迪基地那200米高的主塔。很好，他这样想着，走向主塔大门。一路上，都有特勤局战士向他啪的一声并腿敬礼："马卡鲁上校好！"他一一回敬。

与此同时，首都国际饭店4404号房间的门铃被人按响了。夏涵正好起了床，换了一身紧身的红色衣服，准备出去吃饭。她来到门边，警惕地打开了门上的"猫眼"，看见外边走廊上站着三个身着特勤局制服的人，但他们的脸上，都戴着诡异的狮脸面具。

夏涵正在疑惑，门已经自动打开，三个人鱼贯而入，手里都有枪。为首的那人拿枪指向夏涵。"叫我断眉。"她说。虽然刻意压低了声音，但夏涵还是立刻听出她就是下午接她的克瓦博阿索中尉。

"中尉，你们想干什么？我提醒……"

"闭嘴。我们是摩蒂默兄弟会的。这个组织是干什么的，你应该知道。"断眉说，"麻点兄弟，凿齿兄弟，开始。"

麻点和凿齿越过断眉，将背包卸到地板上，拉开背包，取出里边的几种装置，一一展开，然后开始组装。夏涵很快看出，那是一套便携式空气投影装置。她没有问话，瞄了一眼墙上的大钟，时针指向东二区19点45分。

便携式空气投影装置组装完毕，启动，红、绿、蓝三束色从三个角度射出，在房间正中央交汇，以空气为幕布，编织了七彩的画面。这画面起初有些混沌，但波动两下，很快自行调整好，将马卡迪卡迪基地主塔中央控制室的影像清晰地呈现出来。

工位上空无一人，中央控制室的所有成员在副组长纳特瓦杜米拉的带领下，排着整齐的队伍，恭候在控制室大门。纳特瓦杜米拉的脸上，有一分兴奋，两分焦躁，七分不知所措。他不是一个擅长掩盖真实感情的人。

"谁要去马卡迪卡迪基地？"

"总统凯莱措。"

"什么？交接仪式不是7月9日在哈博罗内国际会展中心举行吗？总统怎么跑马卡迪卡迪基地去了？"夏涵提醒，"克瓦博阿索中尉，我是逐日工程-马卡迪卡迪项目组中方总负责人，交接仪式我必须去现场。"

"坐下，夏工。这是临时安排的视察。叫我断眉。"断眉再一次强调，语气保持了基本的礼貌。她的狮脸面具上，右边眉毛从中间断开，非常显眼。

夏涵还要问，却自行闭了嘴。空气屏幕上，总统凯莱措大踏步走进中央控制室。在他身后，秘书娜奥米和六名特勤局战士紧紧跟随。

项目组中方成员集体鼓掌表示欢迎，博方成员则举起右手，握成拳头，嘴里不停地说道"总统阁下健康""感谢总统阁下光临"。纳特瓦杜米拉是最后一个开始鼓掌的。

夏涵坐到断眉指定的位置，看着凯莱措总统与项目组成员一一握手。她与项目组成员朝夕相处，对他们的脾气秉性一清二楚。总统一边握手，一边感谢他们为马卡迪卡迪项目作出的卓越贡献。"我代表博茨瓦纳全体人民感谢你们。"他说。轮到纳特瓦杜米拉时，总统特意寒暄了几句，问了他的家庭情况。纳特瓦杜米拉尴尬地回应着。假如地上有个洞，他早就钻进去藏起来了。

纳特瓦杜米拉是地道的茨瓦纳族人，从博茨瓦纳大学机电工程系毕业后，一直在从事相关工作。逐日工程-马卡迪卡迪项目上马后，他被凯莱措总统点名为博方代表，就任项目组副组长。在夏涵看来，这个人兢兢业业，勤勤恳恳，是一个搞工程的好苗子，除了缺少决断之外，就剩下不怎么愿意和领导打交道这一个毛病了。他不止一次地向夏涵表示，非常厌恶那些尸位素餐的官僚，厌恶到不愿意和他们在同一个房间里呼吸的程度。

缺少决断好处理，让他多方面分析遇到的问题，再让他主持一两个项目，就能迅速成长起来。不愿意和领导打交道也好办，让他成为领导，干掉他的畏怯，提升他的自信，也能迅速成长起来。

这5年的合作中，纳特瓦杜米拉的进步是很明显的。很早之前，夏涵就决定，在交接仪式前后，会与凯莱措总统单独聊一聊，建议在她离开之后，由纳特瓦杜米拉担任马卡迪卡迪项目的总负责人。

前提是，交接顺利。

但现在事情显然开始往不可控的方向发展，虽然她还不知道，不可控的方向到底藏着什么危险。

"夏工的位置在哪里？"总统问，纳特瓦杜米拉指给他看。他走到夏涵的工位，这里的位置较高，可以俯瞰整个中央控制室。"非常遗憾，我的秘书娜奥米告诉我，夏工生病了，连后天的交接仪式都不能参加。今晚到这里，我只是临时视察，看看大家，算是交接仪式的前奏。大家不要紧张，放松一点儿嘛。普拉。"

"黑珍珠"娜奥米带头，现场发出一阵善意的笑声。

这里边有很多不对劲的地方。按照娜奥米的说法，应该是国防部部长去马卡迪卡迪基地，而总统留在哈博罗内才对。现在国防部部长在哪里呢？而且，娜奥米为什么会告诉总统夏工生病了？

总统说："项目组一共18人，中国人有12人，占了三分之二。我想对你们单独说几句话。知道我从你们中国人那里学到的最重要的一点是什么吗？那就是深入骨髓的忧患意识。在你们处于积贫积弱时，你们痛心疾首；在你们处于繁荣富强时，你们高瞻远瞩。所以，我非常庆幸，我的前辈在2021年1月7日签署了中博两国政府关于共同推进'一带一路'建设的谅解备忘录，使博茨瓦纳成为共建'一带一路'伙伴国之一。几十年里，博茨瓦纳人民从这个谅解备忘录，真的获益良多。记得夏工被博茨瓦纳人称为普拉女神，其实，在场的诸位，还有没到现场，也为马卡迪卡迪项目作出贡献的所有人，包括中国人和博茨瓦纳人，都是普拉之神——普拉男神与普拉女神。"

这评价相当之高，现场爆发出了热烈的掌声。"普拉！""普拉！""普拉！"喊声不绝于耳。

在镜头之外，中央控制室外边的走廊上，疤脸俯身看了看外侧夜色笼罩下的微波接收天线阵列。太丑了，就像是大地的疤痕，他打心底泛出厌恶，世界上压根儿就不该有这种东西。

他掏出狮脸面具，戴上，调整位置的同时，对通讯器说："摩蒂默保佑！"然后，掏出了手枪。

14

凯莱措总统关于项目组是普拉之神的评价令夏涵想起一段往事。那是在"逐日工程"正式上马不久，已经正式退出的苏廷信教授来到北京项目组所在地。记忆中，这是苏教授最后一次到现场。

"我们现在研究空间太阳能电站，有人把我们比作普罗米修斯，说我们是从太阳那里窃取天火的神。我觉得这种说法不对，至少是不准确的。"苏廷信语重心长地说，"在中国神话里，燧人氏发现钻木可以取火，教给其他族人，改善了族人的生活，燧人氏由此成为部落领袖，并在后世被追认为三皇五帝之一，其中表现出的艰苦奋斗、自主创新、泽被世人的思想千秋万世都不过时。在希腊神话里，火是大神普罗米修斯看到人间因为没有火而痛苦不堪，于是从太阳车那里盗来送给人的，表现的是神怜世人，施下恩赐。这两个关于火的神话，本质上有很大的不同，用来做比较文学或者神话原型研究，都可以出一大堆文章。"

当时苏廷信已经94岁高龄，膝盖刚刚做过手术，无法行走，由医护人员推着轮椅来到项目组所在地。

"这里，我不想赘述。我要强调的是，我们既不是燧人氏，也不是普罗米修斯，我们是科学家，是工程师，是技术员。我们不是神，不要神化我们，我们也不要接受神化。"苏廷信对项目组的所有成员说，目光从李茂荣脸上移到张承毅脸上再移到夏涵脸上，"我们要认识到，现在研究空间太阳能电站，是时代与社会的需要，是中国和人类进一步发展的前提，是科学与技术发展到今天的必然结果，当然，也是我们，在座的每一个人，心中如火的梦想。"

来到博茨瓦纳后，夏涵听到了第三个关于火的神话。

"当第一个人来到地球生活的时候，他不知道火的存在。"这个故事是纳特瓦杜米拉讲给夏涵听的。

他吃生肉，吃植物的根、茎和果实，有时也吃叶子和花。白天靠太阳，晚上靠兽皮，保持身体的温暖，日子过得还不错。有一天，这个人出远门，天气变得异常寒冷。远远的，他发现了一个发着光的山洞。他靠近冒着青烟的山洞，身体感到了温暖。他很奇怪，问那团给他带来光和热的东西叫什么名字。

"我是火精灵，是至高神的仆人之一。"第一个人非常高兴，邀请火到他家做客。起初火精灵是拒绝的，但第一个人和他的家人展现了他的诚意。火精灵高兴地离开山洞，一路上点燃了草原和森林，还点燃了第一个人的家和他精心准备的美食。第一个人和他的家人仓皇逃走，跳进一条河里才逃出生天……

"夏工，您猜猜接下来会发生什么事情？"

"发生了什么？"

"从此那个人对火精灵无比恐惧？"

"应该不是。是的话你就不会这么问了。"

"第一个人发现躲在水里不怕火烧。等大火过去，回到已成废墟的家里，他不无惊讶地发现，被火烧过的食物更加好吃。这个好吃，既指食物更容易吃，不废牙齿，也指食物更加美味，吃前香气扑鼻，吃后唇齿留香。因此，第一个人觉得应该继续邀请火精灵到家里做客，但得把防火工作做好。后边发生的事情您已经知道了。"

夏涵点头称是。茨瓦纳族人的这个神话，与燧人氏和普罗米修斯的故事相比，另有一番趣味。茨瓦纳人没有发明火，也没有盗取火，而是邀请火到家做客，然后把火留下来干活儿。有意思。

"这个神话跟我们现在做的事情很像啊。"纳特瓦杜米拉对夏涵说，"博茨瓦纳人欢迎空间太阳能电站来到博茨瓦纳，它就像火精灵一样，肯定有危险，但我们做好防护工作，就不会怕了。"

我们不是神，不要神化我们，我们也不要接受神化。夏涵把苏廷信教授的话默念了一遍，感觉自己脸上有些发烫。从我坦然接受普拉女神的称呼那一刻开始，我是不是过于骄傲了？她问自己。

"哪有什么普拉之神，"断眉用嘲笑的语气说，"我们都是摩蒂默的仆人。"

夏涵瞪向断眉，先前的预感变成了活生生的现实……中央控制室那边传来一声刺耳的枪响，随即一个身着特勤局军服的人闯进大门，他脸上戴着狮脸面具，一道从额头到下巴的刀疤格外显眼。"摩蒂默的旨意，必得实现！"他大喊着。

与此同时，跟在总统身边的六名特勤局战士——其中一名正是小队长马克西姆——掏出狮脸面具，麻利地戴上。他们调转突击步枪的枪口，对准了总统凯莱措和他的秘书，还有项目组的全体成员。

"你干什么？"纳特瓦杜米拉厉声呵斥，挡住了疤脸的去路。

"杀人。"

疤脸抬手就是一枪，子弹正中纳特瓦杜米拉的脑门。他向后仰面倒下，倒在两个工位之间的通道上。中央控制室传出一连串的尖叫与惊呼。夏涵捂住了嘴，事情来得太过突然，谁也没料到那恐怖分子说杀人就杀人，而且是把未来的马卡迪卡迪项目总负责人一枪打死在了主塔中央总控制室，他工作过多年的地方。

"叫我疤脸。"疤脸走向总统凯莱措。这时，从外边传来一阵枪声，短促而激烈，旋即归于平静。"你的人都死了。"他补充道。

"摩蒂默兄弟会？"总统努力保持镇静，毕竟是经历过大场面的人。

娜奥米也很快从慌乱中调整过来。"你想要什么？"她说，"都可以商量。要赎金？还是要释放什么人？或者是别的什么要求？都可以商量。"

疤脸从口袋里掏出一张纸来，一字一句地念道："摩蒂默乃是万物的创造者，至高无上，掌管着全体人类的命运。摩蒂默通过不同的天气，如大风、冰雹、暴雨、干旱等来表达他的情绪。当至高神摩蒂默看到人类的嫉妒和贪婪，便会降下不可抗拒的自然灾祸进行惩罚。越是嫉妒，越是贪婪，所降下的惩罚越是严厉。据查，'马卡迪卡迪号'意图干预天气，这是对摩蒂默的亵渎，是对至高神的僭越，是前所未有的嫉妒与贪婪。摩蒂默已经用漫天血光发出警告，并颁下旨意，'马卡迪卡迪号'不得运行。"

疤脸把纸放下，带头念道："摩蒂默的旨意，必得实现。"

"必得实现。"现场与4404房间里的摩蒂默兄弟们齐声回应。

"什么时候特勤局的战士集体加入摩蒂默兄弟会了，马卡鲁上校？"总统问道，"你们都是巴洛伊附体了吗？"

夏涵听说过，巴洛伊是茨瓦纳族人传说中的邪灵，喜欢在晚上出来活动。他是邪念的操纵者，经常会变幻成动物的模样，诱使人做出邪恶的事情，因为他具有邪恶的力量。

疤脸说："现代化是一条邪路。"

"现代化是邪路，你是从哪儿学到的这种错误的认知？你以为现代化很容易吗？不不不，现代化并不容易，尤其是对博茨瓦纳这样的后发国家。"凯莱措总统义正词严。看疤脸没有出言阻止，他继续往下讲："我去过很多国家和地区，我系统地学过现代化的历史，我了解世界各国现代化的实情。我越了解就越害怕，因为现代化是一个国家和民族生存、发展与进步的必经之路，现今世界强国无一不是实现了现代化的国家。而经过近百年的发展，各个强国已经实现了极为详尽的分工与合作，占据了世界制造业从源头到生产线到销售渠道的全部。换句话说，对我们博茨瓦纳这样的后发国家来说，现代化之路已经被堵死了。你明白我的意思吗？"

疤脸还是沉默不语，于是凯莱措总统继续讲："而今，搭上中国'一带一路'的顺风车，是我们博茨瓦纳实现现代化的最后机会。是的，我知道现代化有很多弊端；是的，我知道以博茨瓦纳的体量不可能实现全面现代化；是的，我知道现在推行现代化博茨瓦纳一定会付出代价。然而，面对人口爆炸、原有的产业无以为继的沉重现实，我们还有更多的选择吗，马卡鲁上校？"

疤脸呵呵一笑："兄弟们，你们都听见了吧？你们相信吗？"

"不相信，"一名摩蒂默兄弟说，"多么邪恶的说法呀！"

"巧言善辩，不能信。"另一名摩蒂默兄弟说。

"我不相信，这个恶魔说的任何一个字都不能相信。"

疤脸望向虚空："断眉兄弟，准备好了吗？"

夏涵听见断眉在自己跟前说的话，传送到了几百千米之外的中央控制室。"准备好了，夏工就在我面前。"

"很好。"疤脸推开僵立的凯莱措总统，坐到了夏涵的工位。他扫视全场，对现在这个位置很满意。操作台处于开机状态。他随意拨动了几个控制面板上的滑钮，当滑钮超出一定限度时，自动滑回了原处。"夏工，告诉我'马卡迪卡迪号'的超限密码。"他说。

夏涵心里咯噔一声响，没有来得及说话，断眉的枪已经抵到了她的额前："说，密码。"

"我不会说的。"

"由不得你。"

疤脸哈哈一笑："早就知道夏工是中国玫瑰，非常厉害。所以，特地在计划里将夏工安排到几百千米之外的哈博罗内首都国际饭店。我就不信了，隔着几百千米，你还折腾出什么花样来？"

他冲通信器说了一句什么，旋即张文焱和莫大妈一起被摩蒂默兄弟押进了中央控制室。

15

夏涵一边心疼，一边观察：文焱脸上只有慌张，没有恐惧，也没有显眼的伤。摩蒂默兄弟会没有伤害文焱，至少现在没有。她抽紧的心这才稍稍放松了一点点，但旋即又抽得更紧了。

"过来，张文焱。你妈夏涵在镜头的那边，她能看到和听到这里的一切。"疤脸说。

张文焱走向疤脸，一边走一边观察。处于这个完全陌生与危险的境地，她能表现得如此沉着，已经非常不错了。但看见纳特瓦杜米拉横躺在地上的尸体时，15岁的她还是把自己的恐惧全部叫出来了。

莫大妈上前抱住文焱，用自己的身体遮挡尸体，并出言安慰她。

"这是你妈工作的地方。"莫大妈说，"那个位置，就是夏工每天坐的地方。夏工就是坐在那里，每天指挥我们，像普拉女神一样。"

"闭嘴，没叫你说话。"押解他们的摩蒂默兄弟恶狠狠地说。

莫大妈没有乖乖地闭嘴，而是小声嘀咕道："要不是你有枪，我一屁股坐死你。"

"你说什么？"

莫大妈没有回话，旁边的一个摩蒂默兄弟笑道："她说她要坐死你。"

以莫大妈的分量，确实可以办到。于是，紧张至极的中央控制室里传出一阵讥讽的笑声。

莫瑞娜大妈没有到过中国，只在玛利亚大学中文系成年汉语培训班学过一年中文。她对中国的全部了解，都来自教材和后来在公司里与中国人打的交道。对那个遥远的国度，还有那个国度的人，她充满了好奇。正如她自己所说，她了解中国人，但是不理解中国人。了解和理解，一字之差，意思相差十万八千里，简直就是某种中国魔法。不理解，并没有妨碍她对中国人的喜欢和感激，尤其是夏工，现在还要加上夏工的女儿张文焱。她觉得有必要为她们做一些事情，比如说现在。

文焱止住哀嚎。这是最没用的事情，很小的时候，她就懂得了这个道理。她的心还在无助地颤抖，她的眼睛已经望向莫大妈所指的位置，那是妈妈每天工作的地方，而妈妈在某个地方能看到这里的一切……她好像获得了某种力量，挣脱了莫大妈的拥抱，在众目睽睽之下，走向妈妈的工位。

"张文焱吗？我是娜奥米，你妈妈的朋友。"娜奥米站在人群里，抓住空当，自我介绍，"这位是博茨瓦纳现任总统凯莱措。"

文焱冲凯莱措总统和娜奥米秘书有礼貌地点头，嘴角勉强翘起，露出一点儿笑意。

"很抱歉，孩子，把你卷进来。"凯莱措总统说。

"过来。"疤脸起身，把夏涵的工位让了出来，"你坐这里。"

文焱依言，走过去，坐下。"妈，你在吗？"她问。

"我在。"夏涵说，感觉自己的眼角又酸又涩，"我在哈博罗内首都饭店里，离你有几百千米远。本来应该是我带你参观马卡迪卡迪基地的……"

她哽咽着，无法说话。

事情本来不该是这个样子。事情本来应该是……她及时止住了自己的幻想。幻想无助于解决眼前的问题。断眉的枪就在她眼前不到30厘米的地方。

"你们到底想做什么？"夏涵问。这是一个很关键性的问题，只有搞清楚了这个问题，才可能想到应对的办法。

"我们要超限密码。"断眉回答。

"然后呢？"

"然后，"断眉露出一个鬼魅的笑容，"然后就没有然后了。"

中央控制室那边，疤脸说："夏工，我很尊敬你，不希望把事情弄得非常糟糕。所以，我希望你配合，告诉我控制密码。现在，你女儿在操作台上，她会按照你所说的去进行操作。明白我的意思吗？"

疤脸的意思再简单不过了：如果夏涵不合作，文焱会受到伤害；如果夏涵捣鬼，给了错误的超限密码，触发了什么反制机制，那么文焱也会自动受到伤害。

摩蒂默兄弟会要"马卡迪卡迪号"的超限密码到底要干什么？夏涵脑子转得飞快。时间紧迫，根本不允许她多想。换一个问题是，拿到"马卡迪卡迪号"的超限密码能够干些什么？摩蒂默兄弟会是一个极端的反对现代化的恐怖组织，它要达成的目标是阻止博茨瓦纳走上现代化之路，疤脸在刚才的宣言里说了，"'马卡迪卡迪号'不得运行"，什么叫不得运行？所以他们是要……

刚才疤脸在操作台上把所有滑钮推到最高处，然后因为超过安全阈值，滑钮自动弹回来了……夏涵忽然明白疤脸要干什么了！

"马卡迪卡迪号"从天上到地下整个系统内置了一个智能化程度极高的安全子系统，是可编程硬件的重要组成部分。它的作用就是监督和限制整个系统，保证整个系统在安全范围内运转。即使偶尔因为不可控的因素，系统进入超负荷运转状态，也会在最短的时间内，无须人工干涉，自动调节，回到正常的运转状态。

想要突破安全子系统的限制，方法只有一个，就是获得最高管理员的超级权限。拥有这个超级权限的最高管理员，能命令空间太阳能电站以任意负荷运转。

"马卡迪卡迪号"的最高管理员不是别人，正是项目总设计师、总工程师与总协调人——夏涵。而"'马卡迪卡迪号'不得运行"的最好方式就是彻底摧毁"马卡迪卡迪号"。

超级权限原本是为了联调联试时，测试空间太阳能电站在极限状态下的运行情况而设置的，日常工作中根本用不上，如今却成为摩蒂默兄弟会摧毁"马卡迪卡迪号"的漏洞。

跟其他空间太阳能电站相比，"马卡迪卡迪号"有一个与众不同之处，就是为了雷舞阳所主持的人工干预气象研究，它的微波发射频率可调范围是最大的。

这也为摩蒂默兄弟会摧毁"马卡迪卡迪号"埋下祸根。

从夏涵手里拿到超级权限的密码后，疤脸就可以下令"马卡迪卡迪号"整个系统以最高负荷运转，时间稍长，从同步轨道上的空间太阳能电站，到盐沼上的微波接收天线阵列，都会因为电力过载而起火、燃烧、爆炸，整个系统都会毁于一旦。

同时毁掉的，还有凯莱措总统和他的全体随从，马卡迪卡迪项目组在基地的所有成员，摩蒂默兄弟会入侵基地的全部成员。

还有15岁的张文焱。

对夏涵个人而言，职业生涯将就此结束。就项目而言，马卡迪卡迪项目肯定毁了，"逐日工程"的后续，尤其是正在推进的海外项目肯定也全部毁掉。

还有，无数中国人绞尽脑汁、费尽心血、历时百年打造的中国制造与中国智造的国际形象，也会受到不可估量的影响。

"超限密码。"断眉再一次强调，礼貌已经从她语气里彻底消失了。

16

"密码，你们就知道向我要密码，你们以为我真能记得住那么复杂的密码吗？"夏涵愤怒地反问，"你们到底懂不懂什么叫抗量子全同态混沌密码？"

"那是什么？"

从断眉惊讶与不耐烦混合的语气看，她确实不懂什么叫抗量子全同态混沌密码。夏涵瞄了一眼墙上的挂钟，她现在需要拖延时间。一个计划在她脑子里出现，虽然还是雏形，但根据她多年以来的经验，这个计划会在执行过程中，逐步趋于完善。

时间很重要。于是，夏涵开始讲："抗量子全同态混沌密码的意思是说，这种密码同时使用了抗量子、全同态和混沌三种加密技术。像'马卡迪卡迪号'这样重大的工程，使用抗量子全同态混沌密码是很正常的操作。我还见过同时使用五种加密技术的，你们没有见过吧？其他两种我先不说，说了你们也不懂，我只说混沌加密。所谓的混沌加密，是利用混沌系统——这是一个混合了数学和物理的概念——产生混沌序列作为密钥序列，利用该序列将明文加密成密文。密文懂吗？懂我就不解释了。然后密文经过信道进行传输，接收方用混沌同步的方法，进行解密，将明文信息提取出来。而全同态……"

断眉不耐烦地说："我不需要知道这些，我只需要知道，现在要怎么做。"

夏涵抬手指了指衣柜，说："密钥分发器在那个衣柜里的旅行箱里。"

断眉示意凿齿过去拿旅行箱。在凿齿的手刚刚碰到旅行箱时，旅行箱发生凄厉的警报声，响彻整个4404房间。夏涵跳起来，冲到衣柜处，伸手在旅行箱上按了一下，制止了它的尖叫。"忘了说，这旅行箱的防盗功能开着。"夏涵解释道，"我太紧张了，忘了说。有一把枪，对着我的脑门，能不紧张吗？"

"发生了什么事，断眉兄弟？怎么有警报声？"疤脸问。

"没什么，无意中触发了报警器，已经解决了。"断眉回答。

夏涵把旅行箱拖到座椅旁边，在断眉的监督下，打开了旅行箱。箱子里多半是衣物，少部分是仪器。夏涵从仪器里抽出一个巴掌大的东西来。"密钥分发器。"她说，又瞄了一眼时间。时间还没有到，还得继续拖延。"密码早就无处不在了，你们居然不懂，我真替你们脸红。像我刚才关掉旅行箱的报警器，其实用的掌纹和静脉作为密码。我打开这个旅行箱，用的是我手背上的数字文身，我打开旅行箱之前，用这个数字文身扫了一下这里，箱子就打开了。没有这个数字文身，谁都打不开这个旅行箱。还有这个密钥分发器，真不是一按开关就能打开的。你看这里，这里是心率开关，我的心率规则一早就存储在它的芯片里边，我拇指按着这里，指纹启动心率开关，它开始检测我的心率，发现符合规则，这才会打开。所以说，没有我，即使你们拿到了密钥分发器也没有办法使用。"

"废话说完了吗？"断眉说，"你在拖延时间。"

"没有，我只是紧张。"夏涵说，"我一紧张就话多。车轱辘话说过来说过去，自己根本没有办法控制。要知道，我不紧张的时候也话多。"

"拖延时间一点儿用也没有。"断眉说，"超限密码。"

"最后给你30秒时间，"疤脸已经很不耐烦了，"我不是一个很有耐心的人。"

"这个密钥分发器需要时间启动。"夏涵瞄了一眼密钥分发器，小小的屏幕上显示着当前的时间：2049年7月7日东二区20:07分。时间还没到。"而且我一个人完成不了'马卡迪卡迪号'的超限启动。"她抱怨道。

"为什么？"

"这么重要的项目，密码不会保存在一个人手里。现阶段，是我和项目组副组长纳特瓦杜米拉各掌握一半，要我们两个人在一起，同时使用，才能使'马卡迪卡迪号'进入最高权限模式。"

"那个谁，副组长，自己站出来。"疤脸说。

"他站不出来了，他已经死了。刚才被打死的那个人就是副组长纳特瓦杜米拉，你打死了他。他还是未来的马卡迪卡迪项目的总负责人。"

疤脸一时哑然。他进入中央控制室，开枪杀死阻止他的第一个人，是为了立威，恐吓住其他人，好方便后边的行动，但确实没有想到杀的是那么重要的一个人。他望向凯莱措总统和他身边的"黑珍珠"，不由得担心起任务完成不了。"既然这样，我只好杀死他们了。"疤脸恶狠狠地说。

"不，你听我说。"夏涵说，"你肯定知道，在场的所有人都知道，马卡迪卡迪项目正式的移交会在后天上午举行。所谓移交，除了职务、账目、图纸之类的，除了把马卡迪卡迪基地的电接入到博茨瓦纳的全国电网之中，更为关键的其实是将我掌握的最高管理权限移交给博方。在那之前，最高管理权限在我手里。所以，保险起见，有一套备用方案。即使副组长不在，我也能独自一人打开'马卡迪卡迪号'的超限模式。然而，现在这种情况，我真的不知道这套备用方案的存在，是幸还是不幸。"

"那你还不快点儿说。废话一堆。"

夏涵又看了一眼时间："噢，它已经可以使用了。文焱，在吗？"

"在，妈，我在。"

"怕吗？"

"不怕。"

"怕也没关系，有妈妈在呢，妈不会骗你说这是一场游戏。不，这不是游戏，这是现实，走错一步，就可能付出血的代价。你要当心。慌，只会制造问题，不会解决问题。你明白吗？"

"我明白。"

"现在，你弯下腰，操作台下有一个隐蔽的抽屉。看见了吗？"

"看见了。"

"把小键盘扯出来，输入密码。听清楚我说的每一个字，不能错。密码是……"

夏涵说出了密码，同时努力控制呼吸，不让自己的心跳变得过快。密码本身是正确的，包括数字、字母和特殊符号，但在密码前边，她特意加入了一个额外的特殊符号。按下这个特殊符号，再按正确的密码，会在暗处启动一个通信装置，向中国驻博茨瓦纳大使馆和中国航天科技集团有限公司安保部门发送报警信号。

"好了吗，文焱？"

"好了，妈。已经打开了。"

"乖孩子，下一步。把手伸进抽屉里，里边有一个把手，抓住它，顺时针扭半圈，用力，听到咔嗒声了吗？再逆时针扭半圈。好了，松手，完成得很好。抗量子全同态混沌密码系统已经启动了。下边看我的了。"

凯莱措总统开口喊道："夏工！"

"总统阁下，我也不想的。"夏涵带着歉意说，"我有其他选择吗？已经没有时间了。"

她捧着密钥分发器，两只手的拇指一起按动，输入一串数字，然后分发器发出轻微的声音，无线电波已经发送出去，经过一系列的转发，最终抵达了马卡迪卡迪基地中央控制室。

操作台起了一些微妙的变化。疤脸注意到了，两组红灯亮起，说明系统已经进入了超限模式，他在狮脸面具背后阴恻恻地笑着，同时抬头看着四周。凯莱措一脸悲愤，但保持着应有的镇静；项目组的成员神情各异，或恐惧，或恼怒；摩蒂默兄弟则满脸坚毅，一副视死如归的样子。他满意地点点头，将控制面板上的所有滑钮一个一个地调到最高。

然后，他静静地等待着烈焰从天而降、焚毁世间万物的光荣一刻。

虚空之中，有一个倒计时正在咔咔作响。"你们必须为我的孩子杀了狮子，让狮子躺在我儿子旁边。"妈妈的声音在虚空之中说。他仿佛看到了儿时的牛群，还有蓝天上艳丽的太阳。那太阳大得不正常，突然发出炽烈的白光，将他的整个世界淹没，淹没。

17

灯突然熄灭，工位上的各种操作台也随之自动关闭。

整个中央控制室陷入了突如其来的黑暗之中。

在场诸人脑海里都不由自主地想起"停电"一词，并自行加上问号或是感叹号。

刺耳的警报声在每一个角落回响，让人心惊胆战。

少顷，备用电源启动，灯又亮起，工位上各种操作台纷纷低鸣着重启。疤脸望向玻璃幕墙之外，微波接收天线阵列在夜色笼罩下，静默如常，并没有如想象中那般化作一枚枚高能炸弹，起火、燃烧、爆炸。

疤脸咆哮道："为什么会这样？为什么没有反应？没有爆炸？你骗我！"

"没有，我没有骗你。"夏涵说，"我完全按照你所要求的去做的。"

"你发送的超限密码让这里停电了！"

"不是我，我没有这个本事。我离你几百千米远……"

疤脸拿手枪抵在文焱的额头上，莫大妈发出一声惊心动魄的惨叫。

夏涵顿时乱了阵脚："没有，没有，你听我解释。我……我……我也不知道发生了什么事情。我不在现场，原因不在我这里。我……要不叫你的手下上网查一查？网络消息传播最快了。"

疤脸迟疑着，指向碎发："碎发兄弟，你查一下。"

碎发把突击步枪挂到肩膀上，掏出手机，翻查了一阵，答道："网络信号很不稳定，时有时无，受到了什么干扰。哦，我已经看到了，9分钟前，国际天文学联合会发布公告说，太阳爆发了X级白光耀斑，是这一千年里最大的。X级白光耀斑发射出大量的X射线和γ射线，在8分钟后抵达地球上空，会对轨道上的航天器造成严重影响。"

"是了，就是它，X级白光耀斑。"夏涵插嘴道。她不能自己说出白光耀斑的事情，但也不能让碎发继续在网上往下查。

事情出了岔子。疤脸望向他的手下，没有一个表示出知道那个陌生词语的神情。"那是什么？那个耀斑？"疤脸说。

夏涵回答："太阳耀斑是太阳表面的一种大气活动，非常剧烈。这么说吧，打个你能懂的比方，一次耀斑所释放的能量，相当于100亿颗百万吨级氢弹。"

"氢弹？"这是疤脸能听懂的一个名词，"会怎么样？地球会爆炸吗？"

"不会，实际上，太阳耀斑每年都会出现好多次。你要知道，太阳跟地球的距离有多遥远。"

"别扯这些没用的……说关键！"

"耀斑爆发炸不到地球，但会发出大量X射线和γ射线。这两种射线都是电磁波，和光一个速度，8分多钟就能从太阳发射到地球。我猜，就是这些高能射线，破坏了'马卡迪卡迪号'主控系统，使它停止了全部工作，也就不能执行你发出的超负荷运转指令。"

疤脸神情明显迟疑了一下："它不工作了？"

"不工作了。"

"你胡说！"疤脸震怒。

"你在中央控制室，我女儿也在你手里，还有那么多人，都在你手里，我脑门上还顶着一把枪，我可不敢胡说。太阳耀斑大爆发时，所有轨道上运行的航天器都会受到或多或少的影响，'马卡迪卡迪号'只是其中之一。"

"你事先知道？"

夏涵说："不不不，我根本不可能预测到太阳耀斑何时爆发。没有人可以预测，那可是太阳！发生这一切只是巧合，只是巧合。我再厉害，也不能控制太阳吧。"

疤脸迟疑了。

"你们都叫我普拉女神，我就真的是普拉女神吗？不不不。我不可能控制太空。相信我能控制太阳的人一定是脑子被门夹了，我都能控制太阳了，还会被你们在饭店抓住吗？"夏涵抓住时机继续说，能拖延时间的时候一定要尽情地拖延，"刚才这位碎发兄弟说了，是X级白光耀斑。X级是耀斑的最高等级，而白光耀斑是太阳耀斑中极为罕见的一种，只能在白光范围内观测到。它通常发生在太阳色球层，面积只有两三平方千米，比马卡迪卡迪基地还小，持续时间只有几分钟，但爆发强度是平时的60倍以上……"

"闭嘴。"疤脸喝道。

"是是是，我住嘴，你不要激动。一切都听你的。"夏涵接着说，"当心枪走火。别用枪指着孩子的脑袋，行吗？"

疤脸收了枪，陷入沉思。现在怎么办？疤脸拿不定主意了。

行动之前，国防部部长只告诉了他详细内容。"让'马卡迪卡迪号'超负荷运转，让它在超负荷运转中起火、燃烧、爆炸，让凯莱措总统和他的忠实手下与马卡迪卡迪基地一起毁灭，这就是你要完成的任务。"瑟可卡玛说。这样的话，我和我的手下也会一起死。马卡鲁上校这样想着，却没有对那人说出口。

"你要听他的话，孩子。"妈妈说，"没有他，就没有你。"

然而现在一切都按照计划顺利进行了，总统被诓骗来了，张文焱被绑架来了，超限密码也从夏涵那里拿到手了，可偏偏在最后一步，被什么白光耀斑给破坏掉了……为什么会这样？关键是接下来怎么办？

打死这些人，照样是震惊世界的惨案，虽然视觉效果差了点儿。想到这里，疤脸来了精神。他昂起头，挥了挥手枪，说："摩蒂默的旨意，必得实现。"

"必得实现。"摩蒂默兄弟们机械地齐声回答。

"不，不忙动手，你可以等。"夏涵猜出他们要干什么，急忙说，心底冒出张承毅说过的那一句话，"There is no hurry in Africa, especially in Botswana."，在后边又补充了一句：尤其是在给了他们等待的机会之后。

疤脸莫名其妙地问："等什么？"

"'马卡迪卡迪号'的主控系统是一套可编程硬件，具有高度的自修复能力。在遭到外力破坏后，会调动它拥有的一切资源，根据破坏的情况，进行全力修复。我相信，在一个小时内，最多到晚上9点，'马卡迪卡迪号'会修复完毕，恢复90%以上的功能，然后你就可以接着完成最初的计划了。你只需要再等一个小时，等到9点。"

等一个小时？完成最初的计划？一个新的选项出现在疤脸面前。看来，事情还在最初计划的路上。他不由自主地松了一口气。

刚才，摁下开关的瞬间，他全身都绷紧了，从每一根神经到每一块肌肉。绷紧了全身等待火花四射，等待爆炸发生，等待死神挥舞镰刀收走他的性命。但这一切都没有发生，他感到莫名的放松。

等，那就等吧。又不是等不起。

他环顾摩蒂默的兄弟们，他们神情各异。他们并不知道计划的最后一步是什么，只是按照国防部部长的指令在做事罢了。这时，碎发凑过来，低声问道："上校，你先前说的没有爆炸，是什么意思？"

18

夏涵很会看人，尤其是在担任逐日工程-马卡迪卡迪项目负责人以后，这方面的能力是突飞猛进，甚至有登峰造极之感。几句对话，她就看出疤脸和纳特瓦杜米拉一样，是做具体事情的人。这种人的优点是交代事情给他做，他按部就班，一二三四，完成得特别好，但缺少决断，尤其是当事情发生变化，没有按照计划来的时候，他们会不知所措。即使开动脑筋想办法，想出的办法也是如何让失控的局面回到最初的计划上来。因此，她特别强调了"完成最初的计划"这个短语。

同时，夏涵还特别强调了"等一个小时"。博茨瓦纳确实不是人人都是拖延症100级，但夏涵在与博茨瓦纳人打交道的过程中，很早就知道，所谓拖延症，其实是可以人为制造的。

只要给一个拖延的理由。

此外，夏涵还特意强调了现在是8点，等一个小时就是晚上9点。这是因为，茨瓦纳族人相信"好事不能成双"，单数是吉祥之兆，而双数正好相反。他们办婚礼、搞庆典往往都会选择单数日子去办，葬礼一类令人悲伤、沉痛的事则放在双数日子去办。比如，项目移交的时间都确定的是7月9日，视察基地的时间是7月7日。

事实证明，她赌对了。

不，不对，夏涵对自己说，我不会拿女儿和几十个人的性命来赌。之所以这么做，是基于对科学的信任，对逻辑的信任，对我自己所做决断的信任。

刘永铭老爷子研究了一辈子的太阳，最后做出了名为"日长石"的太阳大气实时模拟与预测程序，确实值得信任啊！

但事情远没有结束。甚至可以说刚刚开始。

疤脸他们是如何知道"马卡迪卡迪号"有超限模式的？知道这个事情的人不多，夏涵只告诉过有限的几个人，是雷舞阳说的吗？雷舞阳这时在哪里？疤脸和他的手下只是具体的执行者，在他们背后，又是谁在暗地里指挥与操控？中国大使馆收到报警信号了吗？中国航天科技集团有限公司安保部门收到报警信号了吗？收到之后他们又做了些什么？等等。但眼下最重要的事情，是摆脱克瓦博阿索和她两个手下的控制。怎么才能摆脱呢？

这一生中，夏涵有无数灵机一动、智商爆表的时刻，冲邱怡桐喊出"你自首吧"那次肯定能进入前三。当时，安全局的计划是诱导邱怡桐窃取方案，再顺藤摸瓜，抓到名为"老钱"的幕后元凶，并将"绿魂国际环保协会"一网打尽。但夏涵看见邱怡桐摇摇摆摆走过来，全然没有平时的活力，就知道一定出了什么事。是什么事呢？她没有多想。后来她也反复回忆当时自己到底是怎么想的，没有答案，或者说，答案就是没有多想，直接给出答案——只是看见邱怡桐凄凉的脸色，她就脱口而出喊出了那句话："你自首吧！"

事实证明，这是最好的选择。

邱怡桐自首了，还提供了一个被安全局忽略的情报，"大师兄"陈斌也在和"绿魂"接洽。然后才有陈斌趁夜送出两套方案，与"绿魂"创始人兼领导人老钱双双被捕的事情。"绿魂"被连根拔起，误入歧途的邱怡桐也因此得到宽大处理，以非法获取国家秘密罪，判刑3年。

在这件事上，夏涵认为自己的功劳不小。

然而，此时此刻回忆这件事有什么用处呢？难道能够冲断眉喊一声"你投降吧"，她就会乖乖举起双手来？当然不会。必须想别的办法。

中央控制室那边，疤脸下令将现场的人质分成三组，由摩蒂默兄弟押送到三间休息室去。夏涵赶紧说："文焱，你要是害怕，就戴上那张狮脸面具，你可以打游戏，《彩虹尽头》，还记得吗，你教我打的那一款游戏？打游戏，不会害怕。"

文焱惶恐地点头。她毕竟只有15岁，抬眼看着恐怖分子命令项目组成员抬走那具血淋淋的尸体时，心中还是忍不住害怕。死亡对她来说，还是一件无法理解因而异常恐惧的事情。

"能不能把直播关了？也没有什么好看的。"看着女儿跟着人流出了中央控制室，夏涵对断眉说，"一想到我的一举一动被远方的某个人监视着、窥探着，我就浑身不自在。"

"我们要关直播了，需要的时候再打开。"断眉问，"有问题吗，疤脸兄弟？"

"随你，断眉兄弟。"疤脸无所谓地回答。

断眉挥了挥手枪："凿齿兄弟，把那玩意儿关上。"

凿齿依言，走到便携式空气投影装置前，按下开关，来自中央控制室的影像消失在空气之中。夏涵感觉到断眉明显松了一口气。她知道自己又猜对了。这直播是双向的，首都饭店能看到中央控制室的影像，中央控制室那边也能看到首都饭店这边的影像，而断眉讨厌被直播，讨厌自己的一举一动都被另外的人监视着。这是她从进门到现在都保持正襟危坐的根本性原因。

摆脱控制的时机正在逐渐成熟。

"中……断眉，我的华为眼镜呢？"夏涵忽然问，同时把密钥分发器关上，"我想打一个电话。我丈夫目前在冰岛，每天我们都要通一次电话，互报平安，否则他会着急的，一着急就会到处查博茨瓦纳这边发生了什么……他是世界上数一数二的程序员及黑客。"

"查到了又能怎么样？"断眉说，"特勤局全是摩蒂默兄弟会的，警察不会管，军队没有命令也不会出动——他们就不会接到命令。"

"为什么？为什么他们不会接到命令？因为你们的老大同时也是军队的领导人？特勤局能被摩蒂默兄弟会完全渗透，说明你们的老大在博茨瓦纳政府里的位置很高。让我猜猜是谁？多半儿我见过。"

"我应该打死你。"

"你不能打死我。刚才中央控制室那边停电，操作台重启过，自行回到了日常模式。这个——"她舞动了一下手里的密钥分发器，"30秒不使用它，也已经自行关闭。一个小时后，你们的行动还需要我，需要我活着。"

"夏工果然厉害。"断眉说，"麻点兄弟，你去车库里拿夏工的华为眼镜。"

"是，断眉兄弟。"麻点转身出去。

房间里剩下了夏涵、断眉和凿齿。

断眉瘫坐在座位上，枪口朝着地板，一副昏昏欲睡的样子，而凿齿在一旁无聊地杵着。

时机正在成熟。

她瞄了一眼手里的密钥分发器。"我要把它放回箱子里。"她说着，离开了座位。断眉眯着眼睛，没有阻止她。她蹲下身子，旅行箱和先前一样，打开着。在她把密钥分发器丢进箱子的同时，旅行箱突然发出呜呜呜的长鸣，同时还猛地跳动两下，将箱子里的衣物和仪器全都抛了出来。

"这破玩意儿又出故障了。"夏涵说，"帮我捡一下，麻烦了。"

凿齿弯腰去捡掉到他脚边的一条红裙子。

机会来了。

夏涵已经抓住了藏在衣物里的非致命性武器，转向断眉，在断眉反应过来之前，一股黄绿色的失能性气体喷到了她的眼睛、鼻子和嘴上。然后，夏涵迅速调整位置，跳离原处，以避开断眉的反击，同时来到凿齿面前，在他起身之前，也冲他的脸上喷了失能性气体。随即，她再一次跳开，捂住自己的口鼻，防止自己也吸入失能性气体。

这种气体里包含了大量的小水滴，一旦接触到皮肤，就会快速渗透，在最短的时间里麻痹神经系统。在博茨瓦纳工作期间，面对野兽，还有鲁莽的追求者，夏涵就用这玩意儿进行了"说服教育"。

只对讲道理的人讲道理，对于不讲道理的人，夏涵自有千种招数对付。

断眉彻底瘫倒在座椅上，凿齿如同一根木头那样倒下。

夏涵平复了一下心情，看着黄绿色的气体消散。这种气体的优点是起效的时间极短，消散也快，缺点是使用距离极近，也就能用于近距离防身。先前夏涵盘算过了，同时对付三个人，以她的体能根本办不到。她又不会功夫，没有以一敌三的本领。假使有一个人没有中招，或者中招之后及时反击，那她的计划都会失败。因此，她策划让麻点离开房间，剩下断眉和凿齿两个人，她就容易对付了。

想到这里，夏涵匆匆跑到断眉身边，从她衣兜掏出了一个旋转屏手机。她按亮手机，屏幕如孔雀的尾羽一般快速展开，然后启动画面停在了登录界面上。她搬动断眉的脑袋，掀开她的狮脸面具，让她的瞳孔对准了手机登录界面。断眉无奈地呻吟着。失能性气体只是麻痹神经，使她失去了对身体的控制能力，并不是昏迷，她清醒着，能感受到周围的一切，只是无法采取行动而已。

手机打开了，夏涵一边拨打，一边风一样地离开4404号房间。麻点随时会回来，断眉和凿齿的失能状态也只能维持十分钟左右，她可不想再被三个摩蒂默兄弟困在房间里。

出房门后，电话接通了。"喂，是哪位？"对方问。

"袁大使！是我！"

"夏工，终于联系上您了。"中国驻博茨瓦纳大使袁靖乔的惊喜不言而喻，"收到马卡迪卡迪基地的报警信息之后，我们第一时间报告给了博方和中方，并试图与您联系。"

夏涵一边在走廊上疾走，一边飞快地说："事情非常紧急！"

"夏工，不要慌，你要相信，你不是一个人在战斗。在你身后，有我，有大使馆，还有我们强大的祖国。"袁靖乔说，"我们全力以赴，一定能解决眼前这个难题。"

"我相信。"夏涵说，眼泪不由自主地流淌下来。

19

一个小时，有时很短，眨个眼睛，什么事情也没做就过去了；有时很长，长得可以做很多很多事情，这些事情甚至可能改变未来的走向。

袁靖乔大使紧急向外交部汇报了博茨瓦纳正在发生的危机，外交部旋即向国防部通报了此事。中国航天科技集团有限公司的报告已经先行报到了国防部。综合几份来源不同的情报，国防部分析了事件的性质和规模，紧急召开了包括外交部、国安部、太空军与中国航天科技集团有限公司等单位在内的高层线上会议。在会上，各方快速协商，最后决定了三件事：

第一，国安部负责，立即将"赤眼蜂36号"侦察卫星改变轨道，移动并锚定到博茨瓦纳上空，实时监控博茨瓦纳，了解那里到底发生了什么；

第二，外交部负责，立即向博茨瓦纳政府发出照会，要求立即查清马卡迪卡迪基地事件的真相，及时解决，保证中方人员的安全，并向中方通报相关信息；

第三，中国航天科技集团有限公司负责，立即夺回"马卡迪卡迪号"的控制权。

最后，此次会议的组织者，国防部常务副部长徐敬宸强调了此事的重要性与危险性。"时间很紧。夏涵工程师用她的智慧，为我们争取到了一个小时的时间，不，已经没有一个小时，只剩下五十分钟了。五十分钟后，恐怖分子将开始新一轮的行动。首先，要把拯救人质放在第一位。在遵守外事纪律的前提下，我们争取让博方自己来解决问题。"他说着，又看向太空军代表，"但我们不能把全部希望都寄托在博方。神雕突击队也要做好准备，在最短的时间内，到达预定位置，随时根据现场的情况，展开行动。"

"赤眼蜂36号"侦察卫星最先到位。它原本在别的轨道上运行，现在借助电推发动机，消耗少量燃料，移动到博茨瓦纳上空500千米处，并锚定在那里，将马卡迪卡迪基地及周边地区"看"得一清二楚。

中国航天科技集团有限公司恢复对"马卡迪卡迪号"的控制则花费了不少时间。因为太阳白光耀斑的缘故，"马卡迪卡迪号"主控系统是关闭着的，不会对外界的信号作出任何回应。但一番努力之后，中国航天科技集团有限公司还是得以在第一时间接管"马卡迪卡迪号"，并且感谢事情发生的时候，"马卡迪卡迪号"还没有完全移交给博方。

袁靖乔大使奉命照会博茨瓦纳政府，遇到了最大的麻烦。他找不到肯接收照会的人。博茨瓦纳国际事务与合作部部长含糊其词，不肯作出任何承诺。基础设施与住房发展部部长表示爱莫能助，这事儿不归他管。国防、司法与安全部部长联系不上，没有人知道他去了哪里，好像凭空消失了一般。迫不得已，袁大使硬闯总统府，越级见到了副总统巴迪萨尼。他还没有来得及把话说完，副总统巴迪萨尼就说自己很忙，要到酋长院开会，至于发生的事情，正在解决，请中国朋友原谅，随后在保镖的护卫下扬长而去。

显然，今晚哈博罗内会有一个不眠之夜，各方势力都在评估，作出自己的判断与选择。最高领导人被自己的特勤局挟持在国家重点建设基地，这在博茨瓦纳历史上还是破天荒的一次。

袁大使将眼前的困境汇报给国防部牵头组建的马卡迪卡迪危机处理小组。"看来，可能需要我们自己解决了。"国防部常务副部长徐敬宸说。随后，国安部整理出来的最新情报也送到了小组成员手里。浏览完毕，徐敬宸副部长对小组成员说："从侦察卫星传回的高清视频看，有两支博茨瓦纳旋翼机部队正在向马卡迪卡迪基地推进，预计20到30分钟后抵达。目前还无法判断他们去马卡迪卡迪基地的目的到底是什么，料敌从严，我们暂且判定这两支部队不是忠于凯莱措总统的，因为凯莱措总统还在名为摩蒂默兄弟会的恐怖组织手里。考虑到方方面面的因素，神雕突击队必须赶在这两支旋翼机部队抵达马卡迪卡迪基地之前，营救出被恐怖组织绑架的所有中方与博方人质。留给我们的时间并不多。神雕突击队准备得怎么样了？"

太空军代表说："有一个很具体的问题。因为太阳白光耀斑，遇到危险的航天器非常多，神雕突击队刚刚执行了对'天宫6号'空间站的救援任务。鹰巢太空基地的核能电池在救援中受到损坏，他们没有足够的电能执行下一个任务。"

"这个事情，交给我们来办。"中国航天科技集团有限公司的代表说，"只要他们安装了微波接收天线，我们就有办法为部队的同志们无线充电。"

"还有授权。"徐敬宸说，"在博茨瓦纳境内展开军事行动，必须要有博方的授权。可现在凯莱措总统被极端恐怖组织控制着。"

"找副总统要授权。"外交部代表说，"按照博茨瓦纳的宪法，总统因故不能履行他的职务时，由副总统代为履行。"

"这事儿就交给外交部办。"徐敬宸说，"外交部完成不了的话，我再出面。"

"外交部保证完成任务。"

外交部部长亲自给副总统打电话，提出中方的要求。巴迪萨尼满口同意，但袁大使在酋长院门前堵住他，要他给出官方文件时，他又找出种种借口进行搪塞。首先，他要袁大使做出承诺，中国军队在博茨瓦纳的行动，不会伤害到凯莱措总统本人。倘若出了任何事情，由中国负责。其次，也是最关键的，巴迪萨尼说他还没有在议会的监督下，宣誓就职代总统，目前还不能履行代总统的职责。预计天亮之后，来开会的议员们才可能达到法定人数。所以，他现在必须赶到议会大厦去候着。

袁大使气得不行，却也只能眼睁睁地看着巴迪萨尼再一次扬长而去。跟其他非洲国家相比，博茨瓦纳有点儿特别，建国以来，政治十分稳定，没有军阀混战，也没有频繁的军事政变与政权更迭。这是好事，然而也使得突然面对像总统被特勤局绑架这样的重大危机时，从上到下，都陷入了不知道该怎么办的窘境。

就在这时，他接到了夏涵的电话。

20

张承毅的心从来没有像现在这样乱过。

他到冰岛来，本来是参加一个天文学方面的会议。这个会议主题叫"空间天气预报的现状与前景"，主办方认为，随着人类越来越深入地进入太空，登上月球，登上金星和火星，空间天气的变化对人类的影响也越来越大。当前，空间天气预报的资源还很匮乏，分布还很零散，能力还很薄弱，必须把现有资源整合起来。这个会议跟张承毅所擅长的编程关系不算大，但他给中国FAST阵列编制的联网程序太成功了，于是主办方竭力邀请他参与。谁知道，在会议期间，博茨瓦纳出大事儿了。

接到中国航天科技集团有限公司应急小组的电话时，他正在主席台下百无聊赖地听一位老教授空谈"银河年"与2600万年一次的大灾变。对方告诉他马卡迪卡迪基地被恐怖组织"摩蒂默兄弟会"占领，凯莱措总统及其随行人员，还有项目组全体成员都被劫持，他震惊得大喊："椒椒……夏涵呢？"

"博茨瓦纳发生的事情，正是夏涵报告的。据悉，她已经摆脱了恐怖分子的控制。"

张承毅稍稍喘了一口气，就听见对方补充道："坏消息是，你女儿张文焱还在恐怖分子手里。"

刚微微放下的心，又提到了嗓子眼上。

他自认控制情绪的能力不如夏涵，在这一点上，经常被夏涵批评，说他像个小孩子，什么都挂在脸上。虽然挨批评时他总是点头，说是是是，不过，私下里他倒觉得，是什么情绪就展现什么情绪，不藏着掖着，也不是什么坏事嘛。但现在，不是纠结情绪问题的时候。"我能做些什么？"他问。

在万里之外，我能做什么呢？这时，他已经走出会议室外，在玻璃长廊里，抬头望见冰岛上空，云雾缭绕中，曚昽如落日的太阳，一种无力感油然而生。

"袭击发生时，'马卡迪卡迪号'遭遇太阳白光耀斑的侵袭，自行关闭。所以没有被恐怖组织控制。现在，'马卡迪卡迪号'主控系统正在重启。当务之急，是要赶在恐怖分子之前，获取'马卡迪卡迪号'的控制权。现在，项目组全都被恐怖组织控制，就你一个人在外边，所以，还得你来当场外指导。"

张承毅记得关于太阳耀斑的预报。他看了一下时间，25分钟之前发生的。他不由得有些恍惚。冰岛这边没有受到什么影响，刘永铭教授预测的，白光耀斑正好对着南部非洲那一片，但……他唏嘘了一下，旋即把注意力集中到眼前这件大事上来："我明白了。'马卡迪卡迪号'是我设计的。让我算一算。"他回想着那些数据和公式，现在离编写"马卡迪卡迪号"主控系统已经有一段时间，部分资料有些模糊了，但他还是很快得出结论："1分25秒后进行第一次呼叫，这时主控系统至少恢复了10%，可以进行联络。1分55秒后，进行第二次呼叫，如果收到应答就证明主控系统恢复了30%，可以进行调频操作了。记得，一定要先进行调频操作。这样，恐怖分子就无法第一时间与'马卡迪卡迪号'联络，更不要说遥控指挥了。还有，安全起见，立即将'马卡迪卡迪号'的轨道位置向北纬方向调整0.5°。"

"记下了。"

挂了电话，张承毅再一次试图平复心境，可是办不到。他呼吸，深深吸一口气，又缓缓吐出。如此反复。他想给夏涵打电话，可又不敢打电话。犹犹豫豫中，他狠狠地骂着自己，然后颤抖着拨打了夏涵的电话。

"您所拨打的电话已关机。"这话犹如一记闷棍，结结实实地打在他的后脑勺上，嗡嗡作响。他扶住自己的额头，担心自己会倒下去，丢人现眼，就近找了个地方坐下。不是说已经摆脱恐怖分子的控制了吗？怎么就联系不上呢？又遇到危险了吗？无数的问题在他脑子里盘亘，如同一座座沉重的大山。

也不知道过了多久，手机再次响起，张承毅打了一个激灵。第一时间不是接电话，而是担心刚才失神的时间里，是不是漏接了夏涵的电话。这电话不是夏涵打过来的，是总部应急小组打过来的。他回过神来，接了电话。

"好消息，我们已经取得了'马卡迪卡迪号'的控制权，调了通信频道，并且转移了轨道。"对方说，"新的问题，神雕突击队奉命出击，他们的鹰巢太空基地核能电池出了故障，需要远距离充电。在那片空域，只有'马卡迪卡迪号'可以提供这个服务。问题是，此时太阳风暴正猛，'马卡迪卡迪号'基于安全守则的规定，拒绝发电，无法为神雕突击队远距离充电。夏涵那里有最高管理员权限，但现在联系不上，我们只好找你。有没有什么办法，能够解除或者绕过主控系统的安全守则？"

准备动用神雕突击队了，那事态得恶化到什么程度！张承毅呆住了。对方催问了一句，他这才回答。"不用管安全守则，有一个很简单的方法就可以解决问题。"他说，"命令主控系统，关闭全部光伏电池，将风伏电池调整为主要发电方式。当然，这么做的一个前提是，'马卡迪卡迪号'的风伏电池没有在之前的白光耀斑的侵袭中损坏。"

空间太阳能电站最初的设计，是用太阳光发电，而西安团队的胡学伟教授率先提出可以用太阳风发电。"太阳光、太阳风，都是太阳能嘛。"胡学伟说。初期的风伏电池效率很低，被人嘲笑。胡学伟笑嘻嘻地回答："第一辆车还没有马跑得快呢。"

在重庆会议之后，西安团队解散，汤家祥教授办理了退休手续，身体每况愈下，两年后去世，很可惜没有见到"拉萨号"空间太阳能电站投入使用。胡学伟也退出了风伏电池的研究，转而去搞他感兴趣的研究，听说也搞得风生水起，取得了不错的成绩。对他来说，风伏电池不过是人生里的一个说不上多重要的点缀。

幸好，北京团队的总负责人李茂荣觉得胡学伟的思路不错，安排后续研究者接过了胡学伟交出来的接力棒，不断改进，不断提高风伏电池的发电效率。在使用大量的新材料、新工艺与新设计后，有一段时间，风伏电池甚至隐隐有超越光伏电池的趋势。在风伏电池奋起直追时，光伏电池并没有如龟兔比赛的兔子那般躺下睡觉。光伏电池的研究者在最为关键的光伏材料"砷化镓"上有了重大突破，彻底解决了光伏电池转化效率低的问题——否则，光、风之争，鹿死谁手，还真不一定呢。

如今，在"马卡迪卡迪号"上，光伏电池与风伏电池能够达到6：4的比值，很能说明两者的地位。

万万没想到，此时此刻，张承毅想要赢得胜利，在万里之外，救出夏涵和张文焱，救出被恐怖分子劫持的人质，所能依靠的，竟然是"马卡迪卡迪号"上能够在太阳风暴中正常工作的风伏电池。

21

在哈博罗内首都饭店的走廊上，夏涵一边疾走，一边给袁大使说明在马卡迪卡迪基地发生的一切。刚挂了电话，就隐隐听见远处传来急切的脚步声，赶紧找地方躲了起来。

过去那个人是麻点，他手里拿着夏涵的华为眼镜。显然，他一回到4404号房间就会发现夏涵已经逃走，随之而来的必然是对夏涵的疯狂追捕。夏涵很明白这一点。四周静悄悄的，她用手指摩挲着手机的屏幕，不让它进入待机模式。没有断眉，她无法再次使用这部手机，这部手机已经成了她目前唯一的对外联络方式。她拨打了报警电话，是一个智能程序接听的，要她提供更为详细的情况汇报，并警告她，报假警会遭到拘留和罚款的双重处罚。她只得挂掉电话，咒骂了一句，然后乘坐升降梯，下到空无一人的一楼大厅，避开了前台，匆匆逃出了哈博罗内首都饭店。她不敢去前台寻求帮助，因为不敢肯定前台不是恐怖组织"摩蒂默兄弟会"的成员。

外边是夜色笼罩下的城市，灯火辉煌。行人如常，根本不知道有重大的事情正在发生。夏涵手指继续在手机屏幕上摩挲。报警失败这事儿让她想起文焱刚下飞机，与一个本地人发生冲突的往事。当时文焱想报警，被夏涵阻止了。

"警察应该会把他……"

"你说的是中国警察。焱焱，你记住，中国警察在这边是没有执法权的，不管多厉害都不行。如果一定要执法，必须要有博茨瓦纳政府授权，得总统签字同意。"

文淼迟疑了。

"很麻烦，是吧？"她说，"淼淼，有一个教训必须先告诉你。不要用国内的思维方式来衡量博茨瓦纳这边的事情。这是我到博茨瓦纳学到的第一个教训。很多你以为理所当然的事情，在这边是不可思议的；你以为不可思议的事情，在这边是理所当然的。我们要学着了解世界的丰富性，接受世界的多元化。"

"别把我当你的员工来训。我是你女儿！我现在很生气！"

夏涵记得文淼当时激动莫名的样子，宛如愤怒的小狮子。但女儿生气，她不能跟着一起生气，那样事情只会变得更糟。她给女儿分析了报警的利与弊，分析了所有可能的后果，总算说服了女儿。"最大的理由就是这事儿太小，不值得付出那么多的时间成本。"夏涵总结，"但真正需要报警的时候，一定要及时报警。"

没想到真报警的时候会是这么个情况。

夏涵在街边踌躇了片刻，估摸着国内该走的流程已经走完了，这才第二次给袁大使打电话。袁大使给出的消息有好有坏，直到他最后说到副总统巴迪萨尼拒绝授权。

夏涵问："凯莱措总统被摩蒂默兄弟会控制，他不知道吗？"

"他知道，但拒绝授权。现在博茨瓦纳就是群龙无首的状态。"

"一定要授权吗？"

"一定要授权。在别国领土上，展开军事行动，一定要获得当地政府的授权。这是外事活动的基本原则。"

夏涵心底骂了一句官僚主义，又意识到不对："凯莱措总统的授权现在还有效吗？他现在被摩蒂默兄弟会控制着。"

"有效。凯莱措总统依然是博茨瓦纳共和国法定最高领导人。"

夏涵吐了一口气："我来想办法。"

办法只有一个，那就是张文淼听懂了夏涵的暗示，正在打那款名为《彩虹尽头》的指尖游戏。当时只是想帮助文淼摆脱恐惧，没想到现在居然有了新的作用。

休息室有三间。凯莱措总统和他的秘书娜奥米两个一间。剩下的人分占两间。

张文焱靠坐在莫大妈身边。"我妈让他们等一个小时他们就等一个小时？"她小声说。

"你妈就有这样的魔力。同样的话，我说出来，没有人听，没有人信；你妈说出来，就有人听，有人信。也是非常神奇。"莫大妈说，"这就是我们叫她普拉女神的原因之一。"

"那可是恐怖分子……"

"恐怖分子也是……"

"安静。"看守他们的摩蒂默兄弟呵斥道。张文焱、莫大妈和其他几名人质都闭了嘴。

看守这一间休息室的摩蒂默兄弟有三个，都戴着狮脸面具。其中一个拖了一把椅子坐到了人质的对面，明显是个头目。他的狮脸面具上，鬃毛被胡乱修剪过。他是碎发。

"你们一定饿了吧？"莫大妈忽然指着休息室靠墙放着的冷柜说，"那里边有黄瓜，我请大家吃黄瓜。"

"黄瓜？"碎发不解地问。

"基地边上有菜地，项目组自己种的。品种很多，产量也不少，蔬菜方面基本上能自给自足。"莫大妈解释说，"我叫莫瑞娜，茨瓦纳族人，在基地里管生活，所以我知道那个冷柜里有什么。"

"去拿，别耍花样。茨瓦纳族人我照杀。"

莫大妈起身，走到冷柜旁，打开，取出几根拇指粗细的黄瓜，用盘子装上，送到摩蒂默兄弟跟前。"这是太空黄瓜，是在太空中定向选育出来的，"莫大妈介绍，"别看比普通黄瓜小，味道特别好，营养价值也更高，维生素从A到Z都有。"

碎发从盘子里随便挑了一根，递给莫大妈："你吃。"

莫大妈也不客气，接过太空黄瓜，一口吞下。"嘎嘣脆。"她说着，先给了另外两个摩蒂默兄弟各一根，又给了所有人质一人一根，等他们开始吃了，最后才来到碎发跟前。"碎发兄弟，我记得先前那人就是这样叫你的，要不要尝尝？"

碎发接过黄瓜，掀开狮脸面具，把小巧玲珑的太空黄瓜丢进嘴里。

"吃完还有。"莫大妈说，"我是塔瓦纳部落的，你是哪一个部落的，碎发兄弟？是卡特拉部落，还是莱特部落？听你口音，不可能是特罗夸部落的。"

碎发没有搭理莫大妈。她不以为忤，又从冷柜里取出来一盘晶莹剔透的太空番茄和太空甜椒，分发给众人。递给张文焱一个太空甜椒时，莫大妈特别强调："这是你妈最喜欢吃的。"

也许是一起吃过东西的缘故，休息室里的气氛渐渐缓和下来。人质们偶尔交流一两句，摩蒂默兄弟也不会管。张文焱咬了一口太空甜椒，感觉辣味儿太少，甜味儿太多。妈应该不会最喜欢吃这个，她得出这个结论，然后继续琢磨：为什么莫大妈要这样说……

碎发枯坐了一会儿，从裤兜里拿出一款旋转屏手机，打开后，开始玩游戏。他沉浸其中，表情跟着游戏的进度不断变化。他玩的是一款中国游戏公司制作的单机过关游戏，画面非常绚丽。他操纵着名为"赤发关羽"的角色，一路过关斩将，所向披靡，甚是爽快。

妈妈先前说过的一句话从她的记忆深处跃出。她从背包里翻找出那张在苏阿集市上买的狮脸面具，展开后戴上。面具稍微大了些，是某种动物皮制成的，她调整了一下。这时，碎发低吟了一声，显然是游戏失败了。张文焱趁机走到碎发跟前说："碎发叔叔，我知道这一关怎么过。我以前见我爸爸玩过，我自己也玩过。赤发关羽在这里根本不用死，可以无伤过关。有一个诀窍，你只需要在那堵黑色墙壁面前，多按一个3。"

碎发瞄了张文焱的狮脸面具一眼，重新开局。张文焱在旁边看他玩，一直看到他打到那堵黑色墙壁面前，并在关键时刻告诉他"就是这里"，碎发果然轻松过了关。"我也想打一会儿游戏。"张文焱抓住机会央求着，带着小女孩特有的撒娇气，"可以吗？这也许是我最后一次玩游戏了。就让我玩一会儿嘛。"

碎发进入游戏下一关，头也不抬地"嗯"了一声。

"可我没有手机。"

"利爪兄弟，把你的给她。"碎发对一名摩蒂默兄弟说。

"可是……"

"执行命令，利爪。"

利爪无可奈何地拿出了自己的手机。

"开机密码。"张文焱得寸进尺，央求道，"告诉我嘛。"

利爪还在犹豫，碎发凌厉的眼神已经射过来了："难道你怕一个15岁的小姑娘？"

于是，张文焱不但从摩蒂默兄弟手里拿到了一部折叠屏手机，还知道它的开机密码。她蹦蹦跳跳地回到莫大妈身边，开心得像一个三岁孩子，似乎完全忘了眼下正身处危险之中。她坐下，打开手机，搜索到《彩虹尽头》，点开登录界面，熟练地输入账号和密码，然后如碎发一般，兴高采烈地玩起来。她所有的情绪，喜怒哀乐，都随着游戏的进展而变化。从任何角度看，她都是一个沉迷于游戏，用游戏来逃避现实危险的小女孩。

只有她知道，在心底最深处，她期盼着一件事情。她所有夸张的情绪变化，都是为了掩盖这个殷切至极的期盼。

她期盼着妈妈在网络的那一边出现。

终于，《彩虹尽头》的聊天框里，跳出了一个字：在？

那是"朝天椒"的留言，妈妈的留言。张文焱不敢抬头，怕自己的脸色骤变引起恐怖分子的怀疑。她往莫大妈那边靠过去，把自己的头埋得更深，同时手指飞快地输入：在。

在哈博罗内，夏涵深吸了一口气，在确认女儿安全后，她隐隐觉得舒缓后心反而更疼。她有太多的话想对女儿说，输入了一段话表达自己的爱意后又删掉了，因为这不是现在最重要的事情。夏涵又吐了一口气，字斟句酌，编写了一句话：神雕要起飞，需要总统授权。明白？

张文焱回话：明白。

神雕指的是神雕突击队，她不知道听过多少他们的英勇事迹。可是明白倒是明白，现在要怎么办呢？张文焱抬头扫了一眼，正好看见窗外，一个高挑的身影走过。那是总统秘书"黑珍珠"娜奥米，一名摩蒂默兄弟持枪跟着。她一下子知道该怎么办了。

娜奥米冷着脸走进中央控制室。疤脸坐在夏涵的工位上，不知道在干什么。"行动怎么提前了？不是说是后天吗？"娜奥米对疤脸不客气地说。

疤脸说："部长亲自下的令。他说总统有所察觉，担心按照原计划时间的开始行动，无法完成摧毁'马卡迪卡迪号'的任务。"

"我怎么办？"

"和我一起死啊。"

"最初的计划不是这样的，最初的计划是……"

"闭嘴。"疤脸恶狠狠地说。

"可是……"

娜奥米还想说什么，疤脸已经举起了他的枪，不给她机会，她无可奈何地离开中央控制室。在走向休息室的时候，她看见夏涵的女儿张文焱拉开女厕所的门，闪身进去了。

在进去之前，张文焱好像冲她招了招手。

娜奥米正心烦意乱，看到张文焱，就不由得想到了夏涵。张文焱样貌上有几分像她的妈妈夏涵。夏涵那么厉害……"我要上个厕所。"她对押送她的摩蒂默兄弟说。

22

疤脸不敢肯定自己睡了多久，但敢肯定做了梦。这个梦清晰无比，而且悠远漫长，就像真实发生过一样。他梦见自己在烈日烘烤下，在湖畔睡觉。昏昏沉沉中，来了一头威武的雄狮，长长的鬃毛，格外显眼。雄狮用前爪扒拉他的脸。他不敢醒来，紧闭着双眼，在梦里装睡。不，是装死。雄狮咧开大嘴，低吼一声，汹涌的热气喷到他的脸上。他不敢动弹，不敢呻吟。紧接着，雄狮扬起爪子，在他脸上狠狠地划过，从额头到下巴，顿时皮开肉绽，鲜血淋漓。他还是不敢动，任由自己的血把自己的脸淹没，只是很奇怪，没有疼痛的感觉。难道我已经失去了痛觉？雄狮转身，去湖里喝水。他趁机爬起来，跑得飞快。下一秒，他已经回到了他小时候生活的村子。

烈日当空，他被族人"举起"。"举起"是一个暗语，意思是族人不能让他的脚落地，以免留下可供追寻的踪迹。族人很爱他，把他裹进一张老牛皮，再藏到茅草堆里。血已经不流了，纵贯整张脸的"深沟"这时才痛起来，好像有某种古怪的延迟。但他不敢叫，因为雄狮出现在了村口。

雄狮从不放弃猎物。

族人挂上弓箭去迎战。他们不断地朝雄狮射箭，但雄狮无所畏惧，继续前行。有人说，天啊，那是巫师。疤脸跟着说，那是巫师。无论人们怎样射击，他就是不死。

人们又把小动物扔向雄狮，但狮子看也不看它们。他只要我，疤脸想，心里的惶恐就像结痂里边的脓液。人们又用长矛攻击狮子，但狮子毫发无损。他喝过那人的血，他只想要疤脸。疤脸是他的造物。

狮子走进村庄，把茅草屋撕开，撕得粉碎。村民们惶恐不安，四散逃开，嘴里念叨着"巫师、巫师，杀不死的巫师，他只想要那个欺骗了他的年轻人，那个脸上有疤的年轻人"。疤脸冷眼旁观。他知道接下来会发生什么事情。有一个妇人，哀嚎着说："只好这样了。把我的孩子给狮子吧，绝不能允许狮子在这里走来走去。"那个妇人是他母亲，一辈子对生活逆来顺受的人。

村民们把疤脸从茅草堆里拖出来，拖到狮子跟前。他没有挣扎，接受了这隐身神安排的命运。狮子露出利齿，咬住了他的脖子，咬死了他。事情并没有完结。疤脸这样想着。那个他唤作母亲的妇人还有两句台词没有说。当她说"你们必须为我的孩子杀了狮子，让狮子躺在我儿子旁边"后，村民们会用弓箭射狮子，用长矛扎狮子。这一次，狮子不再刀枪不入。长矛和利箭要了他的命。

他哀鸣着倒下，一命呜呼。

此刻，天上艳阳高照。

疤脸和狮子都死了，脸对脸地挨在一起。

梦到此结束。后边似乎有零星的闪回，又似乎是一片隧道般的黑暗。然后，他醒来，意识到自己身处马卡迪卡迪基地主塔的中央控制室，意识到那个梦是他小时候母亲讲给他听的传说，意识到自己的电话正在"咕噜噜""咕噜噜"地响起。

国防部部长在遥远的首都质问："行动时间已经过了，为什么还没有看到绚丽的烟花？"

疤脸回答："行动出了岔子。我……"

国防部部长说："我不要借口，我只要结果。"

那么你就是要我死，疤脸想，爸爸，你还是狠心。他是瑟可卡玛的私生子，这是一个秘密。小时候他被牛撞伤，等死的时候，他妈妈迫不得已，去找了城里的爸爸。瑟可卡玛出钱，救了他，后来，他参军，加入特勤局，成为特勤局最高领导人，都有瑟可卡玛在背后使力。他想不明白，为什么爸爸刻意要让自己执行这个同归于尽的任务。但妈妈说了："你要听他的话，孩子。没有他，就没有你。"所以他听从了部长——同时也是爸爸——的命令，来了这里。

"不过，眼下行动可以暂停，等我命令。"

"为什么？"

"不要问我为什么，服从命令。"

对方挂掉了电话。

疤脸陷入了无尽的迷惘。

一个摩蒂默兄弟走来报告："总统想见你。他想和你单独聊一聊。"

疤脸沉吟了一下，同意了。

凯莱措总统走进中央控制室，面沉似水。他一生经历颇为丰富，眼前的遭遇并没有使他异常恐慌。"马卡鲁上校，"他张口就叫疤脸的真名实姓，"我有话对你说。"

疤脸在狮脸面具下笑了笑："不知道总统阁下单独见我是何意思。"

"我知道这次行动的幕后领导人是谁了。"

"哦？"

"其实不难猜。能在特勤局安插如此多的自己人的，屈指可数。"凯莱措总统说，"实际上，只有一个，我的堂弟，现任国防部部长瑟可卡玛。"

"然后呢？"

"瑟可卡玛给你许诺了什么，少校？"总统说。

许诺了我的死亡，疤脸想，没有说话。

"我可以给你更多。"总统说。

"那又怎样？"

"大道理我已经讲得太多了。这里我只想再强调一点：博茨瓦纳不需要我，但需要'马卡迪卡迪号'。它是博茨瓦纳工业化的基础，是博茨瓦纳今后数十年生存与发展的前提。"凯莱措总统道，"说吧，马卡鲁少校，你需要什么？我会尽我所能，满足你。"

"我需要死亡，死亡会为我加冕。"疤脸说。和狮子死在一起，脸对脸地挨着。这是我的宿命。

"马卡鲁少校，我要和瑟可卡玛直接通话。"

"他不会同意的。"疤脸说，"来人，把总统送回他该去的地方。"

疤脸望了一眼外边，漆黑如墨，注意力回到操作台上。有一个红色图标在闪烁，好像警告着什么。虽然写着茨瓦纳语，可他不知道那是什么意思。"顺便带一个科学家过来，要茨瓦纳族的。"他冲押送总统的摩蒂默兄弟喊道。

不久，一个茨瓦纳族科学家被带到疤脸面前。

"这是什么意思？"疤脸指着闪烁的红色图标问。

茨瓦纳科学家端详了片刻，说："这表示地面基地与'马卡迪卡迪号'失去了联系，而且，它不在原来的位置了。有人把它移走了。"

"谁？谁能移走它！"

"中国人。"茨瓦纳科学家说，"还没有正式移交，我猜是中国人夺走了'马卡迪卡迪号'的控制权。"

疤脸顿时怒了。

23

在疤脸梦见与狮子死在一起的时候，远在哈博罗内的博茨瓦纳共和国国防部部长瑟可卡玛再一次看到了天上那片妖异的红色景色。他拿出军方的内部通信器："接最新情报，马卡迪卡迪基地已经被恐怖组织摩蒂默兄弟会控制。摩蒂默兄弟会训练有素，拥有重型武器。我命令，旋翼机三团、四团从东西两个方向，展开攻击队形，随时准备进攻马卡迪卡迪基地。"

关掉内部通信器，瑟可卡玛继续看天幕上。"摩蒂默生气了，雷霆大怒。"他自言自语道，"坏的预兆，再一次出现。"

马卡迪卡迪基地那边，马卡鲁还没有给他带来好消息。他的心情有些糟糕。

气象学家雷舞阳端着高脚杯站在部长身后，看着他背负双手，极力眺望远方。"那是红色极光，并不罕见。"雷舞阳轻描淡写地说。说实话，他瞧不起这位靠着亲戚关系上位的部长。要不是有求于他，雷舞阳根本不愿意和这位时不时来一两句莎翁名句以显示自己有文化的部长待在同一个屋檐下。

"你说什么？"瑟可卡玛回头，惊疑地望着雷舞阳，"雷先生，欺负我无知吗？极光不是绿色的吗？"

"不，不是。"雷舞阳的嘲讽溢于言表，"极光不是只有绿色。"

此刻，他们身处哈博罗内国际会展中心的顶楼。在他们身后，一场盛大的酒会正在进行中。身着礼服的男男女女，聚集在一起，预祝后天的"马卡迪卡迪号"移交仪式圆满成功。当然，来的都是瑟可卡玛的朋友，或者说，是他在政治上可靠的与潜在的支持者。

听到雷舞阳的话，瑟可卡玛的心思飘荡了一下。他讨厌眼前这个自以为是、夸夸其谈的家伙。一开始他并没有注意到马卡迪卡迪项目，以为那只是凯莱措总统雄心勃勃的一部分，直到这个神经兮兮的家伙向他推销人工干预气象研究方案。当时为了寻求把这个方案加入到马卡迪卡迪项目中，雷舞阳向每一个他结识的博茨瓦纳官员不遗余力地推销。

雷舞阳见部长不说话，就自顾自地讲下去。发现别人的错处，一定要纠正，不纠正就不舒服，这是他一贯的做事原则。他雷舞阳向来不在乎别人怎么看待他："极光有很多种颜色，而且……"

瑟可卡玛后悔自己对雷舞阳的仁慈。仁慈是美德，但也要分对象，对不对？瑟可卡玛毫不客气地打断了雷舞阳的话，这是他身为部长的权力："听人说你那个人工干预气象系统可以改造成武器，是不是真的？"

雷舞阳听到这话差点儿乐疯了。他不答反问："这得看武器的定义是什么。在我看来，任何东西都可以成为武器。一颗钉子，一把锤子，或者一根手指，一枚牙齿。你是军人，你说我说得对不对？"

国防部部长回答："我不是军人，我是文职，我不喜欢舞枪弄棒，虽然所有的军人归我管。"又补充了一句："我认可你的说法，任何东西都可以成为武器。一支笔，一张纸，或者一个词语，一句短促有力的口号。不过，你并没有正面回答我的问题。"

雷舞阳眨眨眼睛，道："部长阁下，你听说的是真的。"

接下来，雷舞阳手舞足蹈地解释，"马卡迪卡迪号"上发射的特定频率的微波，可以对某地上空的空气进行持续加热，引导冷热空气对流，从而干预某地的天气，实现下雨、降温、驱云、除雹等任务。这事儿建立在对大气环流长期观察和海量天气变化数据分析的基础之上。"当然，用它来造成某个地方洪水滔天，或者赤地千里，甚至是诱发形成超级台风，引导台风行进方向，去往预定目标，这个也不是不可能。"雷舞阳道，"所以说，'马卡迪卡迪号'不但可以是武器，而且是核弹一样的战略武器。"

听到此处，国防部部长的脸色明显变了。雷舞阳本就疯疯癫癫的，两杯酒一喝，更是管不住嘴。夏涵有超限密码，拿到密码就可以开启超限模式，令"马卡迪卡迪号"超负荷运转，进而爆炸，这个消息，就是雷舞阳告诉瑟可卡玛的。事实证明，他说的都是真的。现在，他又告诉瑟可卡玛，"马卡迪卡迪号"可以改造为战略武器，这个事情也是真的吗？如果是真的的话……瑟可卡玛又犹豫起来。

他那个私生子已经成了他政治之路上的不定时炸弹。想要从部长之位再进一步，私生子这个炸弹必须拆除。安排马卡鲁去执行自杀性任务，就是这个原因。加上干掉现任总统，干掉马卡迪卡迪基地，一举三得。然后就可以……凯莱措一死，副总统巴迪萨尼根本就不是问题。现在的问题是，如果"马卡迪卡迪号"可以改造成战略武器……毁掉它是不是太可惜呢？留下它会不会更有价值？

瑟可卡玛讨厌自己的犹豫。他唤来正在执勤的特勤局战士，命令道："把这家伙抓起来，带走。"雷舞阳完全不明白发生了什么，连声抗议，结果被特勤局战士一拳打晕，强行拖走。

世界清静了。他拨打了马卡鲁的电话："行动时间已经过了，为什么还没有看到绚丽的烟花？"

马卡鲁回答："行动出了岔子。我……"

国防部部长说："我不要借口，我只要结果。不过，眼下行动可以暂停，等我命令。"

"为什么？"

"不要问我为什么，服从命令。"

国防部部长粗暴地挂掉了电话。他也不知道为什么自己会这么生气。

24

博茨瓦纳共和国马卡迪卡迪盐沼上方350千米的太空轨道上，一座齿轮状的太空基地正在急速飞行。它刚刚沿着一条经过精心设计的弧线，从800千米高的太空轨道上降落下来，同时经历了惊心动魄的一幕。

这座名为"鹰巢"的太空基地是中国太空军创建后最早建造的太空基地。"鹰巢"是中国太空军"神雕突击队"的驻地。神雕突击队堪称太空军的特种部队，以从天而降、快速机动、精确打击著称。创建之初，即是以"一小时抵达全球任何地点"为目标而努力。与一般特种部队不同，他们常驻距离地面800千米的"鹰巢"，依靠地球引力和太空基地在大气层外超强的机动能力，能以5万千米时速，在最短的时间里，飞临地球任意地面目标区域上空，并锚定在那里，对目标区域进行全方位的监控，并在必要的时候，出手干预。

随着时间的推移，技术的发展，在轨航天器的数量越来越多，航天员之外，普通人也有越来越多的机会进入太空，使得出现太空事故的概率也越来越高。因此，除了作战之外，神雕突击队还需要承担纷繁的太空紧急救援任务。

就在几十分钟之前，太阳白光耀斑爆发，各国在轨航天器都遭到不同程度的损坏。其中"天宫6号"空间站的储能系统出现故障，有爆炸的危险。神雕突击队接到命令后，驾驶"鹰巢"，赶到"天宫6号"空间站所在的轨道，与后者交汇对接，突击队进入空间站，实施紧急救援，很快排除了危险。当鹰巢与"天宫6号"脱离时，神雕突击队队长接到了总部的命令，博茨瓦纳共和国出现紧急情况，要神雕突击队作好执行特种作战的准备。队长立刻紧张起来，因为刚刚指导员告诉他，鹰巢太空基地的核燃料电池系统出了原因不明的故障，正在紧急抢修。

队长也是久经沙场，一边督促突击队里的相关人员抢修，一边向上级说明情况，寻求解决方案。很快，总部传来消息，问他们的微波接收天线是否正常。指导员亲自检查后，队长向总部确认鹰巢的微波接收天线正常。然后，总部告诉他们，"马卡迪卡迪号"空间太阳能电站可以在3.6万千米之外，给鹰巢进行远距离无线伴随充电。于是，鹰巢基地得以启动大功率电推发动机，一边充电，一边飞向指定坐标。

齿轮状的鹰巢太空基地到达预定位置时，核燃料电池也只恢复了20%的功能。

队长不由得庆幸，对3.6万千米之外，那座在他看来就像插满无数面旗帜的翻车鱼的"马卡迪卡迪号"空间太阳能电站表示感谢。指导员介绍说，不止这个，没有空间太阳能电站的研发，就没有神雕突击队的存在。为什么这样说呢？指导员对神雕突击队全体队员说，原本中低轨道航天器每天都会绕着地球转几十圈，而空间太阳能电站必须锚定在一处，24小时对准地面的微波接收天线。所以，当初做第3期低轨道卫星实验时，发明了太空锚定技术，借助一个复杂的计算公式，用最少的燃料与电力，实现航天器在中低轨道运行时，就像在3.6万千米外的地球同步轨道上一样，与地面同步旋转。鹰巢基地此刻使用的就是这个技术。

队长知道指导员的意思。他不是在传播科学，而是在拉近队员们与被恐怖组织绑架的马卡迪卡迪项目组之间的心理距离。但队长此刻担忧的，是另外一件事情。中国军队要在博茨瓦纳共和国境内展开军事行动，必须获得博茨瓦纳政府的官方授权。这是一条铁律。问题是，博茨瓦纳共和国总统也被恐怖组织控制着。怎样才能获得授权呢？

队长和神雕突击队全体36名队员都焦灼地等待着。

25

凯莱措总统走出中央控制室，任谁都能看出他隐忍着的愤怒。走廊外侧是巨大的玻璃幕墙，透过它，总统看到夜色笼罩下，无边无际的微波接收天线阵列在平坦的盐沼上默默挺立着。在马卡迪卡迪盐沼上方，一幕壮丽无比的奇景正在上演。

红色极光自极高远处如瀑布一般于虚空中喷涌而出，又犹如柔滑至极的红色丝绸一般，不停地在风中改变着自己的形状，一会儿像这样，一会儿像那样，即使什么也不像，也非常好看。

总统自认不是容易受外界干扰的人，一场雨或是一阵风都不足以影响他的心情。但眼下看到高空中的红色极光，也不禁有些遗憾，遗憾于平日里忙于工作，竟很少从自然的变化中享受到那一份难得的快乐。

堂弟瑟可卡玛就能。

这时，旁边3号休息室里传来了欢快的歌声。总统循声望去，透过玻璃窗，看见一个茨瓦纳大妈正在起劲儿地边唱边跳，休息室里所有人的目光都集中在她身上。她表演的节目叫《恩贡巴的篮子》，改编自一个古老的民间传说。恩贡巴是一个小姑娘，生了病，不肯好好养病，想和朋友们一起去钓鱼，却被朋友们往家里赶，然后独自一人跑到偏僻的河边去钓鱼。

大妈唱道：

如果我的母亲，

（她钓到一条鱼，把它放进篮子里）

曾仔细照料我，

（她又钓到一条鱼，把它放进篮子里）

我本应与她们同行，

（她又钓到一条鱼，把它放进篮子里）

而非独自一人在此。

（她又钓到一条鱼，把它放进篮子里）

……

五十多岁的大妈尽力扮演着十几岁的小姑娘，同时还要表现她的百感交集，诸如抱怨、伤心、欣慰、喜悦，其中显现的滑稽令3号休息室里的所有人，包括碎发在内，都笑起来。

接下来强盗该出场了，强盗会强抢恩贡巴为妻，总统想，这些强盗，都是一个样子。想到这里，他的所有注意力又回到了残酷的现实。

他迈步走向1号休息室。

总统没有注意到，在3号休息室的一角，张文焱没有看莫瑞娜大妈的表演。她倚靠在座椅上，低着头，两只手捧在一起，不停地按动着。事实上，她按的是空气，手里并没有手机。

1号休息室里，"黑珍珠"娜奥米迎向总统："发生了什么事？"

凯莱措总统说："我猜出这次事件的主谋是国防部部长瑟可卡玛，想与他直接联系，被疤脸——也就是马卡鲁少校——直接拒绝，没有谈判的机会。"

娜奥米眨巴着眼睛，一个选择作出了，一个计谋形成了。她凑到总统耳边，悄声说："装病，装心脏病发作。"凯莱措立刻捂住胸口，呻吟着要倒下。娜奥米扶住总统，让他坐下，然后对1号休息室里负责监管的卷尾说："去中央控制室拿药，快去，药在我的那个包里！总统心脏病发作，你难道想眼睁睁地看着总统死吗？"

卷尾犹豫着，娜奥米以命令的口吻道："你干什么吃的！你是特勤局的！总统出了事，唯你是问！快去拿，你这个白痴！"

卷尾跑出了1号休息室。娜奥米抓紧时间，拿出了刚才张文焱给她的手机："中国军队要采取行动，来救我们，可他们需要总统您的授权。您说，我来录音，得赶在卷尾回来之前。"

凯莱措总统没有犹豫，立即对着那部折叠手机说："我是博茨瓦纳共和国现任总统费斯图斯·凯莱措，此次马卡迪卡迪基地危机由国防部部长瑟可卡玛主导，博茨瓦纳无力独自解决。我授权中国军队解决马卡迪卡迪基地危机。为了救出所有人质，你们可以采取一切必要的措施。我授权你们。"

娜奥米收回手机，调出《彩虹尽头》，将刚才录制的音频文件发送给在电波那头等着的夏涵。这一切刚刚做完，卷尾还有另外两个摩蒂默兄弟就气冲冲地闯了进来。

在哈博罗内的街角，夏涵收到了娜奥米发送来的音频文件。她立刻听了一遍，以免出错。确认这是凯莱措总统的授权音频文件之后，她不禁为文焱的机智与勇敢感到欣慰。不愧为我的女儿。她想。

不远处人影晃动，传来一阵喧哗。夏涵抬眼望去，看见人群中克瓦博阿索中尉正在四处询问着什么。中尉没有戴狮脸面具，她的眉毛浓密如墨，并没有断开。为什么要给自己取断眉的代号呢？在她附近，还有两个身着特勤局制服的人，想必就是麻点和凿齿了。

夏涵转身就跑。这反而引起了克瓦博阿索中尉的注意。她一声令下，三个人一起向着夏涵逃跑的方向追来。

夏涵对这一片街区是非常陌生的。她一边全力奔跑，一边在手机屏幕上摩挲，一边在脑子里勾勒这几条街的地图。作为一个有具象思维的工程师，她脑子里很快就根据地形地势与设计原则构建出附近的地图，并规划了一条逃跑路线。

前面是一个岔路口，她果断选择了左边。跑过一段距离后，一条河意外地横亘在她面前。后边的脚步声已经很近了。"站住！"克瓦博阿索中尉的声音响彻整条街道。河沿上有一排木质栅栏，外边就是那条小河。小是小，但夏涵肯定自己是跳不过去的。她忆起脑子里的地图，意识到木质栅栏的另一头连接着左边那条街道。她跳上木质栅栏，翻到靠河那边，动作还算敏捷，然后手脚并用，在木质栅栏上向左快速移动。

那边，五六米之外，是另外一条街道的街口。

就在这时，夏涵手里一直抓得紧紧的手机在栅栏上磕了一下，滑脱了。她伸手去抓，抓了一把空气，然后她眼睁睁地看着那部原本属于克瓦博阿索中尉、存着凯莱措总统授权语音文件的手机，跌落到下方，在墙壁上撞了一下，翻了个身，掉进了小河里。

26

丢了手机的夏涵翻过木质栅栏，跳到街面。克瓦博阿索中尉和她的两名手下已经爬上了栅栏，一边号叫着，一边往这边爬，速度飞快，距离越来越近。夏涵不管他们，撒开两条腿跑起来。

跑过两条街，眼前所见忽然熟悉起来。原来她绕了一个圈子，又回到了先前离开的地方。看着几排平房之上，高高矗立着的哈博罗内首都饭店，她微微有些愣神。旋即，她向饭店方向跑去。

饭店大门将她识别为"高级住客"，自动打开，放她进去。前台没有服务员，不知道上哪儿去了。夏涵快步绕过前台，去到电梯，一路没有见到别的人。她狂奔着，穿过长长的走廊，来到了4404号房间。幸好，房门也认识她，一按指纹锁，立刻开了。她闪身进屋，回到了先前拼命逃离的4404号房间。她还记得断眉等人是怎样轻松地进入房间的，所以关门后，立刻破坏了门锁的程序。这样，外边的人就无法通过开锁进来，同样的，她也无法通过开锁出去。

房间比她离开时还要凌乱。旅行箱敞开着，衣物撒落一地，仪器滚得到处都是。没有看见密钥分发器，多半被断眉拿走了。但门边的桌台上多了一样东西——她的那副华为眼镜。

夏涵之所以敢无所顾忌地破坏门锁，就是因为她看见了眼镜，显然是麻点去车库取眼镜后回到房间，发现断眉和凿齿昏倒了，忙乱之中，顺手把眼镜搁在门边的桌台上。

她拿过眼镜，依次解开指纹锁与瞳孔锁，戴上，在开机之后，第一时间拨打了袁靖乔大使的电话。对方的惊喜溢于言表，但夏涵三言两语描述的结果也令他嘘唏不已。

"我再问一次：你是否收到了凯莱措总统授权中国军队在博茨瓦纳境内执行军事任务的授权？"

"是。我听过了完整的音频文件，确认是凯莱措总统本人的声音，确认凯莱措总统授权中国军队解决马卡迪卡迪危机。为解救马卡迪卡迪基地里的中方与博方人质，中国军队可以采取任何合理的措施。"

"但现在存储凯莱措总统授权音频文件的手机掉进一条小河里了。"

"是这样的。"夏涵默默叹息一声。她对自己要求甚严，不允许自己犯错，然而一旦犯了错，她也不是不肯承认的人。只是，这45年里的人生，所有的错加起来，都可能没有在爬过栅栏时磕掉手机的错误大。手机里有凯莱措总统的授权，那是文焱千辛万苦，在恐怖分子的严密监视下取得的，而且事关包括文焱在内的数十人的性命，事关马卡迪卡迪基地的命运，事关中国空间太阳能电站的前途……她感觉自己的心都抽紧了。"地点我记得很清楚，以后可以去捞取。"她说，"但现在，我确实无法把凯莱措总统的音频文件传送给袁大使。"

袁大使静默片刻："我把情况报告给上边，让他们来做决定。"

挂掉电话，夏涵感到一阵浓浓的倦意。从断眉进屋，到现在，她一直处于紧张之中，还长时间奔跑过，不疲倦才是怪事。她给自己倒了一杯水，一口气喝完，坐到床沿上，这才开始处理眼镜关闭之后到此时接收到的信息。别的都没有管，过眼云烟而已，但来自张承毅的12个未接电话还是让她嘘唏了一番。她想打回去，然而说什么呢？说我已经脱险，女儿还在恐怖组织手里，随时都有生命危险？这样说，除了加重小哥哥的心理负担，还有别的用吗？除了等待，我还能做些什么？

地板上的一样东西，吸引了夏涵的目光。那是一张藏在衣物下的狮脸面具，她弯腰把它捡起来。

那张狮脸面具的右边眉毛从中间断开，正是克瓦博阿索中尉的。显然是她在离开4404房间时，盛怒之下一把扯下，使劲儿丢到地板上的。在房间之外的追捕行动中，特勤局制服能起的作用更大，这毫无疑问。但为什么？为什么要在行动中戴上狮脸面具呢？

夏涵把玩着那张狮脸面具。戴上，就是摩蒂默的断眉；取下，就是特勤局的克瓦博阿索中尉；戴一半取一半，会是谁呢？

狮脸面具看着夏涵，好像在说：我有秘密，就是不告诉你。

夏涵把狮脸面具戴上，并没有变成断眉，取下，也没有变成克瓦博阿索中尉。她还是她，并没有因为面具的戴与不戴而变化。她忽然明白了一件事。

先前，夏涵要张文焱戴上狮脸面具，是给摩蒂默兄弟一个心理暗示，这是一只小狮子，需要大狮子的照顾。而且，在狮脸面具底下，仿佛获得了狮子的加持，人会变得更加勇敢。摩蒂默兄弟们戴上狮脸面具，也是基于同样的理由。在上古狩猎时期，现代智人的祖先就是这么干的，用各种兽皮、羽毛、獠牙装饰自己，扮演某种猛兽，以期获得这种猛兽的力量、速度、智慧和勇气。

所以，摩蒂默兄弟戴上狮脸面具开展行动，也不是没有理由的。

但，还是有哪里不对。

——哪里不对呢？

戴上，就是摩蒂默的断眉；取下，就是特勤局的克瓦博阿索中尉。她回忆着戴上与取下面具，两个状态下，那一个人的异同。有一个想法从心底跳了出去。在它跳开之前，她抓住了它。如果这是真的，那一切不合理的地方就都解释得清楚了。

自信点儿，把"如果"去掉，这就是最终的真相，夏涵坚定地对自己说着，摘下了摩蒂默的狮脸面具。

27

"现在的情况就是这个样子。"国防部常务副部长徐敬宸说，"总设计师夏涵拿到了博茨瓦纳总统凯莱措的授权，但存储授权音频文件的手机掉进河里了。在这种情况下，我们是否能命令神雕出击？"

"如果事后能找回丢失的手机，我认为，时间有限，神雕可以出击。"中国航天科技集团有限公司代表率先发言。

"凯莱措总统本人也可以作证。"外交部代表说，"我同意神雕出动。"

"但那是行动不出一点儿岔子的情况下。"徐敬宸回应。

"我们要相信神雕，相信这次行动一定能取得成功。"太空军代表说，"在此之前，神雕突击队已经用无数次行动证明了他们的技战术素质与能力。"

徐敬宸的目光从每一位应急小组成员脸上扫过："大国自有担当。都2049年了，做起事情来还畏首畏尾，实在不是一个中国军人应有的做派。综合各位代表的意见，我决定，同意神雕突击队在博茨瓦纳共和国境内，为解决马卡迪卡迪危机，采取必要的军事行动。"

"同意。"几位应急小组成员齐声回答。

"此事由我上报中央军委，出了任何问题，由我一力承当。"徐敬宸对太空军代表说，"时间紧迫，立即通知下去。"这时，一条新的情报出现在应急小组面前的桌面上。

桌面上原本有马卡迪卡迪基地的立体投影，这是由中国航天科技集团有限公司提供的基地原始资料加上"赤眼蜂36号"侦察卫星拍摄的实时画面叠加形成的。主塔与周围的微波接收天线阵列纤毫毕现。现在，在阵列上方，主塔周围，出现了数十架旋翼机的图标。

"同志们，最新情报显示，博茨瓦纳军方第三、第四飞行团的60架旋翼机，已经展开攻击队形，随时可能攻击主塔。我们监听到，命令是由博茨瓦纳的国防部部长瑟可卡玛亲自下达。瑟可卡玛是此次袭击事件的幕后元凶，这与夏涵总设计师提供的情报是相一致的。可以想见，如果主塔里的恐怖组织不能完成他们的任务，那么主塔外的飞行团将接替他们完成。"徐敬宸转而说道，"但这就带来一个新的问题。神雕突击队再厉害，也不可能向两支装备了重型旋翼机的飞行团发起正面进攻。更为重要的是，打击恐怖组织是一回事，攻击正规部队是另外一回事。后者将把中博双方都拖入战争的危险之中，导致极为严重的国际危机。而这，正是我们要全力避免的事情。"

应急小组成员再次陷入焦灼，会议室里的空气都仿佛散发出煳味。

徐敬宸离开座位，走了两步，忽然问："能否与夏涵直接联系上？我们需要第一手的资料。"

"能。"中国航天科技集团有限公司代表与外交部代表同时回答。

拨打电话的画面也投影到桌面上，应急小组成员都心急如焚，看着时间在等待中一秒一秒地流逝，流逝。34秒后，夏涵接听了这边拨打的电话。

"夏涵，是我。"中国航天科技集团有限公司代表率先表明身份，"国防部常务副部长要与你通话。"

"我是徐敬宸。神雕突击队正要展开行动，马卡迪卡迪基地出现了博方两个飞行团——"

"瑟可卡玛疯了吗？"

"——行动难以继续。"

"徐部长，行动可以继续。"夏涵说得非常肯定，"你担心什么，我明白。"

"请解释清楚。"

"在接这个电话之前，我正在跟袁靖乔大使联系，要他转告神雕突击队作好应对地磁风暴的准备。"夏涵说，"X级白光耀斑会对地球展开三轮攻击：第一轮是高能射线暴增，在耀斑出现后8分钟左右达到地球；第二轮是高能粒子流，在耀斑出现后1小时左右到达地球；第三轮是从太阳日冕抛射出的高速等离子体云，在耀斑出现后4天左右到达地球。高能粒子流会带来地磁风暴，越猛的高能粒子流带来的地磁风暴也是越大的，对此没有防御准备的任何电子设备都可能损坏，包括军方的。"

"你的意思是说，神雕突击队在地磁风暴发生时展开行动，这个时候博方的飞行团无法正常工作？"

"是的。"

"我们需要核实有关信息。感谢夏涵总设计师的建议。"

"还有9分钟，高能粒子流将抵达地球南部非洲上空。"夏涵说，"我女儿张文焱也在人质里。"

"你放心。"徐敬宸动容地说，"神雕突击队已经作好了准备，等信息核实完毕，神雕突击队就会展开行动，救出所有人质。"

挂了电话，夏涵静默片刻，平抑了心情。等待，向来不是她的风格。必须做点儿什么才对。她的脑子不受控制地运转起来。先前她叫疤脸等待一个小时，不过是拖延时间的说辞。为什么是一个小时而不是两个小时呢？是因为下意识里觉得，要是一小时后还没有解决问题，靠地磁风暴还能再拖一段时间。时间最重要了。现在，北京那边核实了吗？神雕突击队出发了吗？马卡迪卡迪基地又是什么情况？都不知道……

眼前的投影系统让她眼睛一亮。她拨打了张承毅的电话。"椒椒！"小哥哥叫着她的绰号，充满了担忧、关爱与喜悦。她的心不由得柔软了起来。"小哥哥，事情紧急，没空卿卿我我。"她说，"现在，麻烦你告诉我，这是一套双向直播系统，要怎样操作它能使我看到那边的画面，同时那边又不知道我在看？"

28

所有人质都被驱赶到中央控制室。总统凯莱措和他的秘书被单独押送。娜奥米脸上挨了两拳，明显有伤。莫大妈护着张文焱在项目组人质组里。张文焱戴着狮脸面具，但从她颤抖的肩膀可以知道她有多害怕。莫大妈轻声安慰着她，但没有什么效果。

疤脸一手拿着枪，一手举起了一部手机。"这是谁的？"他拖长了声音，似乎这样能加强他的权威性。

利爪从碎发身后举了一下手："我的。"

"你出来。"疤脸命令道。

在利爪迟疑的时候，疤脸已经开枪，子弹从碎发耳边飞过，正中利爪的脑门。巨大的冲击力，像铁棍捣碎西瓜一般，捣碎了他的整个脑袋。他向后跌倒，脑浆混着血水洒落一地。

四周传来一阵阵尖叫。

碎发愣愣地望着疤脸，还没有从子弹过耳的震惊中恢复过来。

"谁从他手里拿到了手机？"疤脸继续追问，依然是拉长了声音，"然后把手机转交给她？"

"她"指的是"黑珍珠"娜奥米。

张文焱浑身哆嗦。莫大妈松开按住张文焱肩膀的手，施施然地走出去。

"我，我拿的，是我拿的手机。"她说，脸上挂着笑容，"我是茨瓦纳人，塔瓦纳部落的，我叫莫瑞娜，在马卡迪卡迪项目组工作了五年，我很骄傲……"

"闭嘴。"疤脸再一次开枪。

莫瑞娜大妈中弹倒下，倒在了中央控制室的地板上。

又是一阵惊呼。

疤脸把这些惊呼当成了对自己的鼓励。在梦里，就是这些人，把藏在干草堆里的他，送还给了可怖的狮子，他记得很清楚。他又把枪转向娜奥米："拿到手机后，你又做了些什么？"

"别乱来，"凯莱措总统说，"马卡鲁少校，在任何情况下，我们都应该有足够的智慧分辨朋友敌人，还有是非对错。"

"现在说这些有什么用？"

"把人质放了。"总统说，"留我一个就够了。"

"别以为我不敢打死你。"疤脸说着，把枪移到总统额前。

"别乱来。"

说这话的是碎发，他的枪口对准了疤脸的后脑勺。

碎发此举引发了中央控制室的骚动，摩蒂默兄弟们立即分成两派，相互用枪指着。

疤脸转过头，阴恻恻地盯着碎发："你想干什么，碎发兄弟？"

碎发说："我是茨瓦纳人，塔瓦纳部落的。"

疤脸说："你想替那个大妈报仇吗？"

碎发说："我不想死，不想现在死。"

疤脸回答："戴上这面具，我们已经没有回头路了。"

"不，"一个声音从半空中传来，先前关闭着的直播投影系统忽然开始工作了，光影交错中，夏涵的身影出现在中央控制室。"有回头路的，现在还来得及。"她说。

<h1 style="text-align:center">29</h1>

一份由专家组整理好的综合性资料发送到应急小组的面前，代表们纷纷看起来，偶尔交流两句：

太阳内部的核聚变每时每刻都在进行，也每时每刻都喷发着被称为"太阳风"的带电粒子流。当太阳表面出现耀斑、黑子、光斑、谱斑、日珥和日冕瞬变或者别的现象时，太阳所产生的高能粒子流，即俗称的"太阳风"会在极短的时间内增加数百到数千倍。

更猛烈的太阳风从地球附近经过，与地球磁场相互作用，通过压缩地球磁层顶及发生磁场重联等过程，引起地球空间的磁层及环电流系统的剧烈扰动，也会引发全球性的地磁扰动，科学家称之为"地球磁暴"。

地球磁暴产生的感应电场，会使长距离输电线路上的电势差升高。电线中产生的高强度电流，会超出设备的承载能力，从而影响电力系统的正常使用。过强的电流还会导致线路内温度升高，从而引起爆炸、火灾等更为严重的后果。另外，还有其他很多影响，比如大气成分改变，大气环流改变，对应区域的电离层也会发生剧烈变化，影响卫星和地面通信。

最关键的是，地球磁暴期间，保护地球的磁场结构会发生改变，低轨道的航天器可能直接坠落，而中高轨道的航天器，则会暴露于不同磁场和等离子环境，从而受到高能粒子的直接攻击，导致航天器的电路和元件失效。

"都看懂了吗？"徐敬宸问。

"我没有问题。"中国航天科技集团有限公司代表回答。

"基本上看懂了。"外交部代表说，然后略显尴尬而又不失真诚地补充，"我接下来还要加强学习，好多科学术语看不懂。"

"更为详细的资料我们已经下发到各个部队，"太空军代表说，"以应对接下来的突发情况。"

"我们也下发了。"中国航天科技集团有限公司代表忙不迭地补充道。

"综合各个方面提供的资料，此次X级白光耀斑喷发的高能粒子流将持续90秒，引发Kp9级地磁风暴。整个地球都将受到影响。马卡迪卡迪基地的危机，只是其中一个，甚至可能是微不足道的那一个。"徐敬宸说，"但这不是我们放弃解决马卡迪卡迪危机的理由。我命令，神雕突击队行动！"

30

在张承毅的远程指导下，夏涵开启了那套双向直播系统。小哥哥不是第一次接触双向直播系统，很快发现了控制它的窍门；夏涵照着小哥哥说的做，三下两下就打开了中央控制室的直播系统，把那边的影像和声音播放到4404号房间的半空中。

影像有些闪烁，不够流畅，不够清晰，但不妨碍夏涵第一眼就看见戴着狮脸面具的张文焱隐藏在项目组一众成员当中。他们的姿态，明显是护卫着小文焱。总统凯莱措和娜奥米神情各异，在人群中站立。工位之间的地板上，躺着两具鲜血淋漓的尸体，一具是莫大妈的，一具是摩蒂默兄弟的，揪心的同时，聪明如夏涵，早已经猜出中央控制室大致发生了什么。

内讧。

所有组织都可能发生的事情。

同时，也是夏涵趁乱掌控局面的大好机会。

随后，一个摩蒂默兄弟猛然举起了枪，对准了疤脸的后脑勺，疤脸回头，两人的对峙，引发了摩蒂默兄弟们分作两派，拔枪相对，随时可能子弹横飞，命丧当场。这些都在夏涵的预料之中。

他们内讧，夏涵当然乐见其成。但两派真的打起来，肯定会威胁到人质们的安全。所以，夏涵立即启动了直播系统，把自己的画面和声音投影到数百千米之外的中央控制室。"有回头路的，"她对疤脸和碎发及在场的所有恐怖分子说，"现在还来得及。"

"断眉呢？"碎发问，"怎么没有看见断眉？"

"她没事儿。"夏涵回答。她深吸了一口气，调整了身体姿态，修正了面部表情，还润了润嗓子。她深深地知道，自己远离中央控制室，能影响到那些恐怖分子的，只有自己的声音和形象。稍有差池，就可能功亏一篑。不能犯错，一丁点儿都不可以。"焱焱，你出来。"她说，"摘下面具，说出你的身份，还有你刚才做了什么。"

张文焱迟疑了一下，因为她不知道妈妈为什么要这么做，但还是听从妈妈的安排，一把扯掉狮脸面具，将自己那张因为紧张、因为激动、因为恐惧而涨得通红的小脸暴露在空气中，暴露在疤脸、碎发和一众恐怖分子眼前。

"我叫张文焱，我爸爸叫张承毅，我妈妈叫夏涵，我们都是中国人！"张文焱说。起初，她的声音是颤抖的，宛如狂风中瑟瑟发抖的枯叶，但渐渐地，颤抖不再了，"那手机，是我拿的。莫大妈说是她拿的，不是的，她是为了保护我才这样说的。"

"让我女儿出来，是想说明，我女儿在你们手里，我比任何人都希望这事儿和平解决。"夏涵又说，"还有你们，逐日工程–马卡迪卡迪项目组的同事们，和你们一起工作了五年，我们之间是有感情的。中国人也好，博茨瓦纳人也好，我们一起为这个项目流过汗，甚至流过血。我不希望你们中的任何一个人出事。"

与上一次通话相比，这一次夏涵更加从容。上一次只有她一个人，但这一次，她不是一个人在战斗。她知道神雕突击队正在来的路上，知道国内有一个应急小组关注着这里的一切，知道在自己的背后站着强大的祖国。

"你到底想说什么？"疤脸说。

"我想说，狮脸面具很不对劲儿。"夏涵扬了扬手里断眉的狮脸面具，"不是说它做工不好，而是说，摩蒂默与狮子之间没有必然的联系。我读过博茨瓦纳的神话，我知道狮子不是摩蒂默的图腾，不是摩蒂默的坐骑，不是摩蒂默的化身，也不是摩蒂默的宠物。在现实里，也从来没有摩蒂默兄弟会跟狮子有关的报道。"

凯莱措总统扬声道："是这样的，夏工没有说错。"

娜奥米以惊异的眼神瞟了总统一眼，又快速地低头，掩饰自己的表情变化。她注意到，这一屋子的人，从项目组成员到绑架者再到总统，都在聆听夏涵讲话，神情之专注，就仿佛真的是见到普拉女神降临。

"一开始我也没有想明白，只觉得奇怪，直到断眉出现。"夏涵继续说，"摩蒂默兄弟会是一个原教旨主义的极端恐怖组织。在这个组织里，女性是没有地位的，不可能做到中尉这个等级。而断眉或者说克瓦博阿索，是中尉，从她的言行做派来看，她都不是一个肯在鄙视女性的组织里做事的人。这说明什么？说明克瓦博阿索中尉根本不是摩蒂默兄弟会的人。她只是和参与这次行动的特勤局警卫一样，是在执行某一个高层领导的命令。"

碎发长吁了一口气。

"后来，我从凯莱措总统那里知道幕后黑手是国防部部长瑟可卡玛之后，我一下子就明白了。是的，与其相信是摩蒂默兄弟会用某种方式全员渗透进特勤局，不如相信是特勤局冒用了摩蒂默兄弟会的名，进行了这一次恐怖袭击。"夏涵的声音越发地铿锵，"摘下你们的狮脸面具，面对现实吧。"

碎发第一个摘下狮脸面具，露出他属于马克西姆中尉干净但略显紧张的脸。

好几名特勤局警卫也摘下了面具。

疤脸没有。

他的几个忠实手下也没有。

夏涵继续讲道："说什么反对现代化，说什么摩蒂默的旨意必得实现，都是瑟可卡玛找到的借口。瑟可卡玛是一个喜欢权力的人，大家都应该看得出来。而喜欢权力的人，会追求更大的权力。对权力的追求，是永无止境的，可当这种追求与能力不相匹配时，就会出大问题。更何况，瑟可卡玛是一个空谈理想、实际上贪图小利的政客。不，他连政客都算不上，只是一个野心家。

"按照博茨瓦纳现在的政治格局，即使瑟可卡玛参选，他也很难在下一次选举中胜出，因为马卡迪卡迪项目如果成功，会给凯莱措总统带来比此前更高的支持率。所以，他要做的，是要摧毁马卡迪卡迪项目，进而摧毁凯莱措的政治前途。

"你们还不知道吧，最初计划里，疤脸是要让'马卡迪卡迪号'超负荷运转，将整个基地，连同你们一起炸成碎片！而他，瑟可卡玛就可以挟消灭恐怖组织、为总统报仇获得的民意支持，成功竞选下一任总统。你们，不过是瑟可卡玛实现他政治野心的工具，一次性耗材。"

狮脸面具之下，疤脸急促地呼吸着。

"马卡鲁上校，摘下你的面具。"总统凯莱措说，"我以博茨瓦纳共和国总统的名义，特赦你和你的手下。你们只是在执行瑟可卡玛的命令。"

"不，我已经回不了头了。"疤脸说，"你们都有回头路，我没有。"

就在这时，4404号响起了敲门声。这敲门声与断眉愤怒的号叫同时响在夏涵和中央控制室每一个人的耳朵里。

31

在马卡迪卡迪基地正上方，主塔所指的方向，层层云气之上，薄薄的大气层之上，距离地面300千米的地方，齿轮状的"鹰巢"太空基地内，神雕突击队进入最后的进攻阶段。

中队长在内部通信系统里询问："各小队汇报准备情况！"

"第一小队准备完毕！"

"第二小队准备完毕！"

"第三小队准备完毕！"

"第四小队准备完毕！"

汇报简单有力。中队长很是满意。他置身于天降仓内，这是一个水滴一样的装置，外壳由超级耐热耐冲击的钼–碳化锆合金制成。他面前的屏幕上，是神雕突击队所有队员的实时图像和机能数据。他看着眼前这些战士，他们有久经沙场的老战士，也有面孔稚嫩、只是学着前辈做英雄的新战士。

中队长命令："第一小队随我首批天降，第二小队紧随其后，第四小队听从指导员的安排，做好技术支持，第三小队做预备队。"

"第三小队申请首批天降。"

"服从命令。"

"第三小队……"

"磨磨唧唧的，以后有的是机会。服从命令。"中队长提高了声音，"现在，指导员，最后一次共享情报。"

指导员在"鹰巢"指挥中心，十指弹动，将一幅动态画面传到第一、

二、三小队队员面前的屏幕上。"马卡迪卡迪基地，画面由历史资料与卫星侦察叠加而成。"指导员说，"根据中国航天科技集团有限公司提供的生物学资料，蓝色为人质，红色为恐怖分子，灰色的人影则表示未知，有两个标记需要注意：1号标记是博茨瓦纳总统，2号标记是总设计师夏涵的女儿，重点保护对象。情报共享完毕。"

中队长接着说："此次天降，预计用时3分24秒，全程298.15千米，反推火箭启动时长为15秒。各自的天降路径与着陆坐标已经下发到个人电脑上。"

中队长看了自己的动态画面，天降路径几乎是笔直的，只在穿越大气层时有一个微微向西的弧度，那是被地球自转带动的结果。最后的着陆坐标不是在地面，而是在距离地面200米的空中，马卡迪卡迪基地主塔最顶端的外边3米的地方。

"行动！"中队长命令道。

他的天降仓第一个从鹰巢基地的挂钩上脱离，然后第一小队8名队员的空降仓依次脱离。空降仓的发动机启动，喷出淡蓝色的尾焰，向着下方巨大的蓝白相间的星球飞奔而去。

9个天降仓按照事先编排的队形，齐齐飞向马卡迪卡迪基地，场面蔚为壮观。

32

夏涵努力保持着镇静。"碎发，我门外就是断眉，你不想对她说点儿什么吗？"她说。虽然她不知道碎发原本叫什么，与断眉之间是什么关系，但先前他对断眉的关心是显而易见的。

碎发欲言又止，耸一耸肩，到底没有说出什么话来。

夏涵转而说道："疤脸，你看看外边，特勤局警卫们，你们都看看玻璃幕墙外边有什么。"

疤脸疑惑地瞥了一眼玻璃幕墙之外的世界，然后眼睛就收不回来了。夜色笼罩下，在天与地交界的地方，他隐隐约约看到一些移动的飞虫。飞虫？

他的心抽搐了一下，不是飞虫，是旋翼机。他眯缝着眼睛，尽力远眺，确认那是飞行中的旋翼机。

不是一架，目之所及，是几十架。

至少是一个飞行团！

——不，是两个飞行团！

仙人掌徽标是第四团，而恐鸟徽标是第三团。第三、第四团，是博军精锐。每个团有30架旋翼机，两个团共计60架。它们呈攻击队形散开，悬停在半空，在无数微波接收天线上方，将马卡迪卡迪基地主塔包围得水泄不通。

机腹下颀长的空对地导弹，翼尖上黝黑的火箭发射巢，机首的电磁炮，隐约可见。显然，只要一声令下，那些导弹和火箭还有高爆弹与穿甲弹就会呼啸着，蜂拥而出，将马卡迪卡迪基地主塔连同里边所有的生命炸成不可复原的齑粉。

碎发看见了，警卫们都看见了，人质们也都看见了。

"马卡鲁上校，瑟可卡玛这是要所有人都死在这里啊。"凯莱措总统对疤脸说，"他早就准备好了，如果你不能完成任务，那外边的旋翼机部队就会替你完成任务，而你，将背负着恐怖分子的名声，生生世世遭到诅咒。"

"我本来就没有打算活着离开。"疤脸说。

说着，疤脸夺过旁边一个警卫的突击步枪，向着玻璃幕墙射击。

玻璃幕墙原本有加固设计，在这种程度的射击下只出现了细微的裂纹，并没有如想象中的那样裂成无数的碎片。

娜奥米发出一声尖叫，因为她看见一架旋翼机开火了。

疤脸开火的目的，就是为了引发旋翼机部队开火，然后与在场的所有人同归于尽。

"住手！"夏涵喊道，声音同时在4404房间与中央控制室回响。

伴随着夏涵的喊叫，中央控制室连同整个主塔的灯全部熄灭，四周顿时陷入一片黑暗之中。张文焱蹲下，蹲到一个工位下方，抱住了自己的脑袋，这是爸爸教过她的应急知识。同时，她也瞪大了眼睛，观察着身边的一切变化，这是妈妈教她的。

时间仿佛变得缓慢，空气变得如同熔化的岩石那样，灼热而黏稠。

电磁炮射出的穿甲弹将玻璃幕墙打出一个直径3米的大洞，中央控制室内的空气向外呼呼吹出，所有没有固定的东西都被突如其来的空气对流吹得漫天飞舞。

娜奥米护住总统。"对不起，我也不知道为什么会这样！"她满怀歉意地说。她觉得自己就要死了，她的脖子被什么锐利的东西划过，鲜血喷涌出来。总统捂住她的脖子："不要说话，不要说话，不要死！"

4404号房间里，夏涵看着黑乎乎的画面，手足无措。事情发生在几百千米之外，她无能为力。这种无力感是她最讨厌的事情。虽然明明知道，即使在现场，她也无力阻止旋翼机部队的火力倾泻，就像现在，她也无力阻止正在破门的断眉等人，她还是希望自己在战火纷飞的现场，把焱焱紧紧拥抱。

黑暗中疤脸发出一阵狂笑。"把我的孩子给狮子吧。"妈妈在冥冥之中对他说。她跌坐在一堆牛骨头中间，那是家里最后一头牛的。就在刚才，村里的巫师把牛骨头丢到了她的身上。"恶兆。"巫师说，"得把孩子送到他父亲身边，才能长到成年。"旁边一个恶狠狠的声音问："他父亲到底是谁？谁？是你的哥哥吗？"妈妈哭泣着说："你们必须为我的孩子杀了狮子，让狮子躺在我儿子旁边。"

"碎发叔叔！"张文焱喊道。

碎发抓住一个工位的挡板，稳住身形。

所有人都看见那架旋翼机机首下方的电磁炮喷出了火花。但不知道为什么，第二次攻击射偏了，没有命中中央控制室，从旁边擦肩而过。

旋翼机部队的队形发生了变化。

疤脸惊讶地看着。在他所不知道的什么地方，发生了什么他无法理解的事情。但他无从知道，更无从去解决。

有水滴状的东西从玻璃幕墙外划过。张文焱看见了，她抬起手臂，指向窗外，还没有来得及说出口，就见那水滴状飞行器又从下方升起来，悬停在跟中央控制室等高的地方，悬停在旋翼机与中央控制室之间。

这样的水滴状飞行器共有9个，宛如一串世界上最璀璨的钻石，护住了马卡迪卡迪基地主塔。

飞行器洞开，里边身着动力铠甲的战士跳进了中央控制室。他们全副武装，胸前的五星红旗标识极其耀眼。在他们身后，旋翼机部队的队形完全乱了，有的旋翼机左右摇摆，即将失去控制，有的旋翼机已经失去控制，正在向下滑落，还有的旋翼机快速爬升，想要避开旁边横冲过来的旋翼机。

"碎发叔叔！"张文焱又喊。

碎发总算明白过来："不要开枪！不要开枪！不要开枪！"

疤脸举起了他的枪，他的瞳孔在狮脸面具后边急剧收缩。然后，他被一枪击中。倒下的时候，他脑子里闪现出那幅画面：艳阳高照，疤脸和狮子都死了，脸对脸地挨在一起。

神雕突击队第一小队全部突进中央控制室，没有人反抗。第二小队紧随而来，现场都被看管起来。远处，旋翼机群因为地磁风暴而乱作一团，所有的电子设备都无法正常工作。

中队长阔步走到凯莱措总统跟前，敬礼："总统阁下，中华人民共和国人民解放军太空军，奉命执行任务，请总统阁下配合。"

与此同时，4404的房门被炸开，断眉、麻点和凿齿举枪进入。

"不要开枪！"夏涵主动举起双手，示意自己没有武器，没有威胁，没有开枪的必要。"看哪，中央控制室那边，"她又指着房间半空中的画面，"看看那边发生了什么！"

4个人一起看到了神雕突击队从天而降，护住主塔，又破窗而入，控制住中央控制室的情景。

"克瓦博阿索中尉，任务已经失败。"夏涵说，面对着3个黑洞洞的枪口，语气说不上高亢，却充满了不容辩驳的权威，"你们投降吧！"

33

冰岛的天空一片冰凉。

刘永铭院士还在主席台上讲他的"日长石"，并提到了张承毅的名字。老爷子今年已经71岁了，精神还是那么矍铄。71岁这个数字让张承毅想到了21年前自己说过的话：50年后我71岁。那是多么久远的回忆啊。

我运气不错了，看到了空间太阳能电站的成功。张承毅想，算一算，我还要工作29年才满71岁，到时候会发生什么样的事情呢？

他无法继续往下想，因为他的心思在南部非洲那个叫博茨瓦纳的国度。他的椒椒在那里，他的焱焱在那里，他所牵挂与惦念的人，都在那里。

在那里遭遇危险。

而他，除了牵挂，除了惦念，因万水千山的阻隔，竟无能为力。

他起身，离开座位，出去看冰岛的天空。

他又想起了21年前的一件往事。

当时天色向晚，暮色四合。璧山区旅游局出面，邀请还在璧山区空间太阳能电站实验基地的专家们参观并吃饭。公路在半山上盘绕。从车窗望出去，张承毅看见一座黛绿嫣红的小城在河谷之上平铺开来，浸润在春天浓淡适宜的雾气里，华灯初上，半是璀璨，半是朦胧，恰似半梦半醒之间最迷人的那一个状态。

"那就是璧山。"那时的夏涵说。

张承毅说："来璧山后，我一直在实验基地里，还没有去过城区呢。"

夏涵说："我请你吃来凤鱼。"

李茂荣教授说："请我吗？"

"都请，都请。"

说这话的时候，夏涵的眼睛却盯着张承毅。他顿时觉得脸皮发烫，好像被置于火上烧烤一样。这是他第三次在夏涵面前脸皮发烫。所以，当女儿出生后，他坚持要用"焱"作为她的名字。

我到底是脸皮薄啊，还是别的原因？想到这里，张承毅不由得露出微笑。电话适时响起，正是夏涵打来的。

"椒椒！"

"没事儿，都解决了。没事儿。"

"焱焱呢？"

"也没事儿。"夏涵在遥远的地方说，那声音就像在张承毅耳边低语，"我对焱焱讲，你这经历，跟总统一起被特勤局绑架，被从天而降的神雕突击队救出来，能拿来吹一辈子的牛！你猜焱焱怎么说？焱焱说，不，我不要，妈，你尽瞎说，我不要什么吹牛，我只要和你，和我最亲爱的妈，在一起！我都听哭了。你说我怎么生了这么一个懂事的会疼人的女儿啊！"

张承毅长出了一口气："我担心死了。"

"你是不相信我吗？"

"相信。"

"你是不相信我们这份爱情会有一个美好的结局吗？"

张承毅忙不迭地说："相信，相信，我太相信了。"

"我这边还有很多事情要忙。我听说，抓捕国防部部长的时候，他还在喝红酒呢，也不知道是不是拖延症犯了。你给我讲的那个笑话我还记得呢。哎呀，说到红酒，馋虫冒出来了，我肚子饿得咕咕叫。你是不知道，到现在我都还没有吃晚饭呢，太忙了。"

"你忙。赶紧去找吃的。"

"行，那就先这样。对了，今年国庆节，我会回北京。真想念你做的来凤鱼啊。"

诸般情绪在张承毅心中激荡，最后却只说出五个字："我们北京见。"

（完）